LA LANCE

COLLECTION TERREUR
dirigée par Patrice Duvic

Iain Banks
LE SEIGNEUR DES GUÊPES

William P. Blatty
L'ESPRIT DU MAL
EXORCISTE 3

Robert Bloch
PSYCHOSE
LORI
PSYCHOSE 2
L'ÉCHARPE
PSYCHOSE 13

Ramsey Campbell
ENVOÛTEMENT
LA SECTE SANS NOM

Matthew Costello
CAUCHEMARS D'UNE
NUIT D'ÉTÉ

Martin Cruz-Smith
LE VOL NOIR

John Farris
LE FILS DE LA NUIT
ÉTERNELLE
L'ANGE DES TÉNÈBRES

Raymond E. Feist
FAËRIE

Ray Garton
EXTASE SANGLANTE
CRUCIFAX

Linda C. Gray
MEDIUM

William Hallahan
LES RENAISSANCES
DE JOSEPH TULLY

Thomas Harris
DRAGON ROUGE
LE SILENCE DES AGNEAUX

James Herbert
LES RATS
LE REPAIRE DES RATS
LE SURVIVANT
FOG
DIS-MOI QUI TU HANTES

Stephen King
SALEM

Dean R. Koontz
LE MASQUE DE L'OUBLI
MIROIRS DE SANG
LA VOIX DES TÉNÈBRES
LES YEUX DES TÉNÈBRES
UNE PORTE SUR L'HIVER
LA PESTE GRISE
LA MORT A LA TRAÎNE
LA NUIT DU FORAIN

Stephen Laws
TRAIN FANTÔME

Robert McCammon
LA MALÉDICTION
DE BETHANY
SCORPION

Michael McDowell
LES BRUMES DE BABYLONE

Graham Masterton
LE DÉMON DES MORTS
LE PORTRAIT DU MAL
LE JOUR « J » DU JUGEMENT
MANITOU
LA VENGEANCE
DU MANITOU
LE MIROIR DE SATAN
LES PUITS DE L'ENFER
RITUEL DE CHAIR

Anne Rice
LESTAT LE VAMPIRE
ENTRETIEN AVEC UN
VAMPIRE
LA REINE DES DAMNÉS
LA MOMIE

John Saul
CASSIE

Peter Straub
JULIA
GHOST STORY
KOKO

Sheri S. Tepper
OSSEMENTS

Thomas Tessier
L'ANTRE DU CAUCHEMAR

Thomas Tryon
LA FÊTE DU MAÏS
L'AUTRE

Jack Vance
MÉCHANT GARÇON

Chet Williamson
LA FORÊT MAUDITE

Bari Wood-Jack Geasland
FAUX-SEMBLANTS

Bari Wood
AMY GIRL

T.-M. Wright
MANHATTAN GHOST STORY
L'ANTICHAMBRE

JAMES HERBERT

LA LANCE

PRESSES POCKET

Titre original :
Spear
Traduit de l'anglais par :
Thierry Arson

ISBN : 2-266-04611-X

« Un cri de mort! Je me précipitai :
Klingsor, riant, disparaissait,
Ayant volé la Sainte Lance. »

Richard Wagner
Parsifal

« Personnellement, j'ai la plus grande intimité avec la pensée de Wagner. A toutes les étapes de mon existence je me suis référé à elle. Seule une noblesse nouvelle peut nous introduire à la nouvelle civilisation. Dépouillons "Parsifal" de tout élément poétique, et nous apprenons que la sélection et le renouveau ne sont possibles que dans la tension d'un combat éternel. Un processus de ségrégation mondiale sè développe devant nos yeux. Ceux qui voient dans le combat le sens de la vie gravissent progressivement les marches vers cette nouvelle noblesse. Ceux qui recherchent la paix et la soumission chutent dans les masses inertes, quelles que soient leurs origines. Ces masses sont condamnées au dépérissement et à l'autodestruction. Dans cette période de changements révolutionnaires qui est la nôtre, les masses sont le stade ultime de la civilisation décadente et leur représentation moribonde. Nous devons leur permettre de mourir avec leurs souverains, comme Amfortas. »

Adolf Hitler

« Vous comprenez donc mon anxiété. Le monde voit en Adolf Hitler un surhomme, et c'est ainsi que son nom doit entrer dans l'Histoire. Après la guerre, le Grand Reich s'étendra de l'Oural à la mer du Nord. Ce sera la plus grande réalisation du Führer. Il est le plus grand homme qui ait jamais vécu et sans lui rien de tout cela n'aurait été possible. Aussi est-il négligeable qu'il soit maintenant malade, alors que sa tâche est presque accomplie. »

Heinrich Himmler

33 AVANT J.-C.

« … Alors les soldats vinrent et brisèrent les jambes du premier, puis du second qui était crucifié avec lui ; mais quand ils s'approchèrent de Jésus ils virent qu'il était déjà mort et ne lui brisèrent pas les jambes. Un des soldats lui perça le flanc de sa lance, et de la plaie jaillit aussitôt du sang et de l'eau… »

Jean, 19, 32

23 MAI 1945

Le sergent-major Edwin Austin réprima un rictus de pitié devant la forme pathétique recroquevillée sur la couchette, une couverture autour de son corps tremblant. La pitié n'était pas de mise avec cet homme maintenant inoffensif mais qui avait causé la mort de millions d'êtres humains dans le terrible conflit qui venait à peine de se terminer. Sa persécution des Juifs dans son propre pays et dans les territoires conquis avait horrifié le monde, et encore maintenant d'autres atrocités étaient mises en lumière. Se pouvait-il que cet individu falot, vêtu d'une chemise, de caleçons et de chaussettes sous la couverture de l'armée fût celui qui avait organisé une telle abomination ? Sans sa moustache, sans l'uniforme et l'arrogance des siens, avec ce menton fuyant et ce visage non rasé, difficile de croire qu'il était réellement celui qu'il prétendait. Lors de sa capture, l'Allemand portait un uniforme sans aucun insigne et avait un bandeau noir sur un œil. Il s'était tout d'abord affirmé membre de la Police secrète, mais après son interrogatoire il avait révélé une identité différente — et beaucoup plus sinistre.

Le bandeau enlevé et avec une paire de lunettes cerclées, la ressemblance était frappante, malgré son affabilité servile.

Le colonel Murphy, chef du renseignement à l'état-major de Montgomery, avait accepté l'identité avouée par l'Allemand. Pourquoi donc un simple sergent-major l'aurait-il mise en doute ? Ils avaient insisté pour que le prisonnier soit surveillé à tout moment, preuve de l'importance qu'ils lui accordaient. Le sergent avait déjà perdu un prisonnier qui avait croqué la capsule de cyanure dissimulée entre ses dents. Cette fois, il ne commettrait pas semblable négligence.

Par l'entremise de l'interprète, le sergent l'informa que la couchette serait son lit et qu'il devait se dévêtir et s'allonger. Le prisonnier protesta un peu, mais se résigna vite devant la résolution de l'Anglais. Otant la couverture de ses épaules, il commença à retirer ses caleçons.

A ce moment précis arriva le colonel Murphy, en compagnie d'un autre militaire qu'il présenta comme le capitaine Wells, du service de santé.

Le sergent savait ce qui allait se passer. La veille, ils avaient découvert une minuscule fiole dans la doublure de la veste du prisonnier, et ils ne voulaient prendre aucun risque avec un détenu de cette importance.

Ils le fouillèrent avec méthode, de la chevelure à la toison pubienne, sondant l'anus et écartant les orteils. Ils ne trouvèrent rien mais il restait encore un endroit à vérifier, le plus évident. Le médecin lui ordonna d'ouvrir la bouche.

Le capitaine Wells repéra aussitôt la capsule noire coincée dans un espace entre deux dents, du côté droit de sa mâchoire inférieure. Avec une exclamation de surprise il introduisit ses doigts dans la bouche du prisonnier, mais celui-ci fut plus rapide. Il détourna la tête et mordit.

Le colonel Murphy et le sergent-major bondirent sur l'Allemand et le plaquèrent au sol, tandis que le médecin l'étranglait pour le forcer à cracher. Mais il était trop tard. La capsule s'était brisée et le poison se diffusait déjà dans le corps de sa victime. La mort était inévitable, pourtant ils ne cessèrent pas leurs efforts.

Le colonel Murphy ordonna au sergent d'aller chercher une aiguille, et ce dernier y perdit plusieurs minutes précieuses. Le médecin pressait toujours la gorge du prisonnier, déjà secoué par les spasmes de l'agonie. Enfin le sergent réapparut. Pendant qu'il ouvrait de force la bouche du prisonnier, le colonel déroula la langue et la transperça de l'aiguille. Ainsi il put empêcher l'asphyxie. Durant quinze minutes ils essayèrent des émétiques, une pompe stomacale et toutes les méthodes de respiration artificielle. Ils ne réussirent qu'à ralentir l'effet habituellement fulgurant du cyanure.

Un dernier frisson parcourut l'Allemand et une grimace affreuse déforma ses traits. Son corps se détendit d'un coup.

Deux jours plus tard, le sergent-major Austin enveloppa son cadavre dans des couvertures de l'armée, puis dans une toile de camouflage qu'il ficela à l'aide de fil téléphonique. Il enterra le corps dans une tombe non signalée près de Lüneburg. Le lieu de sépulture du Reichsführer Heinrich Himmler ne fut jamais enregistré.

1

« Le combat pour la domination du monde aura entièrement lieu entre les Allemands et les Juifs. Le reste n'est qu'illusion et tromperie. Derrière l'Angleterre, la France et les États-Unis se cache Israël. Et même lorsque nous l'aurons éradiqué d'Allemagne, le Juif restera notre ennemi mondial. »

Adolf Hitler

Harry Steadman verrouilla la portière de sa Celica grise et jeta un regard circulaire sur le parking coupé de terre-pleins gazonnés. La plupart des places étaient occupées par une mosaïque bigarrée de véhicules. Les employés des sociétés voisines étaient arrivés et devaient déjà adapter leurs rouages mentaux au rythme du lundi matin. Il avait repéré le couple dans la Cortina en roulant vers son emplacement réservé. Sans le regard aigu de l'homme à son passage, aussitôt détourné avec un naturel forcé, Steadman ne les aurait sans doute pas remarqués. L'homme l'avait reconnu, mais lui n'avait identifié ni le conducteur ni sa compagne.

Steadman les observa quelques secondes par-dessus le toit de sa voiture. Ils paraissaient maintenant en grande conversation. Le fait était sans doute peu important, car des clients attendaient souvent dans leur véhicule l'heure d'un rendez-vous avec leur avocat ou leur comptable —

ou un certain détective — dans les bureaux de Gray's Inn Square, mais Steadman éprouvait un malaise qu'il n'avait pas ressenti depuis bien longtemps. Une sensation qui le replongeait dans le passé, où elle l'avait accompagné durant des semaines, voire des mois. Et il avait suffi de ce simple regard pour la déclencher.

Il traversa la chaussée et pénétra dans le bâtiment de briques rouges qui abritait sa petite agence ainsi que trois cabinets d'avocats. Pour un détective, l'endroit était idéal, au cœur du quartier « juridique », avec Lincoln's Inn et Bloomsbury à proximité, le palais de justice et Old Bailey à moins de dix minutes. L'adresse conférait une aura de respectabilité à une profession souvent jugée quelque peu sordide.

Avec son associée Maggie Wyeth, Harry Steadman avait travaillé dur pour donner à leur agence une réputation de sérieux incontesté. Leur principe de base avait été de traiter toutes leurs enquêtes sur un pied d'égalité, à la condition qu'aucune illégalité n'y soit mêlée. Par bonheur, leur renom avait grandi et, ces deux dernières années, ils avaient surtout travaillé pour de grosses sociétés, s'occupant d'espionnage industriel, de fraudes ou de détournements de fonds. Néanmoins, ils assuraient toujours les enquêtes matrimoniales, les recherches de disparus et de débiteurs. Leur équipe ne comptait que trois membres : Blake, un officier de police à la retraite qu'ils avaient surnommé Sexton; Steve, jeune détective stagiaire qui les quitterait bientôt pour s'installer à son compte; et Sue, leur réceptionniste-dactylo-femme à tout faire, une bénédiction humaine de vingt-neuf ans, célibataire et potelée.

Steadman ignora le petit ascenseur trop capricieux à son goût et gravit les trois étages par l'escalier. Son souffle avait un peu accéléré quand il arriva sur le palier. A trente-huit ans, il se situait dans la catégorie « bonne forme physique générale mais en déclin ».

Le cliquetis de la machine à écrire de Sue l'accueillit dans le couloir, et il eut droit au sourire de la jeune femme dès qu'il poussa la porte de l'agence. Il lui répondit de la même façon.

— Bonjour, Sue.

— Bonjour, Mr. Steadman. Votre déplacement s'est bien passé?

— Assez, oui. Une semaine de plus devrait suffire.

Steadman avait passé la semaine précédente dans le Nord, à installer un système de sécurité complet pour une entreprise de matériel électronique dont les innovations étaient curieusement et systématiquement devancées de juste quelques semaines par celles d'une compagnie rivale. En dix-huit mois, plusieurs brevets avaient ainsi été déposés par cette concurrente, et une telle accumulation de coïncidences était devenue suspecte.

— Maggie est-elle arrivée? demanda Steadman en prenant le courrier que lui tendait Sue.

— Oui, elle est avec quelqu'un. Je la préviens que vous êtes là dès que le client sort.

— Parfait. Le plus tôt sera le mieux. Je dois lui parler et il faut que je reparte à onze heures.

Il se dirigea vers son bureau et fit un signe en passant à Steve qui peinait à la lecture d'un code de procédures judiciaires.

— Accroche-toi, Steve, lança-t-il. Dans dix ans, ça te paraîtra clair comme de l'eau de roche.

Le stagiaire approuva d'un pâle sourire.

Steadman ouvrit la porte de son bureau, mais se retourna vers Sue.

— Si Sexton passe, j'aurai peut-être besoin de lui cette semaine, dit-il. Il me faudra quelques agents de sécurité.

L'ex-policier avait gardé de bons contacts avec ses anciens employeurs et il savait qui allait bientôt prendre sa retraite ou envisageait de démissionner. Ces hommes faisaient habituellement d'excellents agents de sécurité.

— Il est chez Collins et Tullis ce matin, répondit-elle.

— Bon, je l'appellerai de Salford si on se rate.

Avant qu'il ne disparaisse dans son bureau, Sue brandit une feuille de papier pliée.

— Il y a un monsieur qui veut vous voir ce matin, Mr. Steadman, annonça-t-elle d'un ton contrit.

— Oh, allons, Sue, vous savez bien que je n'ai pas le temps. Pourquoi ne pas l'envoyer à Maggie ?

— C'est ce que je lui ai proposé, mais il a insisté pour vous voir, vous. Il avait déjà appelé la semaine dernière. Il voulait vous contacter dans le Nord quand je lui ai dit que vous étiez en déplacement. Bien sûr je ne lui ai pas dit où, mais il a répété qu'il fallait absolument qu'il vous voie dès votre retour. Il n'a même pas voulu parler à Mrs. Wyeth.

Steadman revint au bureau de la réceptionniste et lui prit la feuille des mains. En lisant les quelques mots manuscrits son estomac se serra. Son intuition dans le parking était juste.

— Brun, teint mat ? La trentaine ? demanda-t-il sans quitter des yeux la feuille.

— Euh, oui, répondit Sue, déroutée par sa réaction. Goldblatt, c'est le nom qu'il m'a donné. Je peux l'éconduire quand il viendra, si vous le voulez ? Excusez-moi, comme ça avait l'air vraiment important, j'ai pensé que peut-être vous pourriez le prendre avant de repartir à Stalford...

— Pas grave, Sue. Il est en bas dans sa voiture. Je lui accorderai dix minutes.

Quand il fut assis à son bureau il relut la courte phrase écrite sur la feuille. « Zwi vous envoie ses amitiés » disait simplement le message, mais c'était assez pour réveiller en lui un torrent d'émotions passées et le souvenir d'actions dictées par une frénésie de vengeance.

— Zwi Zamir...

Il fit une boule de la feuille et l'envoya rouler sur le bureau. Les yeux fixés sur le carré de ciel grisâtre de la fenêtre, il laissa apparaître dans son esprit l'image de Zwi Zamir, ex-directeur du Mossad Aliyah Beth, le service secret israélien.

Dix minutes plus tard, Sue l'appelait par l'interphone.

— Mr. Goldblatt pour vous, Mr. Steadman.

Le détective étouffa un soupir résigné.

— Faites-le entrer.

Il ramassa la boule de papier et la jeta dans la corbeille au moment où Sue introduisait l'homme de la Cortina. Goldblatt était seul. Sa compagne attendait sans doute dans la voiture.

— Mr. Goldblatt, le salua Steadman en se levant et en tendant la main.

Le visiteur la serra dans une poigne sèche et ferme. Il était de petite taille, trapu, avec des cheveux noirs coupés court et un teint moins mat que ne l'avait cru Steadman dans le parking.

— David Goldblatt, Mr. Steadman, précisa l'homme. Merci de me recevoir.

Il y avait à peine une trace d'accent américain dans sa prononciation. Ses yeux scrutaient le visage du détective pour quelque signe de reconnaissance, non pas personnelle mais plutôt d'idées partagées. Le regard de Steadman resta froid.

— Je vous apporte des cafés, dit Sue.

Ses paroles brisèrent le silence tendu qui s'était instauré. Elle sortit en refermant la porte, rendue nerveuse par la dureté qui émanait soudain de son patron. Il paraissait en vouloir au petit Juif.

— Vous avez eu mon message ? demanda Goldblatt en s'asseyant sur la chaise que lui désignait le détective.

Steadman acquiesça et se rassit dans son fauteuil. Pendant une poignée de secondes, il observa son visiteur.

— Comment va-t-il ?

Goldblatt eut un sourire rapide.

— Zwi se porte bien. Il a quitté le Service, vous le savez. Il est maintenant président d'une grosse compagnie de travaux publics. Elle appartient à la confédération israélienne des syndicats, donc les intérêts de Zwi sont toujours tournés vers le bien de notre patrie... Comme pour nous tous. Ces intérêts furent les vôtres également, bien que vous ne soyez pas juif...

Steadman baissa les yeux.
— Les choses ont changé, dit-il.
Un nouveau silence s'étira entre eux, que rompit enfin Goldblatt d'une voix adoucie :
— Nous avons de nouveau besoin de votre aide.
Le visage fermé, Steadman releva la tête.
— Pas question. Je vous l'ai dit, les choses ont changé. Le Mossad a changé. La vengeance a remplacé l'idéal.
— Seule la vengeance nous permettra d'atteindre notre idéal ! rétorqua Goldblatt avec vigueur. Nous devons venger les persécutions dont notre peuple est victime. Pour chaque homme, femme ou enfant tué par les terroristes, il faut qu'il y ait riposte ! Ce n'est que de cette façon qu'ils apprendront à respecter notre force, quand ils comprendront que nous ne serons jamais battus. Vous le savez !
— Je sais aussi que vous avez tué des innocents, dit Steadman avec la même colère, mais d'une voix plus maîtrisée.
— Des innocents ? Et le massacre de l'aéroport de Lod ? Et Munich ? Et Entebbe ? Chaque fois que le FPLP ou l'OLP frappent, des innocents sont massacrés !
— Cela vous autorise-t-il à agir de la même manière ?
— Nous avons commis des erreurs, Mr. Steadman. Mais c'étaient vraiment des erreurs, et non pas des agressions délibérées contre des malheureux qui se trouvaient là ! Jamais nous n'avons détourné d'avion, jamais nous n'avons fait exploser de bombes dans un aéroport. Comment pouvez-vous nous comparer à ces animaux ?
— Je ne le fais pas, Mr. Goldblatt, dit le détective, son irritation remplacée par une soudaine lassitude. Mais j'en ai eu assez de l'Institut. Comme vous le dites, nous avons commis des erreurs. Il fallait que je parte, sinon j'aurais été contaminé par ce que nous faisions...
Leur échange fut interrompu par un tambourinement léger à la porte. Sue entra, portant un plateau avec deux tasses de café. Elle le déposa sur le bureau, adressa un

sourire crispé au visiteur et ressortit. Les deux hommes restèrent immobiles jusqu'à son départ. Alors Goldblatt but une gorgée de café. Steadman ne toucha pas au sien.

— Je suis désolé, Mr. Steadman. Je ne suis pas venu ici pour me disputer avec vous. Les sentiments des Israéliens sont parfois excessifs, mais vous pouvez en comprendre les raisons. Le Mossad a de nouveau besoin de vous, et jusqu'ici je n'ai réussi qu'à vous mettre en colère. Veuillez accepter mes excuses.

— Alors acceptez les miennes également, Mr. Goldblatt. Je ne voulais pas vous manquer de respect, pas plus qu'à votre cause. Mais Zwi Zamir a dû vous expliquer pourquoi j'ai quitté les services de renseignements israéliens.

Goldblatt hocha la tête.

— Oui, il me l'a expliqué. Et il a aussi dit que vous refuseriez certainement de nous aider. Mais vous l'avez fait dans le passé. Vous avez abandonné l'armée britannique pour vous joindre à nous. Peut-être retrouverez-vous cette sympathie pour notre cause...

— Non, je ne le crois pas. A l'époque, j'avais des motivations particulières.

— Lilla Kanaan?

Après tant d'années, ce simple nom raviva la souffrance avec une intensité qui le fit presque paniquer. Il ne répondit pas.

— Acceptez simplement de m'écouter. Si ensuite vous refusez toujours de nous aider, nous trouverons d'autres moyens.

Goldblatt prit le silence du détective pour une approbation et se lança :

— Tout le monde est bien conscient de l'ampleur prise par le terrorisme international. Dans les premiers temps, nous Israéliens défendions notre patrie des agressions intérieures, mais comme vous le savez nous avons été obligés de livrer combat au-delà de nos frontières. Nous ne le souhaitions pas, mais nous n'avions pas le choix...

Les pensées de Steadman étaient revenues à cette nuit sanglante du mardi 30 mai 1972, à l'aéroport international de Lod. Lilla l'accompagnait pour son départ. Il avait terminé sa mission au Moyen-Orient et devait rejoindre son régiment en Angleterre. Les détonations les avaient arrachés à la tristesse de leurs adieux. Il l'avait plaquée derrière une rangée de sièges au moment où explosait la première grenade. Quand il avait vu les trois Japonais avec leurs Kalachnikov, il avait couvert Lilla de son corps, tirant devant eux une valise abandonnée, rempart dérisoire contre les projectiles. Les gens hurlaient de terreur et fuyaient le feu meurtrier ; certains s'étaient jetés au sol et priaient pour ne pas être exécutées. Quand il releva la tête pour voir s'il y avait moyen d'atteindre les terroristes, Steadman vit une grenade exploser dans la main d'un des Japonais, lui déchiquetant le visage.

Un autre mourut parce qu'il se trouvait sur la ligne de feu du troisième. Celui-ci parut perdre la tête et se mit à courir. Après quelques mètres, il fut maîtrisé par une nuée de policiers.

Ils s'étaient assis, abasourdis par la violence du carnage autour d'eux, alors que les pleurs et les lamentations s'élevaient dans tout le hall.

Vingt-huit personnes avaient été massacrées, pour la plupart des Portoricains en pèlerinage, et l'on dénombra soixante-dix blessés. Le terroriste survivant, Kozo Okamoto, avoua plus tard être membre de l'Armée Rouge japonaise et avoir été préparé à cette mission suicide par le groupe Septembre Noir.

Trois mois passèrent. Steadman revint en Israël et retourna à l'Institut central de renseignements et d'espionnage, non plus en qualité de conseiller des Services secrets britanniques mais en tant que membre du Mossad...

— ... Il ne nous a pas fallu très longtemps pour comprendre que nous ne combattions pas un groupe terroriste mais plusieurs, disait Goldblatt. L'IRA en

Irlande ; les Basques en Espagne ; en Amérique du Sud les Tupamaros ; en Turquie, l'Armée de Libération turque ; au Japon, l'Armée Rouge ; en Allemagne de l'Ouest, le groupe Baader-Meinhof. Tous s'entraidaient, et le KGB soviétique soutenait cette internationale du terrorisme. Il avait même réussi à atténuer les divergences entre les factions arabes telles que le FPLP et l'OLP. Mais les gens que nous nous attendions le moins à découvrir dans leur réseau d'aides étaient les Britanniques.

— Les Britanniques ? s'étonna Steadman. Comment aidons-nous des gens pareils ?

— En leur vendant des armes. Des armes nouvelles, sophistiquées, et en les entraînant à leur maniement.

— C'est absurde ! Bien sûr, le Moyen-Orient et l'Iran sont des clients importants du gouvernement britannique lui-même, mais il ne fait pas de commerce avec les groupes terroristes. Pas plus que les firmes privées d'armement. Les licences d'exportation et de vente sont sous strict contrôle.

Goldblatt eut un sourire sans humour.

— Mr. Steadman... Vous êtes un ancien militaire et vous avez participé aux négociations pour les ventes d'armes à Israël. Vous savez donc très bien jusqu'à quel point ce « commerce » est sous « strict contrôle »... Nous ne trouvons plus seulement les armes soviétiques dans les mains de nos assassins, mais aussi certains modèles très sophistiqués provenant de ce pays.

— Ils peuvent avoir été achetés puis revendus par un intermédiaire.

— Vous avez également travaillé pour les services de renseignements israéliens. Mettez-vous en doute l'efficacité de nos investigations ?

Steadman ne put répondre que par la négative. Les services israéliens étaient parmi les plus respectés — et craints — du monde. Lui-même avait fait partie du Mossad, chargé du renseignement extérieur, mais il avait pu apprécier également la force du Shin Beth, son équivalent pour la sécurité intérieure et le contre-espionnage.

— Nous avons la certitude que l'OLP a acheté des armes directement à une société britannique. Malheureusement, notre source d'information n'a pas supporté les interrogatoires... Nous n'avons donc aucune preuve.

Intérieurement, Steadman frissonna. Il connaissait aussi l'extrême efficacité des interrogateurs israéliens.

— Que savez-vous d'Edward Gant? demanda Goldblatt.

— Gant? Vous pensez que c'est lui le fournisseur?

Goldblatt acquiesça.

— Il ne fait pas partie des grands marchands d'armes, mais ses produits sont sophistiqués, c'est vrai. Votre informateur l'a nommé?

— Non. Notre informateur ne savait pas. Nous l'avons cru.

Steadman n'en doutait pas. Poussée avec art à un certain degré, la torture rend les gens d'une absolue sincérité.

— Alors pourquoi pensez-vous que c'est lui?

— Disons que beaucoup de chemins mènent à lui. Et vous, que savez-vous à son sujet?

— Pas grand-chose. Il se tient à l'écart de toute publicité. Je sais qu'il est riche, estimé et, comme je l'ai dit, qu'il vend des armes sur une échelle réduite. Il semble se mouvoir dans les hautes sphères.

— Il est apparu aux États-Unis dans les années 50, enchaîna Goldblatt. D'après son dossier, il émigrait du Canada. Il a épousé une Américaine fortunée et a commencé ses activités comme fabricant d'armes. Ses créations dans les armes légères ont été très remarquées à l'époque. L'argent et les accointances de sa femme lui ont permis d'approcher de hauts gradés de l'armée et quelques sénateurs, et il est devenu un fournisseur régulier des forces américaines. Il paraissait posséder lui-même quelque influence, malgré son arrivée récente dans le pays, et il n'était en aucune façon un immigrant pauvre. En 1963, après la mort de sa femme, il s'est installé en Angleterre et a créé un centre de recherche et de production d'armes. Il a évité tous les contrôles de l'État depuis. Il représente maintenant une force considérable dans cette industrie et, comme beaucoup de ses confrères, il ne fait rien pour attirer l'attention. Jusqu'à récemment du moins...

« C'est un homme remarquable à bien des points de vue. Il ne paraît pas son âge, très bonne forme physique, redoutable en affaires... Il y a de cela trois semaines, un de nos agents qui enquêtait sur ses activités a disparu. Nous n'avons eu aucune nouvelle de lui.

Ces dernières paroles avaient été prononcées sur le même ton que la biographie de Gant. Steadman se pencha sur son bureau.

— Et vous voudriez que je retrouve votre agent, dit-il.

— Oui, c'est exactement cela. Et si vous trouviez quelques preuves incriminant Gant par la même occasion, ce ne serait pas inutile.

— Que feriez-vous de ces preuves ?

— Nous les communiquerions à votre gouvernement, bien entendu.

Steadman se renfonça dans son fauteuil et jaugea l'Israélien d'un regard froid.

— Au revoir, Mr. Goldblatt.

— Vous n'avez plus aucun sentiment pour nous ?

— Non. Aucun.

— Qu'est-ce qui a pu vous changer ainsi ?

— Zwi Zamir sait. Je suis certain qu'il vous l'a dit.

— La mort de Lilla n'a donc aucune signification pour vous ?

Steadman serra les poings.

— Cela a tout signifié, au contraire.

— Et la mort de son frère ne signifierait rien ?

Pris au dépourvu, le détective laissa voir sa surprise.

— Que voulez-vous dire ?

— Simplement que c'est le frère de Lilla, Baruch, que nous avions envoyé pour contacter Gant.

Baruch. Jeune et brûlant de servir son pays. Encore plus motivé après la mort de sa sœur. Ils l'avaient utilisé comme ils l'avaient fait de Lilla, comme ils utilisaient l'existence de tant de leurs enfants.

— J'ignorais qu'il avait rejoint l'Institut.

— Notre pays a besoin de jeunes gens tels que lui pour survivre, Mr. Steadman. Baruch Kanaan a fait son service militaire dans l'armée de l'Air. Il a exécuté de nombreuses missions héliportées en territoire ennemi pour épauler les groupes d'assaut du GHQ lors de leurs retraites des bastions arabes. J'ai cru comprendre que vous-même aviez bénéficié de cet appui en de nombreuses occasions, lorsque vous étiez parmi nous.

Steadman acquiesça. Il se rappelait ces raids cauchemardesques dans Beyrouth, le repli dans les rues hostiles, les parabellums à silencieux brûlant leurs mains d'avoir trop servi... Le bruissement tant attendu des rotors et la masse camouflée des hélicoptères tombant du ciel, leurs mitrailleuses et leurs roquettes créant un barrage de feu entre eux et leurs poursuivants... Tout cela semblait remonter à une autre vie.

— Baruch est finalement devenu membre du GHQ, poursuivit Goldblatt. (Puis, avec un mince sourire :) Il a visité Petra deux fois.

De nouveau Steadman fut étonné. Le GHQ était un détachement para-militaire des Forces de défense israéliennes, composé d'officiers recrutés dans d'autres unités pour leurs aptitudes. Ils devaient être capables de combattre par petits groupes dans les pires conditions. Un des rites d'initiation au GHQ était une traversée volontaire du désert jordanien à pied jusqu'à la ville antique de Petra. Seules la ruse et l'endurance permettaient au voyageur solitaire d'éviter les patrouilles de Bédouins qui sillonnaient la région. Certains refusaient cette épreuve et étaient relevés de toute mission spéciale dans l'avenir, alors que beaucoup acceptaient et n'en revenaient jamais. Accomplir deux fois cet exploit était exceptionnel.

— Il doit être très spécial, commenta le détective.

— Oui, très spécial. Il est très vite entré au Mossad. Il parle couramment français, allemand et anglais. Il sait se montrer calme et plein de ressources dans les situations les plus éprouvantes, et impitoyable avec nos ennemis. Il possède également une excellente connaissance de l'industrie de l'armement, en bonne part grâce à vous, je suppose.

— Baruch était curieux de tout.

— Et vous étiez un bon professeur. Baruch Kanaan a été choisi pour cette mission à cause de ces qualités et parce que son visage était inconnu de nos ennemis. D'ailleurs il voulait vous contacter pour demander votre aide. Nous l'en avons dissuadé. Nous ne voulions pas vous impliquer dans cette affaire, même ainsi. A présent, j'ai bien peur que nous n'ayons plus vraiment le choix...

— Quelle couverture avait-il?

— Il a approché Gant en se faisant passer pour un représentant officieux de notre gouvernement. Il était censé acheter des armes pour Israël.

— Et?

— Il a établi le contact et nous a informés que Gant semblait intéressé. Ensuite nous n'avons plus eu aucune nouvelle de lui. Nous avons appris qu'il avait quitté son hôtel sans laisser d'adresse où le joindre. Il ne nous a fait passer aucun message et n'a pas tenté d'atteindre une de nos « maisons ». Il a disparu, purement et simplement.

— Il y a de cela trois semaines?

— Oui.

— Et vous n'avez rien eu depuis?

— Rien du tout.

Steadman poussa un soupir.

— Et comment pensiez-vous que je pourrais le retrouver?

— En approchant Gant de la même manière, comme acheteur d'une puissance du Moyen-Orient. Dans un premier temps, vous n'auriez pas eu à dévoiler l'identité de votre commanditaire. Pas avant le début des négociations.

— Baruch a dit à Gant qu'il représentait Israël ?

— Oui. Une erreur, d'après nous.

Steadman eut un rictus acerbe.

— Une erreur de taille. Si Gant fournit les terroristes arabes, il peut avoir certaines sympathies pour leur cause.

— Il n'est pas inhabituel qu'un marchand d'armes traite avec les deux côtés, rappela Goldblatt.

— Non, mais cela peut être embarrassant pour lui, parfois.

— Un marchand d'armes embarrassé ? (le ton de l'Israélien était moins étonné que cynique) j'ai quelques doutes... Notre but était le suivant : percer Gant à jour. S'il avait montré quelques réticences à traiter avec nous, cela aurait conforté nos soupçons.

— Conforté mais non prouvé.

— Certes, mais ce n'était là qu'une première étape. Surveillance, enquêtes, corruption ici et là nous auraient ensuite permis d'étayer le dossier. Et nous aurions fini par trouver des preuves.

— Et si cela n'avait pas réussi ? Si vous n'aviez pu obtenir de preuves concluantes à communiquer à mon gouvernement ? Qu'auriez-vous fait ? Vous auriez éliminé Gant ?

— Probablement, oui, répondit Goldblatt sans hésitation.

Steadman sentit la colère renaître en lui.

— Mais vous ne pouvez mener votre guerre dans ce pays !

— Nous n'avons hélas pas le choix.

— Moi si. Je ne vous aiderai pas.

— Nous ne vous demandons pas de prendre de risques, Mr. Steadman. Uniquement d'approcher Gant, d'essayer de savoir si Baruch l'a revu. Sinon de retrouver la piste de Baruch. C'était notre seule requête : une enquête banale, en fait. Sans aucun lien avec le Mossad.

— Pourquoi n'allez-vous pas trouver la police?

— Cela nous mettrait dans une position gênante. De plus nous nous méfions de toute coopération étrangère en ce qui concerne les affaires israéliennes. Souvenez-vous des Français. Ils ont libéré Abou Daoud après l'avoir arrêté en 1977, parce qu'ils craignaient que la vente de deux cents Mirage à l'Égypte ne soit compromise par sa détention. Non, dans tous les pays la justice plie devant les intérêts nationaux. Je ne pense pas que votre gouvernement se sentirait concerné par la disparition d'un de nos agents.

— Alors pourquoi ne pas vous adresser à un autre détective? Pourquoi moi?

— A cause de vos connections. Vous avez côtoyé les militaires, vous connaissez bien les ventes d'armes. Dans le passé vous avez négocié des contrats d'armement pour Israël, et il serait très crédible que vous travailliez maintenant pour votre propre compte. Votre couverture est parfaite. De plus vous connaissez Baruch. En résumé vous convenez parfaitement pour cette enquête, Mr. Steadman.

— A un détail près.

— Lequel?

— Cette enquête ne m'intéresse pas.

— Même si la vie de Baruch est en jeu?

— Oui.

Les yeux de Goldblatt traduisaient son dégoût.

— Rien ne vous fera donc changer d'avis?

— Rien. Trouvez une autre agence, ou faites votre sale boulot vous-mêmes.

L'agent du Mossad se leva de son siège.

— Vous avez perdu votre foi, laissa-t-il tomber comme une sentence.

Steadman resta impassible.

— Elle a changé, c'est tout. J'espère sincèrement que vous retrouverez Baruch.

Avec un hochement attristé de la tête, Goldblatt lui tourna le dos et alla jusqu'à la porte. Là il s'arrêta un instant, comme s'il était prêt à ajouter quelque chose, mais sortit sans un mot, en refermant la porte derrière lui.

Steadman soupira. Le passé ne voulait pas se faire oublier, songea-t-il avec une pointe d'amertume. Il pensa au jeune frère de Lilla : Baruch et son éternel sourire, son enthousiasme, son intensité dès qu'il était question du combat pour Israël... Avait-il été sacrifié comme sa sœur, au nom de la liberté de son pays? Les coups légers à la porte tirèrent le détective de ses sombres pensées.

Maggy Wyeth passa la tête par l'entrebâillement.

— Bonjour, Harry. L'entretien était tendu, on dirait?

Il grimaça.

— On espionne encore par les trous de serrure?

Elle entra en souriant et s'assit sur le coin de son bureau. A quarante ans, elle portait à merveille ce charme que seules les femmes de son âge peuvent dégager, doublé d'une élégance discrète mais très réelle. Une certaine fermeté dans le dessin de ses lèvres et la ligne de la mâchoire lui donnaient une extériorité parfois intimidante. Steadman l'avait vu user de cet atout avec une grande finesse lors d'affaires délicates. L'agence avait été créée par son mari et elle l'avait efficacement secondé jusqu'à la crise cardiaque fatale de celui-ci, cinq ans plus tôt. Elle avait pris sa succession, pour très vite se rendre compte que les préjugés masculins à l'encontre d'une détective étaient tenaces et incontournables. Elle s'était donc mise en quête d'un homme convenant au poste, pour donner l'image désirée à ceux qui la réclamaient. Steadman venait de rentrer en Angleterre après avoir quitté le Mossad, et une connaissance mutuelle les avait mis en rapport. Ils avaient d'abord montré une méfiance réciproque, peu à peu remplacée par le respect. Tous deux avaient perdu un être cher, mais n'avaient pas l'intention de s'abandonner à l'auto-apitoiement. Et chacun reconnaissait le même besoin chez l'autre.

Après un essai de trois mois, Steadman avait acheté son partenariat dans l'agence, qui depuis avait développé sa clientèle de façon régulière. Comme c'était prévisible, leur relation avait débordé le cadre purement professionnel, mais ce ne fut qu'une brève aventure. Ils comprirent rapidement qu'ils ne pouvaient s'offrir qu'un réconfort trompeur. S'ils éprouvaient une affection solide l'un pour l'autre, l'amour était un sentiment qu'ils avaient épuisé avec d'autres. Ces rapports avaient duré trois mois puis ils avaient décidé d'un commun accord d'y mettre fin. Mais l'amitié était restée.

Steadman jeta un regard admiratif à la cuisse galbée de Maggie et sentit un peu de sa tension le quitter. Ils ne s'étaient pas vus depuis une semaine et ils appréciaient ce contact.

— Qui était-ce ? demanda-t-elle.

— Un fantôme, pourrait-on dire, fit-il d'un ton neutre.

— D'Israël ?

— Oui.

— Le Mossad ?

Maggie était au courant de ses associations passées. Il approuva.

— Ils veulent que tu retravailles pour eux ?

— D'une certaine façon, oui. Ils voulaient demander à l'agence de retrouver un de leurs hommes.

— Ce type n'a même pas accepté de me parler quand tu étais absent, fit-elle remarquer.

— Il faut croire que je présente un intérêt particulier pour lui.

— Pourtant tu n'as pas accepté ?

— Non. Je ne veux plus rien avoir à faire avec eux.

— Mais si ce n'était qu'une simple enquête nous aurions pu nous en charger. Nous ne sommes pas débordés au point de pouvoir refuser des clients, tu sais.

Steadman se rembrunit.

— Avec le Mossad, rien n'est jamais simple. Nous n'avons pas besoin de cela.

— Nous aurions pu en discuter tous les deux avant, répliqua Maggie. (Derrière la douceur du ton il perçut sa fermeté.) Nous aurions pu donner l'affaire à Sexton, ou j'aurais pu la prendre.

— Je t'ai dit qu'ils voulaient que ce soit moi et personne d'autre, Maggie. Laissons tomber, d'accord?

Cette fois ce fut Maggie qui perçut la détermination dans la voix de son associé.

— Désolée, Harry. C'est la femme d'affaires qui parlait. Elle déteste laisser filer un client.

— Okay. — Il sourit et lui tapota la cuisse. — Bon, où en sommes-nous?

— Eh bien, nous avons toujours quelques petites choses en cours, mais rien que Sexton et Steve ne puissent assurer. Sexton a deux citations en justice cette semaine, mais Steve pourra peut-être le remplacer, il est plus rapide que Sexton. Moi je vais témoigner au tribunal demain et jeudi, et j'ai vu un client ce matin pour une histoire de vol dans sa chaîne de magasins. Il perd plusieurs centaines de livres chaque semaine et il soupçonne un gang organisé.

— En stock ou en caisse?

— En caisse directement. Nous avons vérifié l'inventaire et le chiffre d'affaires. Les rouleaux de caisse montrent trop de « non-vendu » et d'« erreurs » après les additions. Nous allons faire quelques achats tests.

Steadman acquiesça. La méthode du faux client était éprouvée.

— Ça ne devrait pas nous prendre très longtemps, ajouta-t-elle. Mais ensuite nous avons assez peu d'affaires. C'est pour cette raison que je me renseignais sur ton visiteur...

— Maggie, tu sais bien ce qui se passe quand nous avons l'impression que le business ralentit. Des gens disparaissent, des couples veulent divorcer après vingt ans de mariage, les corbeaux écrivent aux notables et des débiteurs s'évanouissent dans la nature. Nous nous retrouvons débordés de travail. Et ce ne sont là que les affaires courantes. Il nous reste toujours notre fonds de commerce : espionnage industriel, détournement de fonds, sécurité des entreprises...

Maggie l'interrompit d'un rire bas.

— C'est mon anxiété professionnelle qui se manifeste. C'est vrai, il n'y a aucune raison pour que notre situation se dégrade...

— Exact. Écoute, il faut que je retourne à Salford pour arranger quelques petits détails...

Maggie se leva.

— Tout se passe bien?

— L'habituel problème du vieil employé proche de la retraite qu'on voudrait charger de la sécurité. Mais heureusement j'ai réussi à leur faire comprendre mon point de vue. Sexton va me trouver quelques types bien et les envoyer cette semaine. Ensuite il suffira de régler les systèmes d'alarme et de former les gars à la surveillance.

— Très bien Harry. Je te téléphonerai si on nous propose une grosse affaire pendant ton absence.

Elle lui lança un sourire amical et alla jusqu'à la porte.

— Maggie, fit-il, et elle se retourna. Oublie notre ami israélien, d'accord?

— Il est déjà oublié.

Elle lui envoya un baiser et sortit de son bureau.

Sue leva les yeux de sa machine à écrire quand elle s'approcha.

— Sue, dit Maggie à voix basse, le dernier visiteur de Harry vous a-t-il laissé ses coordonnées?

2

« ...et c'est la tragédie de l'élite que de recourir à la violence pour la gloire de la Mère-Patrie. »

Heinrich Himmler

« Seule la peur dirige le monde. »

Adolf Hitler

Steadman posa sa valise et se laissa tomber sur le lit. Le trajet nocturne de retour de Stalford l'avait exténué, mais il tenait à être revenu chez lui pour le dimanche soir. De cette façon, il pourrait passer une bonne nuit et reprendre le travail dès le lundi matin. Son client l'avait invité chez lui le week-end, pour le remercier de ses efforts de la semaine, et le détective avait accepté avec gratitude. Il restait encore quelques petits détails à régler avant de revenir à Londres, et il avait parié avec justesse sur l'humeur plus détendue du directeur de société pour tout arranger.

Steadman était satisfait de la manière dont s'était déroulée cette affaire. En deux semaines, il avait interrogé tous les employés et décortiqué chaque dossier sans rien trouver de suspect. Mais à partir de maintenant chaque membre de l'entreprise porterait un badge magnétique avec photographie donnant accès à différents secteurs des laboratoires selon l'affectation. Le système enregistrait chaque ouverture de serrure électronique par badge. Un rapport quotidien serait tenu par le service de sécurité sur tout fait inhabituel, comme l'arrivée prématurée d'un employé ou son départ tardif. Ces renseignements seraient classés et notés. Steadman avait également installé un éclairage plus puissant, de sorte qu'aucune porte ni fenêtre ne reste dans l'ombre. Le toit lui-même était maintenant illuminé toute la nuit. Toutes les serrures, à combinaisons ou non, avaient été changées, et les fenêtres du rez-de-chaussée avaient été équipées de barreaux fins mais très solides. Steadman avait réussi à convaincre son client qu'un système d'alarme muet était préférable au mugissement de sirènes. Il s'agissait ici de prendre les coupables sur le fait et non de les apeurer. La police et la sécurité seraient donc averties sans alerter leur proie. Le détective avait également persuadé le directeur de renoncer aux chiens de garde : ils coûtaient cher à dresser et requéraient des maîtres qualifiés. De plus Steadman professait une répugnance personnelle à employer des animaux contre des hommes. Argument supplémentaire, il était facile de droguer un chien.

Il avait passé son week-end à argumenter sur un salaire décent à accorder au responsable de la sécurité. Les candidats locaux n'avaient pas l'étoffe de chefs, et Sexton avait envoyé un policier tout juste retraité qui faisait parfaitement l'affaire. Ici encore Steadman avait fini par avoir gain de cause. Aussi avait-il toutes les raisons pour s'estimer satisfait de son travail.

Il détendit ses épaules contre le moelleux du lit et ôta ses chaussures avec ses talons. Ces deux dernières semaines avaient été prenantes et assez fastidieuses, mais il ne les regrettait pas. Si le client se tenait au plan de sécurité qu'il avait établi, son usine serait à l'abri des voleurs de brevets. Steadman avait déjà eu de tels contrats par le passé, et ils avaient rehaussé le prestige de l'agence, sans parler des émoluments beaucoup plus substantiels que les petites affaires d'adultère ou d'impayés.

Il hésita un moment à téléphoner à Maggie, mais il était plus de onze heures. Les bonnes nouvelles pourraient attendre le lendemain. Il l'avait jointe plusieurs fois dans la semaine, et elle ne lui avait annoncé aucun événement marquant à l'agence. Inutile donc de la déranger aussi tard.

Il s'étira mais refusa de céder à la tentation du sommeil. Il avait faim, et l'idée d'un verre lui paraissait très appropriée. Il se leva sans hâte et alla jusqu'à la fenêtre pour scruter les ténèbres extérieures. En face la petite église et ses jardins n'étaient qu'une masse sombre et son reflet dans la vitre gênait un peu plus la visibilité de Steadman.

Le détective habitait une petite maison avec terrasse dans une ruelle au bord de Knightsbridge. Elle lui avait coûté une fortune mais le cul-de-sac était bien situé et la tranquillité qui y régnait offrait un contraste appréciable avec l'agitation de la ville. Les espaces verts entourant l'église toute proche offraient un lieu idéal pour lire les journaux en été; même les vieilles pierres tombales disséminées donnaient à l'endroit une sérénité appréciable. Quelques bancs disposés de façon tout aussi erratique avaient leurs habitués, comme les chiens certains arbres des jardins. Avec l'argent amassé au Mossad, Steadman avait pu acheter cette maison ainsi que son partenariat dans l'agence. A présent il n'avait plus d'autres revenus que ceux de son travail, mais celui-ci lui procurait une vie confortable et bien remplie, ce qui, à la réflexion, était à peu près tout ce qu'il pouvait demander. Naguère il avait eu plus et il avait voulu encore plus, en croyant qu'ils resteraient intouchés par le danger dans lequel ils baignaient. Pourtant Lilla était morte. Depuis il avait appris à ne pas exiger trop de l'existence. De cette façon il éviterait les déceptions...

Il chassa ce raisonnement morose de son esprit et descendit au rez-de-chaussée. Dans la cuisine il se servit une belle dose de vodka arrosée d'une larme de tonic. Comme il était un peu tard pour dîner au-dehors, il prit une pizza surgelée qu'il mit dans le micro-ondes. Sa femme de ménage avait garni le réfrigérateur en son absence, mais il n'était pas très porté sur la cuisine. Au hasard des rencontres, ses amies s'en chargeaient.

Il revint dans le salon pour siroter sa vodka tout en dépouillant le courrier de la semaine. Des factures surtout, dont il ne garda que les plus urgentes ; une lettre d'une ancienne liaison fatiguée d'être « ancienne » comme elle l'avait été d'être « actuelle ». Sa prose rejoignit les autres boules de papier au sol, accompagnée de quelques publicités sous enveloppe. Il ne retint qu'une invitation à une démonstration de matériel de sécurité.

Il mangea lentement, assis au petit comptoir de la cuisine, avec en sourdine un programme musical de radio. Puis il prit une douche bien chaude, s'autorisa une seconde vodka pour se détendre et alla se coucher. Cinq minutes après s'être glissé entre les draps, il dormait.

Le martèlement le réveilla en sursaut. Il resta un long moment immobile, les yeux fixés au plafond, à tenter de définir ce qui l'avait tiré de son sommeil aussi brusquement. Puis les coups frappés recommencèrent. En bas, sur la porte d'entrée. Qui diable pouvait venir le voir à pareille heure ? Et pourquoi ne pas utiliser la sonnette ? Mais on ne se contentait pas de heurter le bois du poing. Les chocs étaient violents, espacés.

Avec un juron il se leva, alla tirer les rideaux et pressa son front contre la vitre en essayant de voir la porte d'entrée. Le bruit cessa aussitôt.

Steadman plissa les yeux. L'obscurité était trompeuse. Il crut discerner un mouvement furtif dans les ombres en dessous de lui mais il n'aurait pu en jurer. Alors qu'il se détournait de la fenêtre pour enfiler son pantalon et foncer au rez-de-chaussée, il eut l'impression qu'une silhouette traversait la ruelle et se fondait dans les jardins sombres de l'église. Là encore, ce pouvait n'être qu'une illusion due au manque de lumière.

Il passa son pantalon en hâte. Le radio-réveil affichait 2 h 23. Si quelqu'un lui faisait une blague, il lui promettait un mauvais quart d'heure. Il sentait la colère croître rapidement en lui.

Arrivé au bas de l'escalier, il hésita, les yeux fixés sur l'entrée. Quelque chose dans l'atmosphère lui déplaisait à l'extrême, sans qu'il pût s'en expliquer la raison, et soudain il n'avait plus aucune envie d'ouvrir la porte. De l'extérieur s'élevait un son étouffé, comme un gémissement déformé.

Il avança lentement dans le couloir, respiration silencieuse et gestes coulés, possédé de ce calme de fauve développé au Mossad. Il pressa son oreille contre le panneau de bois et écouta.

Quelque chose grattait la porte de l'autre côté. Il crut percevoir un murmure très bas, non humain, comme la plainte d'un animal blessé. Un instant, il songea remonter dans sa chambre pour prendre son pistolet, mais il abandonna aussitôt cette idée. Il dramatisait à outrance, se dit-il. Un coup ébranla le bois à mi-hauteur et il fit un bond en arrière.

La colère le reprit d'un coup. Il était ridicule de se comporter comme une vieille femme paranoïaque. D'un geste brusque il déverrouilla la porte et l'ouvrit.

Bras étendus et tenant le chambranle, une forme humaine bloquait le passage. La tête était baissée en avant et un liquide sombre paraissait couler de la bouche, mais le manque de lumière rendait difficile toute certitude. L'individu gardait une pose curieuse : ses jambes fléchies ne semblaient pas le porter. Il émettait un son bas continu, celui que Steadman avait comparé au gémissement d'un animal, mais le bruit était étouffé, comme si la bouche de l'inconnu était emplie de liquide.

Steadman ne pouvait rien discerner des traits de l'inconnu qui bougeait à peine. D'une main il tâtonna sur le mur et appuya sur l'interrupteur. La lumière du plafonnier inonda le couloir et Steadman cligna plusieurs fois des yeux pour s'y habituer. Quand enfin sa vision s'adapta, il vit que la silhouette était celle d'une femme. Avec quelque chose de familier dans la chevelure...

— Maggie ?

Il avait parlé sans s'en rendre compte, dans un souffle. Il redressa la tête de son amie avec douceur et vit du sang jaillir de sa bouche et couler sur son menton. Les yeux de la jeune femme étaient rougis et voilés, mais il y saisit une lueur fugitive.

— Maggie, que t'est-il arrivé ?

Il voulut la prendre dans ses bras pour l'aider à entrer, mais elle conserva les bras écartés, comme si elle refusait de lâcher le chambranle. Elle releva un peu la tête et tenta de parler, mais le sang dans sa bouche transforma ses paroles en un gargouillement effrayant.

— Oh, bon Dieu, Maggie ! Qui a fait ça ?

Il la tira vers lui mais elle ne lâcha pas prise et poussa un faible cri.

— Maggie, laisse la porte. Je vais t'amener à l'intérieur, l'implora-t-il.

La tête de la jeune femme s'affaissa. Elle avait perdu conscience. Cette fois Steadman l'attira plus fermement à lui, mais elle restait toujours accrochée au chambranle. Il remarqua alors les traînées de sang qui coulaient le long de ses bras. Passant la tête au-dessus de son épaule, il regarda sur le côté et ses yeux s'agrandirent d'horreur. Un clou transperçait le dos de sa main et l'immobilisait au bois du chambranle. L'autre main était pareillement rivée de l'autre côté de la porte.

Il la souleva un peu pour empêcher le déchirement des chairs et se mit à appeler à l'aide en espérant qu'un voisin entendrait, mais aucune lumière n'apparut dans les maisons alentour. A cette heure de la nuit, les gens dormaient ou se refusaient à entendre. S'il continuait, quelqu'un finirait bien par se manifester, mais cela prendrait du temps et chaque seconde comptait.

Il relâcha le corps de Maggie aussi doucement que possible puis se rua dans la cuisine. Un tiroir contenait ses quelques outils de bricolage. Il revint en courant à la porte avec le marteau. Les vêtements de Maggie étaient trempés de sang et il sentit son angoisse monter d'un cran. Passant sous son aisselle, il coinça la tête du clou dans la panne du marteau. Pour ne pas faire levier sur la main il dut cesser de soutenir Maggie. Il tira des deux mains, de toutes ses forces. Le clou se délogea brusquement, et Maggie glissa sur le côté. Il n'eut que le temps de rattraper le corps inerte pour qu'il ne pèse pas d'un coup sur la main encore clouée. Cette fois il dut enfoncer la panne du marteau dans les chairs pour accrocher la tête d'acier, et il refoula la nausée qui le saisissait : il lui fallait libérer son amie aussi vite que possible.

Les huit centimètres d'acier jaillirent enfin sous l'effort. Le clou tomba sur l'asphalte de la rue avec un bruit sec. Steadman lâcha le marteau et retint par les aisselles le corps qui s'effondrait. Il la porta jusqu'au canapé du salon et l'y allongea avec précaution, alluma le lampadaire puis s'agenouilla auprès d'elle. La tête de son amie roula vers lui et son regard vide le fixa sans le voir. Avec des gestes frénétiques Steadman écarta son chemisier imbibé de sang et colla son oreille sur sa poitrine. Il n'y avait aucun battement de cœur.

Il hurla son prénom et prit son visage figé entre ses mains en la suppliant de revenir à la vie. La bouche de Maggie béait, emplie de sang à demi coagulé. Un froid brutal l'étreignit et il lutta de nouveau contre la nausée. Très doucement, il reposa sa tête sur l'accoudoir du canapé.

Il savait qu'elle était morte. Mais il ne comprenait pas pourquoi on lui avait arraché la langue.

3

« Cette fois notre sol sacré ne sera pas épargné. Mais je suis confiant. Nous résisterons et continuerons le combat. L'Allemagne émergera de ces ruines, plus belle et plus grande qu'aucun pays ne l'a jamais été. »

Adolf Hitler

Assis au bureau de Maggie, Steadman se tenait la tête dans les mains. Il n'y avait aucune larme en lui, seulement une immense lassitude, un sentiment de désespoir infini. Il croyait avoir définitivement banni de sa vie une sauvagerie aussi monstrueuse, mais elle l'avait retrouvé, tel un vieil ennemi qui tient à sa vengeance. Pourquoi Maggie ? Pourquoi lui avoir fait cela ?

Avertie par un voisin trop pleutre pour répondre aux appels de Steadman mais assez courageux pour téléphoner, la police avait fait irruption chez lui alors qu'il serrait contre lui la morte. Son torse nu était couvert du sang de Maggie. Ils l'avaient écouté avec méfiance, prêts à réagir au moindre signe agressif de sa part.

Une ambulance avait emmené le cadavre mutilé, et les heures qui avaient suivi n'avaient été qu'une liste interminable de questions. Qui était la morte ? Quelle relation entretenait-elle avec lui ? S'étaient-ils querellés ?

Leur agence était-elle en bonne santé financière? Étaient-ils amants? Pouvait-il redécrire ce qui s'était passé cette nuit? Encore. Et encore. A quel propos s'étaient-ils querellés? N'y avait-il donc jamais eu aucune anicroche entre eux? Alors quel était le sujet de leur dernière dispute? Sur quelles affaires travaillaient-ils actuellement? Quand l'avait-il vue pour la dernière fois? Pouvait-il relater une nouvelle fois les faits? A quelle heure s'était-il réveillé? Pourquoi n'avait-il pas appelé la police? Était-elle encore en vie quand il l'avait découverte? Pouvait-il recommencer depuis le début?

Il s'était emporté, puis sa colère s'était évanouie. Il était encore en état de choc et l'interrogatoire, la situation lui paraissaient irréels. La petite maison était emplie de silhouettes indistinctes, de visages soupçonneux et hostiles. Au fil des heures pourtant, leur attitude se modifia peu à peu car ses réponses ne variaient pas, malgré son évidente hébétude. Ils lui permirent de prendre une douche et de se changer, puis deux inspecteurs le menèrent à l'agence de Gray's Inn Square. Là ils examinèrent tous trois les derniers dossiers dans l'espoir de découvrir un indice qui les éclairerait sur le meurtre de Maggie Wyeth. Ils butaient sur une interrogation en particulier : pourquoi le ou les assassins avaient-ils pris la peine de crucifier leur victime à la porte de son partenaire? Leur agence avait peut-être aidé à faire condamner un déséquilibré quelconque dans un lointain passé, un fou qui venait de se venger. Une autre équipe de la police passait au peigne fin l'appartement de la victime à Highgate, mais ils ne trouvèrent pas plus de piste que les deux inspecteurs et Steadman.

L'aube se levait quand ils abandonnèrent le détective dans le bureau de Maggie. Ils lui demandèrent de venir déposer plus tard dans la journée à New Scotland Yard, en lui recommandant de ne rien dire à la presse, laquelle le traquerait bien assez tôt. Et il ne devait pas quitter la ville sans leur avoir auparavant communiqué sa destination.

La fatigue et le choc embrumaient son esprit, et il resta assis sans bouger un temps indéterminé. Sue le découvrit dans la même position à son arrivée. Elle avait encore le manteau sur le bras quand elle jeta un coup d'œil par la porte entrouverte. Elle ne cacha pas son étonnement devant l'air hagard de son patron.

— Oh pardon, je croyais que c'était Mrs. Wyeth... Voulez-vous que je...

— Entrez, Sue, coupa Steadman sans la regarder.

La venue de la secrétaire l'avait tiré de son apathie. Sue s'approcha. D'abord surprise, elle était maintenant inquiète de son expression lointaine.

— Vous allez bien, Mr. Steadman? Vous semblez...

— Sur quelles affaires a travaillé Maggie la semaine dernière, Sue?

Ses yeux avaient repris leur habituelle vivacité quand il les braqua sur la secrétaire.

— Euh... Ça doit figurer dans son agenda. Elle est allée au tribunal deux fois, mardi et jeudi, je crois... Et elle a enquêté sur des vols commis dans les magasins Myer. Il me semble que c'est tout... mais tout devrait être dans son agenda.

Elle pointa un index vers le petit volume relié de cuir rouge sur le bureau. Steadman acquiesça.

— Oui, j'ai déjà regardé. Pas de complication avec l'affaire Myer?

— Non, non, je ne crois pas. Mrs. Wyeth commençait seulement l'enquête. Mais elle devrait arriver bientôt, elle pourra vous dire ce que...

— Sue, fit-il calmement, Mrs. Wyeth ne viendra pas.

Sue resta immobile, interdite. L'expression de son patron lui disait qu'il allait lui annoncer quelque chose de terrible, et une appréhension soudaine la pétrifiait.

Steadman décida de ne rien lui révéler avant d'en avoir appris autant qu'il était possible sur les activités de Maggie la semaine passée. La nouvelle de la mort de sa patronne effondrerait sans doute Sue, et elle ne serait plus en état de le renseigner.

— Réfléchissez bien, Sue. Maggie s'est-elle occupée d'autre chose durant mon absence?

Elle secoua la tête négativement mais s'arrêta presque aussitôt.

— Il y a bien cette autre affaire, mais...

Steadman attendit, mais la jeune femme paraissait gênée.

— Il faut tout me dire, Sue. C'est peut-être très important.

— C'est que... Elle voulait vous en parler elle-même à votre retour. Elle m'a demandé de ne rien vous dire...

— Je vous en prie, Sue...

La frustration dans sa voix la décida.

— Cet homme qui est venu vous voir lundi dernier... Mr. Goldblatt? Je crois que Mrs. Wyeth a travaillé sur quelque chose pour lui.

— Bon sang! s'écria-t-il avec rage, et la secrétaire sursauta quand le poing de Steadman s'abattit sur le bureau. Je lui avais dit de ne pas accepter!

— Elle... Elle a dit que nous n'étions pas très occupés et qu'elle pouvait se charger de cette affaire. Il s'agissait simplement de retrouver une personne disparue...

Sue était très embarrassée par la situation, car elle professait une égale loyauté à l'égard de ses deux employeurs.

— Je suis sûre que Mrs. Wyeth pourra vous expliquer...

— Elle n'expliquera plus rien! tonna Steadman. Elle est morte!

Il regretta aussitôt cette flambée de colère. Une détresse instantanée avait envahi le visage de Sue. Il se leva et contourna le bureau.

— Je suis désolé, je n'aurais pas dû vous l'annoncer de la sorte.

Il la prit par les épaules et la fit s'asseoir sur la chaise. Elle se laissa guider comme une aveugle.

— Comment est-ce arrivé? bredouilla-t-elle en tirant un mouchoir de sa poche d'un geste mécanique. Elle allait bien jeudi matin, après le tribunal...

— C'est la dernière fois que vous l'avez vue? demanda-t-il d'une voix redevenue douce.

— Oui. Jeudi matin. (Elle se tamponna les yeux de son mouchoir.) Elle m'a dit qu'elle serait absente l'après-midi et certainement aussi toute la journée de vendredi. Que s'est-il passé, Mr. Steadman? Comment est-elle morte?

Il hésita un instant, avant de comprendre que les journaux relateraient l'affaire, même s'ils ignoraient les détails les plus horribles.

— Elle a été assassinée. La nuit dernière. C'est pourquoi je vous demande ce qu'elle a fait la semaine dernière.

— Assassinée? Mais qui...

— Nous ne le savons pas, Sue. La police viendra sans doute vous interroger dans la journée.

Il essaya de la réconforter quand elle éclata en sanglots. Quelques minutes passèrent.

— Quand a-t-elle vu Mr. Goldblatt?

— Le même jour que vous. Dans l'après-midi, à son hôtel.

— Quel hôtel, Sue? Vous avez le nom?

— Oui, dans mon carnet. Je vais vous le chercher.

Elle se leva, le mouchoir toujours serré dans son poing.

— Qui a fait ça, Mr. Steadman? Qui l'a assassinée?

Le détective ne pouvait lui fournir aucune réponse. Et il n'était pas certain de vouloir la connaître. Quelque chose lui disait que savoir amènerait d'autres horreurs.

L'hôtel était situé dans le nord-ouest de Londres, non loin de Belsize Park. C'était un établissement moderne et fonctionnel, du genre apprécié par les hommes d'affaires de passage dans la capitale et qui ne restent que quelques jours avant de repartir ailleurs. Un endroit anonyme et proche du cœur de Londres, idéal pour les membres d'une organisation comme le Mossad.

Steadman paya le taxi et entra d'un pas assuré dans le

hall de l'hôtel. Il avait laissé Sue aux soins de Sexton. L'ex-policier était arrivé en compagnie de Steve au moment où la secrétaire donnait l'adresse de Goldblatt à son patron. Steadman avait alors expliqué aux trois employés ce qui était arrivé à Maggie. Sue s'était effondrée et le visage de Steve avait pris une pâleur extrême, mais Sexton avait bien encaissé. Malgré le choc, l'expérience passée lui avait permis de maîtriser sa réaction sur l'instant. Il savait que les autres auraient besoin de lui. Pourtant il avait proposé à Steadman de l'accompagner. Ce dernier avait refusé, arguant qu'il serait plus utile à l'agence. Les raisons étaient valables et l'ex-policier avait accepté, à contrecœur mais sans discuter.

Le réceptionniste de l'hôtel toisa Steadman avec une froideur certaine. Le détective n'était pas rasé, le col de sa chemise était ouvert, il n'avait pas remis de cravate et son visage portait les stigmates d'une nuit sans sommeil. Cette apparence ne le rendait pas bienvenu, il le sentait, mais il n'était pas d'humeur à supporter les a priori d'un réceptionniste guindé.

— Vous avez un Mr. Goldblatt chez vous. Quelle chambre ?

La dureté de la voix était sans équivoque. Derrière son comptoir, l'employé perdit un peu de sa morgue avec beaucoup d'à-propos. Il passa un index rapide sur la liste des clients.

— Chambre 314, Monsieur. Troisième étage. Je vais prévenir Mr. Goldblatt par téléphone. Qui dois-je annoncer ?

— Pas la peine.

Steadman se dirigeait déjà vers les ascenseurs.

— Un instant, Monsieur...

Les portes d'un ascenseur s'ouvrirent et quelques hommes d'affaires en sortirent. Steadman monta et appuya sur le 3. La porte coulissa dans un chuintement. Avant qu'elle ne se referme il vit le réceptionniste qui décrochait son téléphone.

Arrivé au troisième il sortit sur le palier moqueté et

s'engagea dans le couloir. Un peu plus loin, une porte s'ouvrit et l'agent du Mossad apparut.

Le détective avança sur lui. Goldblatt était encore en manches de chemise; visiblement il ne s'attendait pas à une visite aussi matinale.

— Je suis heureux de vous voir, Mr...

Il s'interrompit en reconnaissant la flamme glacée qui brûlait dans les prunelles de Steadman. Bien des années auparavant il l'avait vue dans le regard d'un instructeur, alors qu'un de ses camarades venait d'en tuer un autre d'une balle dans la gorge par inadvertance. Le vétéran avait battu comme plâtre la recrue pour avoir perdu une précieuse vie israélienne.

Hypnotisé par ce regard, il se sentait totalement désarmé, incapable de se défendre. Le coup de poing l'envoya rouler dans la chambre. Il se releva sur les genoux mais le pied de Steadman le frappa aussitôt. Il s'écroula sur le dos. Le détective était déjà sur lui et empoignait sa chemise pour le relever.

— Steadman, non...

Le revers de main lui écrasa vicieusement la bouche.

— Tu t'es servi d'elle, fumier! lui cracha Steadman au visage. Tu t'es servi de Lilla et de moi, et maintenant tu as tué Maggie aussi!

— Steadman, que racontez-vous...

— Maggie! rugit l'Anglais. Tu l'as tuée!

Ivre de rage, il précipita l'agent du Mossad au sol et s'apprêta à le frapper de nouveau.

— Ça suffit, Steadman. Plus un geste.

Le détective tourna la porte. Sur le seuil de la porte de communication entre les deux chambres se tenait la femme de la Cortina. Il la reconnut immédiatement. Elle braquait sur lui un Beretta muni d'un long silencieux.

— Ne me forcez pas à vous tuer, dit-elle en regardant nerveusement Goldblatt.

Steadman savait qu'elle ne plaisantait pas. La détonation serait assourdie par le silencieux, et les agents du

Mossad utilisaient toujours des balles à charge légère pour réduire le bruit. Personne n'entendrait rien. Bien sûr, il leur faudrait ensuite se débarrasser de son cadavre, mais il était sûr qu'ils y parviendraient sans trop de difficultés, au besoin avec l'aide d'autres agents.

Le détective s'écarta de l'Israélien toujours au sol et avança de deux pas vers la jeune femme, prêt à profiter de sa moindre distraction.

Avec ses longs cheveux noirs et sa peau mate, elle offrait une beauté attirante. Le peignoir de bain qu'elle portait — celui de Goldblatt, probablement — rehaussait encore son charme naturel.

— Ça va, Hannah, grogna Goldblatt en essuyant de la main le sang à sa bouche. Ne le tuez pas. Pas encore.

Il se redressa péniblement et alla jusqu'à la porte. Un coup d'œil dans le couloir lui assura que personne n'avait remarqué la lutte. Il la referma et la verrouilla, puis s'approcha de Steadman par-derrière. Il fouilla l'Anglais avec dextérité. Satisfait de ne découvrir aucune arme, il le contourna et rejoignit la jeune femme, qui lui donna le Beretta.

— Maintenant expliquez-vous, fit-il, le pistolet toujours pointé sur le détective. Pourquoi avez-vous agi ainsi ?

— Vous ne savez pas ce que vous avez fait? gronda Steadman.

Goldblatt secoua la tête.

— Non. Expliquez.

— Vous vous êtes servis de Maggie pour rechercher votre agent, n'est-ce pas?

— C'est elle qui est venue nous voir.

— Mais j'avais refusé que l'agence travaille pour vous !

— Votre choix, pas le sien. Elle voulait accepter l'affaire. Elle a dit que vous changeriez d'avis en comprenant que ce n'était qu'une enquête de routine.

L'Anglais eut une moue écœurée.

— De routine? Avec le Mossad?

— Qu'est-il arrivé à votre associée, Mr. Steadman? demanda la jeune femme.
— Elle a été assassinée cette nuit. Je l'ai trouvée crucifiée à ma porte. On lui avait arraché la langue.
Il avait parlé avec froideur, sans montrer l'émotion qu'il ressentait. L'Israélienne ferma un instant les yeux et parut vaciller. Goldblatt posa une main sur son bras pour la réconforter, mais il était trop expérimenté pour cesser de surveiller le détective.
— Pourquoi lui a-t-on fait cela? demanda-t-il.
— A vous de me le dire, rétorqua Steadman.
— Ils n'ont laissé aucun message? Ils n'ont même pas essayé de vous contacter?
— Ils? Qui donc, Goldblatt?
— Ce ne peut être que Gant.
— Et pourquoi aurait-il fait cela à Maggie?
— Peut-être avait-elle déjà découvert trop de choses...
— Mais pourquoi une mort aussi horrible?
— En avertissement, Mr. Steadman.
— Pour moi? Mais je ne voulais pas m'occuper de cette affaire!
— Gant doit être au courant de votre ancienne appartenance au Mossad... (Goldblatt baissa les yeux une fraction de seconde.) Votre associée a dû lui en parler...
Steadman comprit soudain la vérité de cette hypothèse. Maggie avait sans doute été torturée pour lui extirper toutes les informations possibles. Il serra les poings et aurait bondi sur l'Israélien malgré l'arme, si la jeune femme n'avait pas éclaté en larmes.
— Pauvre femme! Oh, mon Dieu, pardonnez-nous...
Elle se laissa glisser dans un des fauteuils et enfouit un instant son visage dans ses mains. Goldblatt baissa le Beretta.
— Vous voyez maintenant le danger que représentent ces gens, Mr. Steadman? Vous voyez ce dont ils sont capables pour atteindre leurs buts?
— Et vous, espèces de salopards? A quoi êtes-vous prêts pour atteindre les vôtres?

— Pas cela. Nous ne faisons pas la guerre à des innocents.

— Mais ils se font tuer quand même.

Goldblatt vint s'asseoir dans le fauteuil voisin de celui de la jeune femme, sans plus se soucier du danger que pouvait représenter l'Anglais.

— Pardonnez-nous, Mr. Steadman. Nous ne pensions pas qu'ils oseraient s'en prendre à une citoyenne britannique.

La colère déserta le détective. Il avait connu beaucoup d'agents du Mossad pareils à ces deux-là. C'étaient des individus respectables et dévoués pour la plupart. Pour lui, leur seule faute résidait dans ce fanatisme exacerbé envers Israël.

Il marcha jusqu'à la fenêtre et contempla l'animation de la rue un moment.

— Dites-moi exactement ce qui s'est passé quand elle vous a contactés.

Goldblatt regarda Hannah, et un accord tacite parut s'échanger entre eux.

— Elle est venue ici et nous lui avons expliqué ce que nous savons de la disparition de Baruch. Nous n'étions plus enclins à employer votre agence après notre entrevue, Mr. Steadman, mais Mrs. Wyeth nous a affirmé que vous comprendriez une fois l'affaire engagée. Elle a même envisagé de ne rien vous dire si Baruch était retrouvé assez rapidement. Elle a dit que vous étiez occupé sur un autre contrat, dans le Nord.

— J'aurais fini par le savoir en consultant les rapports, objecta Steadman.

— Elle espérait qu'alors cela n'aurait plus eu d'importance. Nous lui avons parlé du contact de Baruch avec Edward Gant et de sa disparition peu après. Elle nous a dit qu'elle commencerait par une visite des bureaux londoniens de Gant, pour voir si Baruch s'y était rendu ce jour-là. Un garçon de courses, le réceptionniste, n'importe qui pourrait reconnaître Baruch si elle possédait une photographie. C'était un point de départ, en tout cas. Et elle avait l'intention d'enquêter auprès du personnel de l'hôtel où il avait séjourné. Quelques billets de dix livres ici et là rappelleraient peut-être un événement à l'un des employés. Elle est partie avec une description de Baruch et l'agenda de ses activités depuis son arrivée en Angleterre. Nous lui avons dit ce que nous pouvions lui dire, pas tout, bien sûr. Nous avons reçu une photo de Baruch le mardi et la lui avons donné le lendemain. Depuis, nous n'avons eu aucune nouvelle d'elle.

— Que lui avez-vous dit, Goldblatt ?

— Que la mission de Baruch était de conclure une vente d'armes avec Gant.

— Mais pas que Gant était sur la liste de vos assassinats prévus !

— C'est faux. Nous enquêtons sur ses rapports avec les terroristes, rien de plus !

— Bon sang, je vous croirais presque !

— Mr. Steadman, intervint Hannah, nous ne nous étions pas rendu compte du danger que nous faisions courir à votre amie. Nous étions désespérés. Il n'est pas facile pour nos agents d'opérer dans ce pays, et nous avions déjà utilisé toutes nos ressources pour retrouver Baruch. Nous pensions que sa neutralité protégerait Mrs. Wyeth.

— Vous avez fait erreur !

— Oui, nous le savons maintenant, hélas... Mais ce meurtre ne vous donne pas envie de nous aider ?

— Vous aider ? répéta-t-il, sarcastique. Si — et je dis bien : si — Maggie a été tuée par Gant, alors il ne l'a crucifiée à ma porte que dans un seul but : me dissuader de fourrer mon nez dans ses affaires. Et il a réussi.

Goldblatt ne paraissait pas convaincu.

— Mais vous allez tenter de venger sa mort, n'est-ce pas ?

— Non. J'ai eu ma part de meurtres au nom de la vengeance. Cette période est révolue pour moi.

Les deux Israéliens le regardaient avec une incrédulité totale.

— Vous laisseriez ce crime impuni ? Que vous est-il arrivé, Steadman ? Comment un homme peut-il agir de la sorte ?

— Dans ce pays, nous avons une police pour retrouver les assassins, répondit le détective d'un ton égal.

Le canon du Beretta se releva vers lui.

— Vous allez parler de nous à la police ? s'enquit Goldblatt.

— Je leur dirai tout ce que je sais.

Il vit les doigts blanchir en serrant la crosse de l'arme. L'index se crispa sur la détente.

— David... Ce serait une erreur, fit Hannah en posant une main sur l'avant-bras de Goldblatt.

Celui-ci hésita, puis baissa son arme.

— Tu as raison, dit-il. Allez-y, Steadman. Vous vous trompez sur notre compte, mais nous ne vous en convaincrons pas maintenant. J'éprouve de la pitié pour vous.

Un rictus dur aux lèvres, Steadman les affronta un instant du regard. Quelle ironie, songeait-il. Une bataille faisait rage en lui. Ils ne comprenaient pas qu'il voulait les aider. Une vieille flamme avait été ranimée avec la mort de Maggie, une flamme dangereuse qu'il avait crue éteinte depuis longtemps. Et à présent il luttait pour l'étouffer en se rappelant les tragédies qu'elle avait occasionnées par le passé.

Goldblatt se méprit sur son expression et se rembrunit.

— Vous seriez avisé de ne pas vous moquer de nous, Mr. Steadman, fit-il d'un ton menaçant en redressant le canon du Beretta.

Avec un soupir, le détective lui tourna le dos et marcha jusqu'à la porte.

— Allez au diable, lâcha-t-il avant de sortir.

4

« Il devient chaque jours plus évident qu'une scission profonde s'opère dans l'opinion publique, chaque individu choisissant la Droite ou la Gauche selon ses convictions. »

« Dans tous les pays ennemis, des amis nous aideront. »

Adolf Hitler

Pope attendait Steadman chez lui. Le détective fut surpris de ne pas trouver de reporters furetant autour de sa maison. Il avait décidé de rentrer chez lui plutôt que de passer à l'agence. Il avait besoin de sommeil et de solitude pour réfléchir.

Il se rendit directement dans la cuisine et se servit une vodka. Puis il revint dans le salon et s'écroula dans son fauteuil favori. C'est seulement alors qu'il remarqua la silhouette en manteau assise sur le canapé.

— Bonjour, Mr. Steadman. Je peux vous appeler Harry ?

La voix était bourrue, quoique teintée d'une politesse amusée. L'homme était solidement bâti, mais un excès de graisse l'enveloppait, lui donnant une apparence trompeuse de bonhomie.

— Je m'appelle Nigel Pope. — Il se pencha vers le

détective avec un effort visible et lui tendit son porte-cartes ouvert avant d'ajouter, presque en s'excusant : Services de Sécurité britanniques.

Steadman jeta à peine un coup d'œil à l'accréditation officielle sous plastique. Il se demandait comment ils l'avaient connecté aussi vite au Mossad.

Pope rangea son porte-cartes dans une poche intérieure.

— Je me suis permis d'entrer pour vous attendre. J'espère que vous ne m'en tiendrez pas rigueur.

Résigné, Steadman se renfonça dans son fauteuil et but une gorgée de vodka.

— Quel rapport entre la mort de mon associée et les Services secrets ?

Pope lui lança un regard désapprobateur.

— Quel rapport entre les Services israéliens et la mort de Mrs. Wyeth ? contra-t-il.

— Comment avez-vous su ?

— Pourquoi ne pas avoir parlé à la police des relations qu'entretient votre agence avec le Mossad ?

— Nous n'entretenons aucune relation avec le Mossad ! J'ai découvert seulement ce matin que Maggie avait accepté une enquête confiée par le Mossad. Et j'allais le dire à la police.

— Un homme du nom de Goldblatt est venu s'entretenir avec vous dans votre bureau, il y a une semaine. Nous savons que c'est un cadre du Mossad.

— Il voulait que je retrouve un de ses agents disparu, Baruch Kanaan. J'ai refusé.

— Harry, laissez-moi vous dire ce que nous savons sur vous. De cette façon nous éviterons peut-être de gaspiller du temps... (Pope se leva lourdement et alla s'adosser à la cheminée. Il ferma les yeux un moment, puis commença, sur un ton récitatif :) Vous êtes né à Chichester en 1940 et avez eu une enfance parfaitement normale jusqu'à l'âge de treize ans, quand votre père est mort. Un an plus tard votre mère s'est mise en ménage avec un autre homme qu'elle a très vite épousé. Vous ne vous êtes pas entendu avec lui, et de son côté il ne vous a guère apprécié. Au grand désespoir de votre mère vous avez quitté le foyer à quinze ans et avez travaillé dans des restaurants à Londres en mentant sur votre âge. Vous vous êtes engagé dans l'armée en 1956 — peut-être la crise de Suez a-t-elle suscité votre vocation — comme élève-soldat et avez été entraîné à Bassingbourn. Quelque temps plus tard vous êtes entré dans un régiment d'active en qualité de sous-officier. Plus tard vous avez atteint le grade de capitaine, mais vous avez toujours montré une certaine singularité... « Rebelle » serait un terme un peu romantique pour vous décrire, « excentrique » sans doute trop vague. Disons simplement que l'esprit d'équipe n'a jamais été votre point fort... (Pope sourit d'un air compréhensif.) Hum, et pourtant, assez ironiquement vous entrez à dix-neuf ans dans la Police royale militaire. Là, vous vous disciplinez un peu plus. Vous effectuez quelques séjours à Hong-Kong et en Allemagne, et c'est pendant une de ces missions que votre mère décède des suites d'une longue maladie.

Pope regarda le détective pour avoir confirmation. Steadman hocha la tête sans un mot. Il aurait été curieux de savoir combien de temps il avait fallu au gros homme pour mémoriser tous ces faits.

— Voyons, ce devait donc être en... 59?

— 60.

— Oh oui, vous aviez vingt ans. Et déjà quatre ans de service derrière vous... En 62 vous épousez une Allemande dont vous divorcez deux ans plus tard. Il semble qu'elle n'aimait guère l'armée, à la réflexion. Par chance, pas d'enfant de votre union. En 65 vous entrez à l'Intelligence Corps et c'est là que vous paraissez trouver la place qui vous convient. Disons plutôt que, les premières années, vous donnez l'impression d'y être à votre aise. Vous êtes prêté aux Services secrets israéliens en 1970, plus afin d'avoir un œil sur leurs activités que pour autre chose, bien évidemment, et vous restez avec eux un certain temps...

— Deux ans, précisa Steadman.

— Oui, deux ans. C'est pendant cette période que vous vous attachez à un de leurs agents, une jeune femme du nom de Lilla Kanaan qui s'avère être la sœur de cet agent disparu, Baruch.

Un simple « attachement » ? le terme était bien faible, se dit Steadman.

— Pas d'erreur jusqu'ici ? interrogea Pope.

Devant l'absence de réponse il eut un sourire satisfait et reprit :

— Nous savons que vous étiez très liés. Vous vous étiez plus ou moins installé dans son appartement de Tel-Aviv, en fait. Bref... Vous passez beaucoup de temps avec elle et sa famille, qui réside à Anabta, et ils se substituent un peu à la famille que vous aviez perdue. Je pense que les Services israéliens avaient déjà essayé de vous convaincre de les rejoindre bien avant le massacre de l'aéroport de Lod... (Steadman ne marquant toujours aucune réaction, il poursuivit :) Vous alliez rentrer en Angleterre. Que vous ayez déjà décidé ou non de retourner en Israël, cela nous ne le savons pas, mais il semble bien que la tuerie de Lod a été pour vous un tournant. Dans les quelques mois qui suivent vous démissionnez de l'armée britannique et vous retournez en Israël. Là, vous entrez au Mossad à temps pour faire partie des « escadrons de la vengeance » créés par Golda Meir sur les conseils du général de division Zwi Zamir. Le massacre des athlètes israéliens aux jeux Olympiques de Munich entérine l'existence de ces commandos, et votre connaissance de leurs méthodes vous désigne pour les rejoindre et les aider dans leurs actions extérieures... Vous mettez quelque temps à être pleinement accepté, mais votre participation à l'attaque du quartier général de l'OLP à Beyrouth en avril 73 balaie leurs derniers doutes, et votre comportement au camp d'entraînement de Césarée prouve votre valeur.

« Vous et votre amie Lilla devenez alors membres du commando baptisé Heth. Votre rôle est de préparer des couvertures dans les pays étrangers pour permettre l'action des éléments actifs du groupe. Vous établissez les communications, louez des appartements, faites les réservations d'hôtel, les locations de véhicules, etc. En tant qu'Anglais, votre couverture est parfaite, et Lilla passe aisément pour Européenne. Vous travaillez ensemble comme époux.

« Nous sommes à peu près certains que vous êtes impliqués dans au moins trois assassinats : ceux d'Abdel Hamid Shibi et Abdel Hadi Nakaa, terroristes connus de l'OLP, morts dans l'explosion de leur Mercedes à Rome, et celui Mohammad Boudia, un des piliers de Septembre Noir, tué de la même façon à Paris, dans sa Renault.

« Je ne prétends pas que vous participez vous-même à ces meurtres, mais vous et Lilla préparez sans doute la voie pour Aleph, les tueurs de votre commando. Il existe d'autres "incidents" dont nous sommes moins sûrs, mais il ne fait pas de doute que cette année-là est très chargée pour vous...

Pope revint s'asseoir sur le canapé, comme si sa forte corpulence était devenue trop lourde pour lui. Il observa quelques instants Steadman avant de continuer :

— En dehors de ces missions, vous participez également à certaines tractations concernant l'achat d'armes pour Israël à partir de Bruxelles où vous avez ranimé vos anciens contacts de l'armée. Vous vous êtes réellement montré très utile pour l'Institut, comme l'appellent les Israéliens. Pas étonnant qu'ils n'aient guère apprécié votre départ.

Steadman resta silencieux. Il était plus impressionné par la mémoire de Pope que par les faits que celui-ci connaissait, mais il appréhendait de plus en plus la conclusion de ce monologue.

— Pour vous, le drame se produit en août. Le Mossad est alors affecté par l'assassinat d'un homme innocent à Lillehammer, en Norvège, et par la capture du commando responsable de l'erreur. Vous ne faisiez pas partie de cette équipe, ce qui dans un sens eût sans doute été préférable : vous auriez été en sécurité dans une prison norvégienne. Or vous vous trouvez libres à Bruxelles, la bombe qui explose dans votre appartement tue Lilla et vous blesse grièvement.

Ce souvenir ne faisait plus trembler les mains de Steadman, mais il semblait toujours le vider de toute énergie.

— Après votre guérison — physique j'entends — il semble que vous vous déchaîniez. Vous apparaissez partout à la fois : Paris, Rome, Oslo, aussi bien que Benghazi ou Beyrouth. Dans chacun de ces endroits, des actes de violence anonymes ont lieu juste avant votre départ. Même la guerre du Kippour en octobre ne donne pas l'impression de vous calmer. Mais, dès janvier 74, tout s'arrête.

Pope croisa ses doigts épais sur son ventre et fixa sur Steadman un regard curieux.

— Pourquoi avoir quitté le Mossad à cette époque, Harry ?

— Je croyais que vous aviez toutes les réponses.

— Pas toutes, Harry. Pour celle-ci, nous avons deux possibilités : soit vous avez été brusquement écœuré de toute cette violence ; soit vous simulez simplement votre départ du Mossad.

Le détective ne cacha pas son étonnement.

— Non, Harry, dit Pope avec douceur, nous ne pouvons rejeter cette seconde hypothèse : vous coupez tous vos liens avec le Mossad en apparence, vous retournez en Angleterre et entrez dans l'agence de Mrs. Wyeth. Une nouvelle couverture pour vous.

— Pendant près de cinq ans ?

— Les agents dormants sont des atouts très utiles pour tous les services secrets. Adopter un rôle, se fondre dans la peau d'un citoyen quelconque pendant cinq, dix ou même quinze ans, jusqu'à ce que l'occasion se présente d'agir. Cela n'a rien d'étonnant par les temps qui courent.

Steadman eut un rire aigre.

— Pourquoi ici? Il n'existe pas d'hostilité entre l'Angleterre et Israël, que je sache.

— Non, aucun antagonisme ouvert. Mais Israël sait qu'il doit lancer ses filets partout, parce qu'il lui faut combattre ses ennemis partout où ils se trouvent. Avec le terrorisme international tel qu'il s'est développé, les Israéliens sont obligés de riposter hors de leurs frontières. Ils ne peuvent se permettre d'attendre chez eux qu'on vienne les frapper. Vous pensez que je pourrais avoir une tasse de thé, Harry?

L'incongruité de la requête laissa le détective sans voix.

— Un peu de thé vous ferait le plus grand bien aussi, Harry. Il est vraiment un peu tôt pour boire de la vodka, vous savez, ajouta Pope d'un ton gentiment réprobateur.

Interdit, Steadman posa son verre sur la moquette et alla dans la cuisine.

— Quel utilité aurais-je pour le Mossad dans ce pays? lança-t-il tandis qu'il attendait que l'eau bouille.

Pope l'avait suivi. Il appuya son corps massif contre le mur du couloir, à l'entrée de la pièce.

— Bah, vous pourriez garder un œil sur les événements, proposa-t-il. Sur les ventes d'armes, peut-être. Qui vend à qui, ce genre de choses. Ou mener quelques tractations vous-même.

— Pourquoi aurais-je besoin d'une couverture, alors?

— Par commodité? Dans ce genre d'affaires, il n'est pas inhabituel pour un acheteur de rester anonyme. Vous pourriez jouer l'intermédiaire.

Steadman versa l'eau fumante dans la théière.

— A moins que votre rôle se cantonne à observer les activités terroristes, suggéra encore Pope. Avec sa population d'étudiants étrangers, Londres est un nid rêvé pour tous ces groupuscules... Pour moi un nuage de lait mais pas de sucre, Harry. Et servez-vous-en un, vous paraissez harassé.

Steadman prépara deux tasses et les porta dans le salon, précédé par Pope. Celui-ci se rassit sur le canapé en frissonnant malgré son épais pardessus.

— Il fait horriblement froid ici, commenta-t-il.

— J'étais absent, dit Steadman. Comme vous le savez certainement...

Il retourna dans la cuisine et abaissa l'interrupteur commandant le chauffage central. Puis il revint s'asseoir dans son fauteuil en face de Pope.

— Ça prendra un peu de temps pour chauffer, prévint-il. (Après un silence, il demanda :) Vous croyez à cette théorie ? Que je travaille toujours pour l'Institut ?

Pope but son thé sans quitter le détective des yeux. Il parut hésiter avant de répondre.

— En fait, non. Mais ce n'est qu'un jugement personnel, rien de plus. A dire vrai, je suis plutôt favorable à Israël. Mais nous n'allons pas laisser deux pays mener leur petite guerre sur notre territoire. Nous vous avons surveillé, Harry, et cela depuis votre retour en Angleterre. Rien de ce que vous avez fait n'a éveillé nos soupçons... Jusqu'à la semaine dernière.

— Une minute. C'était le premier contact que j'avais avec un agent israélien depuis près de cinq ans !

— Buvez votre thé, Harry, il va être froid.

Steadman vida sa tasse et la posa sur la moquette, à côté du verre de vodka.

— Okay, Pope, fit-il d'un ton abrupt. Mon associée, qui était aussi une amie proche, a été assassinée. J'ai été interrogé par la police presque toute la nuit, je me suis occupé de l'agence durant la journée et maintenant je suis crevé. J'ai envie de m'allonger et de dormir. Alors venons-en au fait. Que voulez-vous de moi ?

— Vous avez oublié de mentionner votre visite à Mr. Goldblatt ce matin, remarqua Pope.

Steadman émit un grognement irrité.

— Je voulais lui casser la gueule, oui ! Parce que Maggie est morte par sa faute !

— Bien sûr, Harry.

— La semaine dernière, je lui ai dit que sa proposition ne m'intéressait pas. Mais il a embauché Maggie.

— Nous savons cela. J'ai moi-même parlé à votre

personnel ce matin, après votre départ. Votre secrétaire m'a dit que vous aviez traité notre Mr. Goldblatt sans trop de ménagement. C'était peut-être une mise en scène, mais je n'en vois pas trop l'intérêt. Je vous l'ai dit, Harry, je vous crois. Personnellement.

— Alors, bon sang, que voulez-vous?

— Votre aide, répondit calmement le gros homme.

— Mon aide? Comment puis-je vous aider?

— Eh bien, vous désirez retrouver le meurtrier de votre associée, n'est-ce pas?

— Non, sûrement pas.

Pope resta muet un instant, déstabilisé pour la première fois.

— Mon Dieu, Harry, vous n'êtes pas sérieux?

— Écoutez-moi, Pope. J'ai vu assez de tueries au nom de la vengeance pour la fin de ma vie. J'en ai eu plus qu'assez. J'ai épuisé le sujet. Vous pouvez comprendre ça?

— Mais Mrs. Wyeth n'était qu'une actrice innocente. Vous ne pouvez pas accepter sa mort!

— Vous croyez?

— Je crois que vous essayez de vous convaincre vous-même que vous le pouvez, Harry. Mais ça ne marchera pas, c'est évident. Vous avez eu cinq ans pour endormir cette violence au fond de vous, cinq ans pour enchaîner cette passion. Mais elle est toujours en vous, Harry, ne vous y trompez pas.

— Vous faites erreur.

Pope eut un sourire froid.

— Cela ne change rien. Vous nous aiderez quand même. (Il leva une main pour arrêter la protestation du détective.) Écoutez-moi d'abord, Harry. Vous avez dit que Goldblatt cherchait seulement à savoir ce qui était arrivé à son agent disparu, Baruch Kanaan. Exact?

Steadman acquiesça.

— Et que savez-vous de sa mission en Angleterre?

— Il devait contacter un marchand d'armes et lui passer commande, répéta Steadman d'un ton las.

— Ce marchand d'armes, c'est Edward Gant.
— Oui. Comment le savez-vous?
— Nous avons Gant à l'œil depuis très longtemps déjà. Malheureusement, il est influent et peu réceptif à l'intimidation.
— Les Israéliens pensent qu'il fournit les terroristes et qu'il les entraîne.
— Oh, sans aucun doute. Depuis plusieurs années.
— Vous le savez et vous n'avez rien fait contre lui?
— Nous ne pouvons rien faire, Harry. Il n'a jamais été pris en flagrant délit.
— Et vous n'auriez pas pu... le mettre en garde?
Pope poussa un soupir sarcastique.
— Il nous aurait ri au nez. Ce Mr. Gant est quelqu'un de très... particulier. La mise en scène macabre d'hier porte la marque de son cynisme.
— Vous savez qu'il a tué Maggie?
— Aucune preuve, Harry. Pour l'instant, nous avons mis ce meurtre sous le boisseau. Vous ne serez importuné ni par la police ni par les journalistes.
— Mais comment...
— Il le fallait, au moins pour l'instant. La publicité est la dernière chose que nous recherchons. Et, à part retrouver cet agent disparu, Goldblatt vous a-t-il demandé d'enquêter sur autre chose?
— Il voulait que je récolte toutes les preuves possibles contre Gant.
— Quelle sorte de preuves?
— De ses liens avec les terroristes.
— Rien d'autre?
Steadman haussa les épaules.
— Tout ce qui pourrait l'incriminer, je suppose.
Pope inspira profondément, puis souffla très vite, de façon assez comique.
— Je crains que notre Mr. Goldblatt n'ait pas été tout à fait honnête avec vous, Harry. C'est vrai, les Israéliens aimeraient prouver au gouvernement britannique la réalité des ventes clandestines de Gant, mais leur intérêt dépasse ce simple souhait...

Le gros homme but sa dernière gorgée de thé avant de poser la tasse à ses pieds. Il sortit un mouchoir plié de son pardessus et s'essuya les lèvres d'un geste lent.

— Êtes-vous au courant de l'actuelle résurgence des groupuscules néo-nazis, Harry? Non, peut-être, tant il est vrai qu'ils sont déguisés. On pourrait imaginer qu'après les horreurs de la Seconde Guerre mondiale ce fanatisme n'a aucune chance, mais ce serait commettre une grossière erreur. C'est un cancer qui se diffuse dans le monde entier, un parasite qui se nourrit du délabrement politique, de la crise économique... et du terrorisme. Savez-vous par exemple qu'un mouvement d'extrême droite belge, Ordre Nouveau flamand, combat aux côtés de l'UDA en Irlande? Et ce n'est qu'un cas parmi d'autres. Vous trouverez des mouvements d'extrême droite encourageant les guerres et y participant activement dans beaucoup de pays. Ils versent des fonds ou fournissent des armes...

— Gant?

— Dans ce pays comme aux États-Unis existent beaucoup de ces groupuscules. Ici le National Front, là-bas le National Socialist Party, pour ne citer que les plus connus. Mais derrière eux, dans l'ombre, existent des mouvements beaucoup plus sinistres comme Column 88, et ces groupuscules nazis se développent, Harry, ils se structurent entre eux pour faire cause commune. Inutile de vous préciser qu'ils haïssent tout ce qui est juif. Nous pensons que Gant est à la tête d'une de ces organisations, une des plus puissantes et des plus secrètes, ici même en Grande-Bretagne : la *Thule Gesellschaft*.

— C'est la raison de l'intérêt du Mossad pour Gant? Pas ses ventes d'armes aux terroristes?

— Oh non, Harry. Les deux vont ensemble.

— Mais pourquoi cette histoire à propos de Baruch?

— Parce qu'elle est vraie. Ils voulaient vous engager pour le retrouver, le reste est dû à un malheureux hasard. Mais le but de Baruch n'était pas de trouver des preuves des rapports de Gant avec les terroristes arabes : il avait pour mission d'en apprendre le plus possible sur cette Société de Thulé, cette *Thule Gesellschaft*. Il semble qu'il ait poussé un peu trop loin ses recherches.

— Comme Maggie.

— Oui, c'est aussi notre avis. Seul un tel fanatisme crée de tels tueurs. Elle a dû tomber sur quelque chose de très important pour eux. De très sensible.

Les épaules du détective s'affaissèrent.

— Bon sang, marmonna-t-il, ici et aujourd'hui...

— Surtout ici et aujourd'hui, Harry...

— Mais pourquoi Goldblatt ne m'a-t-il pas tout dit ? Pourquoi voulait-il m'envoyer dans un tel piège sans m'avertir ?

— J'imagine qu'il a cru plus sûr pour vous de ne rien savoir. Il voulait vous engager pour un travail de routine, en fait, pas vous lancer sur les traces de ce mouvement nazi.

— Ça n'a pas protégé Maggie.

— Non, le Mossad a sous-estimé le jusqu'au-boutisme de ce groupuscule. Je suppose qu'il croyait moins dangereux de l'employer elle plutôt que vous. Tout cela est très regrettable.

— Regrettable ? Qu'allez-vous faire ?

— Et vous, Harry, qu'allez-vous faire ?

— Moi ? C'est vous qui êtes chargé de la sécurité dans ce pays. A vous d'agir.

— C'est ce que nous allons faire. Avec votre aide.

— Désolé. Je ne veux aucun rôle dans cette affaire.

— Vous ai-je offert le choix, Harry ? (Le ton de Pope restait aimable, mais la phrase portait une menace évidente.) Nous pourrions vous coincer de beaucoup de manières. Espionnage présumé pour Israël, pour commencer, à quoi nous pourrions ajouter une inculpation pour homicide, bien entendu.

— Homicide ? Vous ne pouvez pas...

— Nous pouvons, Harry, et ne vous méprenez pas :

nous le ferons si nécessaire. (La voix de Pope avait perdu toute amabilité.) Nous finirions par vous relâcher, bien sûr, mais d'ici là nous aurions ruiné votre carrière, ici et dans pas mal d'autres pays. De nos jours, Harry, les polices du monde entier aiment coopérer. C'est dans notre intérêt.

— Salopard!

Avec un effort le gros homme se pencha encore en avant, coudes posés sur les genoux. Son visage replet prit de nouveau une expression amicale.

— Écoutez, Harry, je sais que vous êtes assez têtu pour résister, même si cela signifie la ruine pour vous. Mais regardez-vous bien. Au fond de vous-même, vous voulez que ceux qui ont assassiné votre associée paient, n'est-ce pas? Vous ne pouvez pas ignorer ce vieux sentiment. Vous l'avez muselé, dompté durant des années, mais vous ne l'avez pas supprimé. Vous avez combattu pour Israël parce que vous détestiez l'agression dont ce pays était l'objet, parce que vous détestiez la mort des innocents. Vous nous aiderez non pas parce que nous vous y obligerons mais parce que vous le désirez, Harry, parce que vous n'avez pas perdu ce désir refréné de vengeance. Vous l'avez simplement brimé quelque temps.

Et Steadman comprit soudain que le gros homme avait raison. L'envie de riposter était toujours en lui. Il brûlait de faire payer à Gant la mort de Maggie, tout comme il avait voulu faire payer la mort de Lilla aux terroristes arabes. Le chantage de Pope jouait sans doute un rôle dans cette réaction, mais il savait que cette vieille rage en était le moteur principal.

— Mais pourquoi moi? demanda-t-il. Vous avez sans doute beaucoup d'hommes plus qualifiés.

— Aucun ne s'insère aussi bien dans la situation, Harry. Vous êtes un maillon de la chaîne, en quelque sorte. Un lien entre le Mossad, Edward Gant, et maintenant nous. Cela nous donne un avantage.

— Mais comment puis-je vous aider? Gant sait sans doute qui je suis.

Pope se renversa lentement contre le dossier du canapé.

— Oui, il sait qui vous êtes. Mais ça n'a pas d'importance. Il jouera le jeu.

— Parce que ce n'est qu'un jeu pour vous? s'exclama Steadman.

— Pas pour nous. Pour quelqu'un comme Gant, tout est un jeu. Il aime les subterfuges et mesurer sa ruse à celle des autres.

— Et qu'est-ce qui l'empêchera de m'infliger le même traitement qu'à Maggie?

— Rien. Sinon que nous vous surveillerons.

— Vous m'en voyez très rassuré.

Pope eut un rire bref.

— Eh bien, s'il tentait quoi que ce soit contre vous, nous aurions un motif pour intervenir, non?

Il rit un peu plus fort devant l'expression qu'arborait Steadman, et sa panse tressauta sous son pardessus.

— Non, Harry, reprit-il avec sérieux, je ne pense pas que même quelqu'un comme Gant prendrait le risque d'un autre meurtre aussi vite. Nous avons besoin de vous parce que quelque chose se prépare, mais nous ne savons pas quoi. Vous ne serez qu'une partie de tout cela. Tout renseignement que vous obtiendrez nous précisera l'ensemble du tableau.

— J'ai l'impression d'être l'agneau du sacrifice...

— Ridicule. Je vous l'ai dit, vous serez sous surveillance constante. Nous ne vous laisserons pas courir de risques inutiles. Nous voulons que vous retourniez voir ce Mr. Goldblatt et que vous lui disiez que vous avez changé d'avis. Vous désirez que les meurtriers de Mrs. Wyeth soient châtiés. Il vous croira, parce qu'il a besoin de vous. Vous contacterez Gant en prétendant que vous représentez un pays intéressé par ses armes.

— Et s'il refuse de faire affaire avec moi?

— Il ne refusera pas. Il est marchand d'armes et il serait professionnellement trop risqué pour lui de ne pas accepter au moins des discussions avec un client potentiel. De plus, il sera curieux à votre sujet. Je vous l'ai dit, c'est un homme arrogant... Approchez-le. Il vous invitera sans doute sur son terrain d'essai privé, et c'est ce qui nous intéresse. Essayez d'en apprendre autant que possible sur les lieux et sur ce qui s'y passe. C'est tout ce que vous avez à faire.

— C'est tout ?

Pope se leva sans grâce.

— Oui, pour l'instant... (Sur la commode il prit un mince dossier vert que Steadman n'y avait pas remarqué.) Vous trouverez peut-être quelques indications intéressantes dans ce rapport. J'ai bien peur que ce soit assez succinct, néanmoins. Surtout des faits récents. Notre Mr. Gant est un mystère, dans son genre, mais le dossier vous éclairera un peu sur l'homme et ses récentes transactions avec les Arabes. Ne l'égarez pas, voulez-vous ?

Steadman observait l'agent du gouvernement avec suspicion. Tout cela ne tenait pas debout.

— Je connais le chemin, ne vous dérangez pas pour me raccompagner, dit Pope en se dirigeant vers la porte. Et reposez-vous un peu, Harry, vous en avez besoin.

Il s'arrêta d'un bloc, comme s'il venait de se rappeler un détail important.

— Harry, avez-vous jamais entendu parler de la Sainte Lance ?

5

« Ce ne sont pas les armes qui décident,
mais l'homme qui s'en sert — toujours. »

Adolf Hitler

« Seul celui qui est loyal au sang
peut être loyal à l'esprit. »

Heinrich Himmler

Steadman se glissa sur le siège passager avant de la Jaguar et appuya ses épaules contre le cuir souple du siège. Avant que le véhicule ne démarre, il jeta un coup d'œil absent au ciel. C'était un de ces matins clairs et frais d'hiver, annonciateurs de froids futurs, qui aiguisent les sens.

Tandis que la voiture filait sur les routes de campagne et traversait les petites agglomérations calmes, Steadman repensa à la dernière question de Pope à propos de la Sainte Lance... Non, il ne savait rien à ce sujet, avait-il répondu en toute sincérité. Mais pourquoi l'agent britannique lui avait-il posé cette question ? Et quel rapport avait-elle avec Gant ? Pope lui avait expliqué que le marchand d'armes semblait marquer un intérêt particulier pour cette lance, en fait une relique constituée du seul fer, et qu'il se demandait simplement si Steadman avait quelques renseignements sur cette antiquité.

Devant sa réponse négative, Pope avait eu un geste désinvolte et l'avait quitté. Le malaise diffus que ressentait le détective s'était encore accru, bien vite supplanté par cette vieille excitation qu'il avait crue disparue à jamais. L'adrénaline courait de nouveau dans ses veines, aiguisant ses sens comme au temps du Mossad. Il paraissait calme mais son esprit et ses réflexes avaient recouvré leur acuité maximale.

David Goldblatt et Hannah avaient semblé plus soulagés qu'étonnés de son retour. Ils pensaient toujours qu'il ne pouvait réellement accepter que le meurtre de son associée et amie reste impuni. Eux ne tendaient pas la joue, et cette attitude ancienne était plutôt assimilée à de la lâcheté qu'à une grande force morale. Or le passé de Steadman ne montrait aucune trace de cette lâcheté. Pour les agents israéliens, le refus antérieur du détective était une simple conséquence annexe du choc subi, mais à présent les choses étaient rentrées dans l'ordre. Ils le comprenaient. Et ils avaient besoin de lui...

Peppercorn avait arrangé une rencontre avec Gant. Naguère cet avocat avait supervisé la couverture légale des contrats d'armements conclus par Steadman, et c'est dans sa Jaguar qu'ils roulaient maintenant vers le lieu du rendez-vous. Une démonstration des derniers matériels était organisée par le ministère de la Défense au terrain militaire d'Aldershot, et plusieurs firmes privées d'armement, dont celle de Gant, y avaient été conviées.

— Surprenant comme cela a été facile, dit Peppercorn.

Tiré de ses pensées, Steadman tourna la tête vers lui.

— Quoi donc?

— L'obtention de votre autorisation. D'habitude, ces gens du ministère font beaucoup de manières, ils veulent savoir qui vous êtes, ce que vous recherchez, pour quel pays vous travaillez, etc. Mais là, ils vous ont accepté très rapidement. Auriez-vous fait agir quelques-uns de vos anciens contacts de l'armée sans rien m'en dire?

— Les vieux contacts sont les meilleurs, éluda Steadman.

En fait il subodorait une intervention discrète de Pope.

— Leur influence est des plus opportunes, alors. Difficile à approcher, ce Gant. Et il est préférable pour vous de le rencontrer sur un terrain neutre, parmi ses concurrents. C'est une condition qui devrait vous aider dans vos négociations.

Il dépassa un camion en douceur et se glissa de nouveau dans la circulation.

— Pourquoi la production de Gant en particulier, Harry ? dit-il. Vous cherchez quelque chose de spécial ?

— De très spécial, oui.

Steadman se redressa sur son siège. Ils approchaient de leur destination.

— Eh bien, Gant est l'homme qu'il vous faut, pas de doute... Pour Israël, Harry ?

Steadman lui lança un regard perçant.

— Désolé. Je n'aurais pas dû demander à ce stade, fit Peppercorn avec une grimace de connivence. Mais je parierais que vous avez sur votre liste quelques articles comme des Swingfire et des Blowpipe...

La supposition était aisée. Les missiles portables constituaient un des domaines de prédilection de Gant. Or les blindés et l'aviation d'Israël avaient souffert de ces armes en 1973 face aux Égyptiens, et si Steadman représentait Tsahal, comme le suspectait Peppercorn, il était logique qu'il cherche à en acquérir.

— Vous le saurez bien assez tôt, Martin, quand l'affaire sera en cours, mentit Steadman.

Le détective répugnait à tromper ainsi une de ses relations, mais les négociations devaient garder leur vraisemblance afin que les deux adversaires puissent développer leur jeu sans trop de gêne. La même méthode était utilisée par les gouvernements quand une détente superficielle devait être ménagée ; les antagonismes restaient secrets mais chaque nation fourbissait ses armes. De même, lui et Gant tiendraient leurs rôles respectifs jusqu'au moment opportun pour frapper. Steadman espérait avoir alors un avantage.

La Jaguar quitta la route et s'arrêta devant un grand portail surmonté de barbelés. Un sergent de l'armée sortit du poste de contrôle et vint vérifier leurs invitations. Le militaire fit un signe en direction de la petite construction et les battants d'acier s'ouvrirent. Le véhicule s'engagea sur une route goudronnée menant à Long Valley, où l'avocat savait que se trouvait Gant.

Steadman identifia les différents véhicules garés le long de la route : des tanks Chieftain et Scorpion, des porte-pont dépliants Chieftain ; des transports Spartan, AT105 ; blindés légers à chenille ; transports de troupes Shorland SB301. Au-dessus d'eux évoluaient des hélicoptères Gazelle. Steadman était content d'avoir toujours à l'esprit ses connaissances en la matière, même si dans d'autres domaines il ignorait certainement tout des derniers progrès. A présent des ordinateurs miniatures truffaient les armes guidées par laser, et l'ennemi possédait ses propres systèmes hypersophistiqués pour contrer chaque phase de l'attaque. Le cerveau humain n'était plus capable de réagir assez vite dans cette guerre électronique ; les ordinateurs étaient devenus les véritables généraux en chef.

Le son assourdi d'explosions leur parvint alors qu'ils traversaient une zone boisée.

— L'armée qui démontre les capacités du blindage Chobham, sans doute, commenta Peppercorn.

Steadman acquiesça. Trois fois plus résistant que n'importe quel autre, ce nouveau blindage britannique composé de matériaux aussi disparates que l'acier, la céramique et l'aluminium, avait relancé l'intérêt des gouvernements pour les tanks. Pour un poids à peine supérieur, il résistait aux missiles qui avaient rendu bon nombre de chars obsolètes. Steadman imaginait sans mal la satisfaction des officiels anglais dans les casemates d'observation. Leurs invités étrangers et acheteurs potentiels pouvaient admirer les qualités du blindage Chobham soumis aux tirs d'obus et de missiles.

La voiture déboucha sur une grande esplanade ponctuée de stands où était présenté le matériel militaire. On trouvait là de tout, des systèmes de réglage de tir aux barbelés, de l'avion de combat multi-fonctions aux différentes sortes de filets de camouflage, du fusil AR18 aux tablettes de pralidoxime mésylate contre les gaz innervants.

Peppercorn gara la Jaguar dans le parking et les deux hommes en sortirent. Le soleil de midi écrasait les lieux sans réchauffer l'air froid de l'automne.

Ils passèrent devant une tribune occupée par des étrangers haut gradés, des diplomates et des civils discrets qui contemplaient les évolutions de chars Striker, Spartan, Scimitar et Scorpion devant eux, sur un champ de manœuvre accidenté.

— Dites-moi, Harry, pourquoi Gant particulièrement? Il existe bon nombre d'autres fabricants qui vendent des armes similaires. Et si je ne me trompe Gant n'a encore jamais traité avec Israël... (Il eut un bref sourire.) En admettant que vous représentiez ce client, bien entendu... Les contacts que j'ai eus avec Gant jusqu'alors concernaient l'Iran et certains pays d'Afrique. A ma connaissance, il n'a jamais vendu à Israël.

— La production de Gant est plus étendue que celle de beaucoup d'autres, répondit Steadman. Il fabrique aussi bien des missiles que des équipements antiterroristes. Mon client a besoin des deux et juge préférable pour la discussion des prix de tout acheter au même fournisseur.

L'excuse était un peu légère, mais Peppercorn parut s'en contenter.

L'avocat était trop fin pour s'appesantir plus longtemps sur l'identité du client de Steadman, qui de toute façon serait révélée dès le début des négociations. D'ailleurs le détective avait quasiment confirmé son idée en définissant ce qu'il venait acheter. Pour qui d'autre aurait-il pu travailler? Les Arabes? Son passé rendait une telle hypothèse très improbable.

— Le voilà, fit Peppercorn.

Steadman suivit le regard de l'avocat. Un groupe d'hommes entourait un démonstrateur en uniforme portant un lance-missile individuel sur l'épaule. Sa tenue ne disait rien au détective, et il en déduisit que c'était sans doute une trouvaille de Gant pour individualiser sa firme.

— Lequel est Gant?

— Le plus grand, au milieu. Celui qui discute avec la jeune femme.

Dans sa hâte de repérer le marchand d'armes Steadman ne l'avait pas remarquée, et il se demanda quels rapports pouvait avoir une femme avec quelqu'un comme Gant. Son regard se fixa presque aussitôt sur celui-ci.

Gant était grand, plus que Steadman, et il dominait le groupe d'une bonne demi-tête, sans doute des acheteurs étrangers à en juger par leur peau olivâtre. Son maintien semblait raide, comme si son corps manquait de souplesse. Mais Steadman se trompait, car Gant se tourna pour répondre à un de ses interlocuteurs dans un mouvement fluide et précis. L'indice était infime mais le détective était un professionnel habitué à décrypter le langage des corps, et il voyait là la preuve d'une agilité physique certaine. Alors qu'ils approchaient, l'attention de Gant se porta sur eux et Steadman sentit l'examen dont il était l'objet. Il était jaugé avec une froide efficacité. Il retourna le regard et soudain un frisson désagréable le parcourut. C'était inexplicable, mais il avait soudain l'impression d'être happé dans la toile d'une araignée monstrueuse, et l'homme devant lui était à l'évidence conscient de l'effet qu'il produisait.

L'affrontement visuel cessa dès que Gant se tourna vers ses clients pour s'excuser. Il se sépara du groupe et se dirigea vers les deux arrivants. De nouveau leurs regards se heurtèrent et Steadman eut à peine conscience de l'homme en uniforme qui avait suivi Gant.

Le marchand d'armes s'arrêta après quelques mètres,

les laissant s'approcher de lui. Ses yeux étaient d'un gris pâle, et Steadman crut y détecter une lueur amusée. Le visage de Gant était long, avec des pommettes hautes et des joues assez creusées pour lui donner une vague apparence cadavérique. Le nez était fort, la chevelure d'un brun passé coupée court et coiffée en arrière, dégageant un front haut presque dépourvu de rides. Il paraissait plus jeune que son âge et une force curieuse émanait de sa personne, qui contredisait son physique proche de la maigreur. Seul son cou, trop long et décharné pour être totalement caché par le col de son manteau, donnait une indication sur le ravage des ans. La peau en était ridée et plissée, et Steadman éprouva une vague répugnance en notant ce détail.

— Bonjour, Peppercorn, dit Gant sans quitter le détective des yeux. Et vous êtes Mr. Steadman, sans doute ?

De nouveau le détective remarqua un reflet moqueur dans les prunelles pâles. Gant lui tendit la main, et il dut faire un effort pour la serrer. Sa poigne était ferme, à la limite de la douleur. Steadman relâcha sa prise après un instant, comme il est normal, mais Gant prolongea le contact et il fut obligé d'y répondre. Pendant plusieurs secondes ils restèrent ainsi, s'affrontant du regard. Gant donnait l'impression de lire en lui et de rire intérieurement de ce qu'il découvrait. Steadman lui rendit le même défi tacite et se permit même de laisser transparaître son propre amusement. Il remarqua les très fines cicatrices autour des joues et de la bouche du marchand d'armes, visibles seulement de très près, et il s'interrogea sur le genre d'accident qui avait pu les causer.

Gant lui lâcha enfin la main.

— Je vous présente le major Brannigan, fit-il en inclinant légèrement le buste en direction du militaire qui les avait rejoints.

Le major avança d'un pas et salua Steadman et l'avocat. Un peu moins grand que Gant, il devait avoir la quarantaine. Qu'il ait ou non perçu l'ironie du marchand d'armes, il garda une froideur égale.

— Et voici Miss Holly Miles, qui essaie de tirer avantage d'un lointain lien de parenté avec ma défunte femme.

Gant s'écarta pour dévoiler la jeune femme qui était restée masquée par la stature des deux hommes.

— Louise Gant et ma mère étaient cousines, dit-elle avec un sourire d'excuse.

Steadman fut surpris de la pointe d'accent américain, puis il se souvint que l'épouse de Gant était des États-Unis. Il hocha la tête en signe de salut et elle lui répondit par un sourire franc en repoussant ses longs cheveux blonds d'une main gracile. Il vit alors le Pentax qui pendait à son cou.

— Des photos ici ? s'étonna-t-il.

— Je travaille en *free-lance*, expliqua-t-elle. Je fais un reportage sur les marchands d'armes pour un magazine dominical.

— Elle a utilisé ses liens avec ma famille pour décrocher ce reportage, interrompit Gant.

Il avait parlé avec plus de malice que d'ironie, mais sa voix possédait une profondeur indéfinissable, comme un écho chuinté qui mettait mal à l'aise.

— Mais le major garde un œil sur elle, poursuivit-il, pour s'assurer qu'elle ne photographie pas ce qui ne doit pas l'être.

Brannigan ne paraissait pas amusé le moins du monde.

— Ainsi donc, Mr. Steadman, dit Gant d'un ton devenu brusque, Peppercorn me dit que vous avez un client qui recherche certains types de matériels, matériels que j'ai la réputation de fabriquer.

— C'est exact.

— Pouvons-nous définir dès maintenant l'identité de votre client ?

— Je crains qu'il ne faille attendre pour cela que vous ayez satisfait à toutes mes exigences concernant vos produits, contra Steadman.

— Très bien, rien d'inhabituel à cela. Vous pouvez être plus précis sur ce que vous cherchez ?

— J'ai là une liste détaillée, dit le détective en produisant une enveloppe. Je crois qu'elle correspond à votre production.

Elle contenait la description détaillée concoctée par lui-même et Goldblatt de plusieurs armes dont avait besoin Israël. En fait, ce pays avait d'autres fournisseurs, mais les matériels décrits correspondaient presque tous à ceux fabriqués par Gant. Celui-ci ouvrit l'enveloppe et étudia la liste sans hâte, acquiesçant de temps à autre.

— Oui, nous fabriquons la plupart de ces équipements, commenta-t-il, et soudain Steadman eut du mal à croire qu'il s'agissait d'un jeu mortel entre eux tant Gant paraissait sincère. J'ai quelques autres produits qui pourraient également vous intéresser, d'ailleurs. Notre nouveau fusil de précision équipé d'un laser, qui permet un tir parfait jusqu'à huit cents mètres. Ou notre pistolet-mitrailleur, semblable à l'Ingram mais nettement plus précis. Il comporte beaucoup de parties en matière plastique, ce qui rend son coût en série très abordable... J'ai aussi plusieurs modèles de missiles sol-air, de petite taille et très maniables, bien qu'ils soient assez puissants pour détruire un Jumbo Jet, par exemple...

Gant avait prononcé cette dernière phrase avec une lenteur provocante, et Steadman eut l'impression qu'il le défiait.

— Ça semble intéressant, en effet, répondit-il calmement.

Il vit alors que leur échange avait était accueilli par un silence tendu dans le petit groupe. La photographe elle-même paraissait crispée.

— Vous pensez que votre client pourrait avoir usage de ce genre de produit? demanda Gant.

— C'est possible. Tout dépendrait du prix.

— C'est naturel. Aimeriez-vous les voir?

— Bien sûr.

— La démonstration en réel est difficile, vous vous en doutez, fit Gant avec un petit rire sardonique, et Steadman lui répondit d'un sourire paisible. Mais je pense que je pourrai vous prouver son rayon d'action et sa puissance. Pourquoi ne pas m'appeler demain, à mon bureau, pour fixer un rendez-vous? Peppercorn vous donnera mon numéro.

— Ce sera avec plaisir.

— En attendant je vais étudier votre liste et dresser quelques propositions chiffrées. Je suis sûr que votre client n'est pas effrayé par les chiffres, n'est-ce pas?

— Il en faut plus pour l'effrayer, répondit Steadman sur le même ton.

— Oui, je n'en doute pas. Je vais maintenant vous prier de m'excuser, mais nos visiteurs d'Amérique latine sont très exigeants de ma personne — il fit un geste en direction du groupe qu'il avait quitté — et comme ils sont d'humeur à acheter... Quant à vous, Miss Miles, j'espère que vous voudrez bien pardonner ce manque de tact, mais j'ai peur que des transactions de cette nature ne risquent d'embarrasser grandement votre magazine, ou notre gouvernement, si certaines photos étaient publiées. Pourquoi ne pas expliquer à Mr. Steadman la composition de votre article et en profiter pour lui montrer les quelques horribles engins de destruction que vous avez déjà découverts? Son point de vue vous passionnera certainement.

Avec un dernier coup d'œil à Steadman, Gant leur tourna le dos et rejoignit le groupe d'acheteurs.

Le major Brannigan s'avança vers la jeune femme.

— Je... hum, je suis au regret d'appliquer le règlement, Miss. Je dois vous prendre votre appareil photographique. Mais je suis certain que vous avez déjà fait moisson de clichés pour votre reportage... (Il tendit la main et Miss Miles lui donna son Pentax sans sourciller.) Merci. Le sergent du poste de garde vous le rendra à votre départ.

Sur ces mots il partit d'un pas raide.

— Eh bien, voilà qui était bref et précis, dit Peppercorn en regardant Steadman et la jeune femme. Je crois que Gant vous étonnera, Harry.

— C'est fort possible, en effet, dit Steadman.

— Eh bien, Miss Miles, il est rare de voir une beauté en jeans chez les journalistes. Vous offrez un contraste des plus agréables à tout ce kaki. Si nous descendions à la buvette prendre quelque chose ?

La photographe interrogea Steadman du regard.

— Un verre sera le bienvenu, fit-il.

— D'accord, moi aussi.

Une fois dans la grande tente, Peppercorn fonça dans la foule qui assaillait le bar pour chercher les boissons, les laissant seuls. La compagnie de la jeune femme procurait à Steadman un changement bienvenu après la tension de la courte entrevue.

— Vous êtes vraiment une lointaine parente de Gant ?

Elle eut un petit rire.

— Disons que ma mère était une cousine éloignée de sa dernière femme. Mais je suis encore surprise qu'il m'ait accordé cette interview. Les marchands d'armes sont en règle générale des gens très discrets...

— Oui, ils n'ont pas vraiment besoin de publicité. Cela m'étonne aussi.

— Oh, mais il m'a fallu beaucoup de temps pour décrocher son accord, croyez-moi. Il repoussait toujours à plus tard et je n'y croyais plus. Et puis la semaine dernière il a accepté, comme ça !

— Qu'est-ce qui l'a fait changer d'avis, selon vous ?

— Aucune idée. Peut-être le souvenir de sa femme et son peu de rapports avec sa famille du temps de son vivant.

— Vous savez de quoi elle est morte ?

— Oui. Un accident de voiture.

— Vous paraissez en savoir beaucoup sur son compte... C'est pourtant un homme très discret.

— Très discret, oui. Mais j'ai passé quelques journées avec lui, et il m'a laissé photographier presque tout ce que je voulais. Il m'a donné l'impression de tout d'un coup vouloir faire connaître son nom... Enfin, peut-être pas son nom, mais les dernières armes que sa firme produit. — Elle se mordit nerveusement l'ongle de l'auriculaire droit. — Je ne sais pas, c'est comme s'il sortait de l'ombre et qu'il recherchait la publicité.

Cette idée déplaisait à Steadman. Pourquoi un homme tel que Edward Gant aurait-il pu désirer cela, alors que son domaine requérait la plus grande des discrétions? Il y avait là quelque chose qu'il ne s'expliquait pas. Il décida qu'il valait mieux changer de sujet.

— Depuis combien de temps êtes-vous en Angleterre?

— Oh, ça fait six mois maintenant. Avant, j'ai bourlingué un peu partout pour écrire des articles et faire des photos. J'ai travaillé longtemps pour une agence, mais à présent je préfère traiter directement avec les journaux. Je me sens plus libre.

Peppercorn revint avec leurs boissons : un campari pour la jeune femme, une vodka pour Steadman et un gin-tonic pour lui-même.

— Je viens de rencontrer quelques personnes que je connais, Harry. Je pourrais peut-être faire affaire avec eux, aussi me suis-je permis d'accepter leur invitation à dîner. J'espère que vous ne m'en voulez pas?

Le détective lui prit leurs boissons des mains et tendit la sienne à la photographe.

— Ne vous en faites pas.

— Je peux vous rejoindre après le repas pour vous ramener en ville, si vous voulez? proposa Peppercorn.

— Non, ne vous donnez pas cette peine. Je prendrai un train.

— Moi je peux vous déposer à Londres, intervint Holly Miles.

— Eh bien, voilà qui arrange tout, dans ce cas, fit aussitôt l'avocat, visiblement soulagé.

— Parfait, approuva Steadman en buvant une gorgée de vodka.

L'alcool lui brûla la gorge mais la sensation lui était nécessaire.

— En ce cas je vais les retrouver, Harry. Ma secrétaire vous transmettra le numéro de téléphone de Gant. Tenez-moi au courant... Euh, eh bien au revoir, Miss Miles. J'espère avoir le plaisir de vous rencontrer à nouveau.

La jeune femme gloussa quand l'avocat bouscula un officier africain en s'éloignant à reculons.

— Merci de me ramener, fit Steadman.

Elle le regarda et lui sourit.

— Je dois passer au magazine, de toute façon. Ils veulent savoir où j'en suis... Si vous me parliez un peu de vous? Vous avez toujours travaillé dans les ventes d'armes?

— Non. J'ai passé une bonne partie de ma vie dans l'armée.

Holly parut surprise.

— Vraiment? Vous n'avez pas du tout l'apparence d'un militaire.

Steadman eut un léger sourire. Sans doute entendait-elle cette phrase comme un compliment.

— Pourquoi l'avez-vous quittée? dit-elle avant de boire une gorgée de campari.

— Oh, j'ai décidé que j'en avais assez de servir Sa Majesté. Il y a d'autres choses à faire dans la vie.

— Comme acheter et vendre des armes?

— Entre autres, oui. J'ai pris une participation dans une agence d'enquêtes.

— Vous êtes un privé? s'exclama-t-elle.

Steadman rit de bon cœur.

— Ça faisait longtemps qu'on ne m'avait pas appelé ainsi...

Holly s'esclaffa elle aussi.

— Ne m'en veuillez pas, mais vous ne ressemblez pas à Sam Spade non plus!

— Comme la plupart des détectives... En fait, mon associée...

Il s'interrompit et la jeune femme vit la tristesse voiler une seconde ses yeux.

— Quelque chose ne va pas?

Steadman avala la moitié de sa vodka avant de répondre.

— J'allais dire que mon associé est une femme. Mais elle est morte.

— Je suis désolée, Harry.

Il eut un haussement d'épaules.

— C'est récent? demanda-t-elle, décontenancée par l'étrange sourire sur ses lèvres et la dureté soudaine de son regard.

— Oui, très récent, dit-il. Changeons de sujet, d'accord? Parlez-moi plutôt de votre reportage. Des révélations fracassantes sur Gant?

Le ton était léger, mais elle sentit le sérieux du propos.

— Oh, je ne l'ai pas approché d'aussi près... Tout ce que j'ai vu, tout ce qu'il m'a dit semblait soigneusement préparé, comme s'il prenait garde de ne dévoiler qu'une partie bien précise de ses activités. Pour être franche, j'ai eu l'impression qu'il cachait beaucoup plus qu'il ne révélait. Habituellement, quand on fait ce genre de reportage sur une personne, on finit par découvrir certains indices par accident — un lapsus révélateur, un sous-entendu dans la conversation, ce genre de choses. Mais Edward Gant n'a commis aucune erreur. Je n'ai rien perçu derrière la façade.

— Vous êtes allée chez lui?

— Sa propriété près de Guildford? Oui. J'y ai passé deux jours et il m'y a invitée de nouveau. C'est une belle maison sur quelques hectares, très calme, très retirée.

— Il a donc une autre adresse?

— Eh bien, il semble, oui. Quand j'étais près de Guildford il a reçu un nombre considérable de visites, et j'ai entendu certains de ces invités mentionner un rendez-vous dans sa propriété de la Côte Ouest. Et c'étaient des personnages connus et importants. Mais, quand j'ai abordé le sujet, Gant est resté très vague. Il a simplement dit qu'il possédait là-bas un terrain d'essai pour ses armes les plus puissantes.

— Vous savez où exactement ?

— Non. J'ai fini par lui poser la question, mais il m'a répondu que dans le domaine des armes, et des dernières innovations en particulier, les sites de test devaient rester aussi confidentiels que possible. Je n'ai pas insisté, bien évidemment, et il a clos le sujet.

— Je vois... Et ces visiteurs ? Vous avez dit que certains étaient des gens importants ?

— Vous êtes plutôt curieux, vous, hein ? dit-elle avec un sourire malicieux. Je suppose que c'est une déformation professionnelle ?

— Ce doit être cela, oui... Mais je veux aussi en savoir autant qu'il est possible sur Gant pour mener au mieux les négociations pour mes clients. Connaître ses connections en haut lieu pourrait m'être utile, voilà tout.

— Très bien, ne m'en dites pas plus. Quelques-uns étaient des hommes politiques. De second plan, je dois l'avouer. J'ai reconnu aussi deux ou trois industriels et plusieurs gros bonnets de la City, sans pouvoir mettre de nom sur leur visage.

— Aucune importance, l'assura Steadman. Vous voulez un autre verre ?

— Non, merci. Je crois que j'aimerais retourner à Londres bientôt, si cela ne vous dérange pas.

— Bien sûr.

Il termina sa vodka et l'entraîna vers la sortie de la tente. Les démonstrations de la matinée ayant pris fin, les premières discussions s'engageaient. Steadman vit le major Brannigan qui écoutait poliment un visiteur étranger. L'officier l'aperçut mais ne lui fit aucun signe.

Le couple sortit de la tente, suivi par le regard de Brannigan.

Holly mena le détective jusqu'à sa voiture, une Mini d'un jaune éclatant. Ils s'installèrent et elle boucla sa ceinture de sécurité avant de mettre le contact. La petite automobile sortit du parking et s'engagea sur le gravier de la route, avant de prendre de la vitesse dès qu'ils quittèrent le terrain d'essai.

— Dites-moi, Harry, fit-elle après un moment, le fait d'acheter des armes ne vous pose jamais de problèmes de conscience ?

— De temps en temps, si, répliqua-t-il d'un ton caustique. Mais en général ma commission étouffe mes scrupules humanitaires.

Elle lui jeta un regard étonné.

— Pardonnez-moi, dit-elle. Je ne voulais pas jouer la moraliste.

Il contempla un instant son profil.

— Mes excuses aussi. Je ne voulais pas être aussi sec. Tout tient vraiment à l'acheteur que vous représentez. Il y a certains pays, certains mouvements avec qui je ne voudrais jamais avoir à faire, alors que j'ai de la sympathie pour d'autres. Bien sûr, un intermédiaire n'est pas censé faire entrer en ligne de compte ses sympathies ou ses antipathies. Je ne suis sans doute pas le meilleur.

— Et vous éprouvez de la sympathie pour ceux que vous représentez actuellement ?

— J'en ai éprouvé, oui.

La route s'enfonçait maintenant dans la zone boisée, et le sol, accidenté de chaque côté, était tapissé de feuilles mortes. Steadman se tourna de nouveau vers la jeune femme et ne put s'empêcher de regarder son corps. Ses longues jambes étaient pliées dans l'habitacle restreint de la Mini, et il appréciait leur galbe ferme. Elle tenait le volant avec souplesse mais autorité, et il émanait d'elle un dynamisme maîtrisé qui n'était pas perceptible immédiatement. Elle sentit l'attention qu'il lui portait et tourna la tête vers lui. Pendant un bref instant leurs regards se rencontrèrent, et quelque chose passa. Puis elle se concentra sur la route et Steadman l'imita.

Il se tournait lui aussi vers la route quand sur leur gauche le tank descendit vers eux en rugissant.

6

« La brutalité est respectée. La brutalité et la puissance physique. L'homme ordinaire, de même que la femme et l'enfant, ne respecte que la brutalité impitoyable. Les gens ont besoin de craindre, ils désirent craindre. Ils veulent craindre pour se soumettre en tremblant. Après les matchs de boxe, les perdants sont les premiers à vouloir devenir membres du parti. Pourquoi alors disserter sur la brutalité et s'indigner des tortures ? Les masses ont besoin de cela. Ils veulent quelque chose qui leur procurera le frisson de l'effroi. »

Adolf Hitler

La jeune femme vit le Chieftain émerger du bois une fraction de seconde après Steadman. Par réflexe, elle écrasa l'accélérateur et la petite voiture bondit en avant pour tenter d'échapper aux cinquante-deux tonnes de métal.

Steadman s'écarta aussitôt de la portière en prenant garde de ne pas gêner la conductrice. Leurs vies dépendaient de sa réaction. Le tank grossissait à une vitesse effrayante dans son champ de vision et le détective se prépara au choc. Mais la masse sombre fut dépassée au dernier instant et il reprit espoir.

Pourtant la Mini n'avait pas été assez rapide. L'avant

du char percuta son aile arrière gauche, la bousculant avec une force phénoménale. Le crissement du métal enfoncé et du verre qui explosait couvrit le grondement du moteur. Holly lutta pour garder le contrôle du véhicule déporté contre un arbre au bord de la route, dans un tête à queue presque complet.

De nouveau ce fut le côté passager qui subit le choc, et Steadman faillit perdre conscience. Il s'en fallut de peu qu'il ne s'assomme contre le pare-brise. Holly était affaissée sur son volant, retenue par la ceinture de sécurité. Il lui releva la tête de la main et elle cligna des yeux, encore abasourdie. Elle fixa sur lui un regard interrogateur.

— Sacré connard ! maugréa-t-il, pris par une soudaine colère.

Il désigna la masse énorme du tank qui leur bloquait la route de biais.

— Ils auraient pu s'assurer que personne ne venait avant de traverser !

Il allait ouvrir la portière pour sortir et constater les dégâts quand le blindé se remit en mouvement. Steadman se figea. Les chenilles faisaient lentement pivoter le blindé vers eux. Il comprit en un éclair.

— Holly, il cherche à nous écraser !

La jeune femme paraissait pétrifiée d'horreur. Steadman vit qu'il n'aurait pas le temps de la dégager de sa ceinture de sécurité et de l'extirper du véhicule.

— Dirigez-vous dans les arbres ! lui cria-t-il. Vite !

Par chance le moteur tournait toujours. Les yeux de Holly s'écarquillèrent et elle réagit avec des gestes secs. Elle embraya et la voiture bondit en avant pour aussitôt braquer. La montagne d'acier se ruait vers eux, et Steadman eut pendant un instant la certitude qu'ils ne lui échapperaient pas. La Mini passa sous le long canon de 120 et vira au tout dernier moment. Les chenilles du Chieftain raclèrent la tôle mince de la voiture, une fois encore du côté passager, la jetant violemment hors de la route. Le sol du bois accusait une déclivité assez marquée et la voiture glissa sur les feuilles. Mais Holly parvint à la redresser à temps pour éviter un arbre. Steadman regarda derrière eux. Le blindé tournait dans leur direction. Les chenilles firent voler les feuilles mortes.

La vitesse de la Mini était limitée car elle devait contourner tous les arbres et les buissons, alors que le tank se contentait d'éviter les troncs les plus épais, écrasant les plus jeunes et la végétation sous sa masse. Steadman exhortait Holly à accélérer et son regard allait du terrain devant eux au tank qui gagnait peu à peu. Il était abasourdi par l'arrogance de Gant, car ce ne pouvait être que lui qui avait décidé de cette agression. Le marchand d'armes osait donc planifier son assassinat — et celui de la photographe — quelques jours après celui de Maggie...

Les yeux plissés par la concentration, Holly luttait pour conserver le contrôle de la voiture qui dérapait sans cesse sur les feuilles humides du sous-bois. Steadman la sentait certes possédée par la peur, mais pas par la panique.

Soudain le train avant de la Mini fut décollé du sol par une branche cachée sous les feuilles. Le choc les projeta en avant. La ceinture retint heureusement Holly, tandis que le détective se protégeait de l'avant-bras, mais il heurta le toit du crâne et retomba en arrière, à demi assommé. Le véhicule reprit lourdement contact avec le sol et Holly lâcha le volant quand il percuta l'arbre. Le moteur cala.

Steadman secoua la tête et regarda la jeune femme. Derrière elle, il voyait le char qui écrasait la végétation pour les rejoindre. Holly tourna désespérément la clef dans le contact. Le Chieftain n'était plus qu'à trois mètres. La voiture redémarra mais il était trop tard.

Avec un bruit effrayant, l'avant du blindé les toucha. L'effet fut instantané : la masse monstrueuse du Chieftain propulsa le petit véhicule dans le creux de terrain voisin. La Mini fit une série de tonneaux très rapides dans la déclivité puis s'immobilisa. S'il n'y avait eu cette pente soudaine, ils auraient été broyés par le char. Mais ce n'était qu'un répit. Le Chieftain arrivait sur eux, Steadman l'entendait malgré le bourdonnement dans ses oreilles.

La Mini s'était arrêtée sur le toit, et le détective se contorsionna pour se remettre à l'endroit. Holly paraissait inconsciente et la ceinture de sécurité la maintenait dans une position grotesque. Ses paupières étaient closes et son corps sans force. Heureusement quand Steadman cria son nom elle parut sortir de son inconscience. Elle lui jeta un regard vague.

— Mon Dieu, bredouilla-t-elle.

Le détective défit la ceinture de sécurité et prit la jeune femme dans ses bras quand elle glissa vers le toit.

— Il faut sortir de la voiture ! Le tank arrive !

Il voyait le Chieftain en haut de la déclivité, figé comme un prédateur titanesque sûr d'atteindre sa proie. Avec un grondement d'apocalypse, il bascula lentement sur la pente.

Steadman replia la jambe et rua dans la portière qui céda au premier coup. Il tira Holly à reculons pour la faire sortir plus vite. Derrière lui, le char approchait pour les réduire en bouillie, sa vitesse encore accrue par la déclivité. Steadman se retourna sans se relever et agit par pur réflexe. Le Chieftain était presque sur eux et ils ne pouvaient plus l'éviter. Il fit la seule chose possible : il plaqua Holly sur le sol et se coucha à côté d'elle entre les chenilles du tank.

Le monstre de métal passa au-dessus d'eux et la nuit les recouvrit. Ils furent enveloppés dans un grondement mécanique et une odeur de diesel surchauffé difficilement supportable. Steadman pressait sans merci le visage de la jeune femme contre le sol, car le moindre mouvement de panique aurait signifié une mort atroce. Le ventre d'acier n'était qu'à cinq centimètres de leur tête et le bord des chenilles les frôlait presque. Il y eut un crissement de métal torturé lorsque le tank atteignit la

Mini et commença à écraser la petite voiture avec une lenteur presque sadique. L'avant du blindé s'éleva un peu tandis que l'arrière s'abaissait dangereusement. Si le char avançait encore d'un mètre ils seraient écrasés. A cause de la déclivité et de la hauteur de la Mini, la moitié des chenilles avait quitté le sol. L'espace de chaque côté d'eux était suffisant pour qu'ils s'y glissent, mais à tout instant une pièce de métal de la voiture pouvait céder sous le poids du char, l'abaissant d'un coup. Pourtant c'était leur seule chance.

Steadman roula sur le côté, et son bras effleura le métal de la chenille. Une seconde plus tard il tirait le corps crispé de Holly vers lui. Elle réagit aussitôt et se tortilla sous la chenille.

Le grincement de la tôle broyée s'intensifia quand l'avant du char écrasa complètement la Mini. La carrosserie céda et brusquement l'énorme masse parut s'affaisser de plusieurs centimètres. Le bruit du moteur se réduisit à un grondement menaçant.

— Vite! lança Steadman en aidant la jeune femme à se redresser.

Il fut soulagé de constater qu'elle n'était pas tétanisée par la terreur comme il le craignait. Elle s'appuya contre lui et il la soutint. Ils se lancèrent dans une fuite maladroite. La déclivité était trop prononcée et sans doute trop glissante, Steadman opta pour la descente en biais. Derrière eux le Chieftain s'était arrêté sur la Mini compressée, et quand il se retourna le détective eut l'impression très forte qu'il voyait une bête de proie mécanique, froide et intelligente. C'était totalement aberrant et pourtant, sur le moment, ce fut comme une certitude.

Le char se remit en branle et pivota dans leur direction.

— Courez! cria Steadman en entraînant la jeune femme par le coude.

Ils foncèrent dans la végétation qui se faisait plus clairsemée. A leur suite, le blindé prenait de la vitesse.

Ils débouchèrent bientôt sur une zone non boisée. Plus loin le terrain remontait un peu, couronné de buissons et de ronces enchevêtrées. Ils purent accélérer et Steadman infléchit leur course vers les broussailles les plus proches qui s'élevaient à hauteur de poitrine. Ils s'y lancèrent sans ralentir. Steadman se courba aussitôt, et Holly fit de même. Ainsi dissimulés ils progressèrent sans se soucier des ronces qui les griffaient en un large arc de cercle qui les mena presque au sommet de l'élévation. Celui ou ceux qui manœuvraient le Chieftain ne pourraient les localiser et ils avaient une bonne chance d'échapper au monstre de métal. Après une cinquantaine de mètres, Steadman fit halte et d'un signe intima le silence à Holly, qui acquiesça.

Des explosions se succédaient quelque part, assourdies par la distance mais clairement audibles. Le terrain d'essai, songea presque distraitement le détective. Le grondement du char était proche et semblait même s'amplifier. N'y tenant plus, Steadman décida de courir le risque et releva la tête. Le Chieftain n'était qu'à une dizaine de mètres et fonçait droit sur eux, comme s'il savait grâce à quelque invraisemblable instinct où ils se trouvaient.

Holly se redressa et hurla. Steadman la saisit par le bras et ils se ruèrent sur leur gauche.

Ils avaient à peine parcouru vingt mètres qu'ils débouchèrent brusquement sur le bord de l'à-pic. Les broussailles et le terrain montant cachaient la dénivellation presque verticale et ils durent se rejeter en arrière pour ne pas tomber. Plus bas s'étendait la petite plaine où se déroulaient certaines démonstrations de tir.

Derrière eux, la végétation craqua sous le poids du char.

Ils se laissèrent glisser dans un creux de terrain à moins de deux mètres du bord.

Le Chieftain surgit des buissons et fonça sur eux. Steadman redouta soudain que l'énorme engin, de ses chenilles, ne laboure le creux. Il repoussa la jeune femme sur le côté et roula lui aussi sur le sol. Il réussit presque à éviter le char.

La chenille le heurta à l'épaule et un pan de son blouson se coinça dans les crans d'acier des deux roues avant superposées. Il se redressa sur les genoux et tenta d'arracher l'étoffe avant d'être happé dans les rouages. Holly s'était déjà relevée. Elle enserra ses poignets des mains et tira elle aussi de toutes ses forces. Le tissu se déchira brusquement et ils s'écroulèrent à la renverse, s'étreignant en un geste mutuel de protection. Le tank les dépassa dans un grondement d'enfer sans ralentir.

Steadman se relevait déjà en soutenant la jeune femme, prêt à se lancer de nouveau dans la fuite. Mais le Chieftain ne modifia pas sa trajectoire. A pleine vitesse il atteignit le bord de l'à-pic.

Les chenilles effritèrent le bord de terre sèche et mordirent le vide. L'énorme masse s'inclina lentement, puis bascula. Une seconde ils virent le ventre du char et l'arrière des chenilles s'élever à la verticale, puis le char disparut de leur vue, englouti par un vide de soixante mètres.

Steadman s'approcha jusqu'au bord de l'à-pic. Il vit le char rebondir contre la pente de la falaise tel un jouet monstrueux, le canon pointer un instant vers le ciel avant l'explosion. Le blindé parut se désintégrer sous l'effet d'une force intérieure titanesque, et le détective comprit qu'il transportait des munitions réelles.

Le souffle brûlant le gifla et il recula. Une déflagration plus puissante encore fit trembler le sol sous ses pieds. Là-bas, à une centaine de mètres dans la plaine, des silhouettes humaines surgissaient des casemates d'observation. Elles étaient trop éloignées pour qu'il pût voir leur expression, mais il l'imaginait sans peine, et leur immobilité trahissait leur ébahissement.

Steadman s'éloigna du bord en titubant et retourna vers la jeune femme qui sanglotait, agenouillée sur le sol.

7

« C'est la malédiction de la grandeur que d'avoir à fouler des cadavres aux pieds. »

Heinrich Himmler

« Chaque fois qu'il s'agit d'établir un nouveau pouvoir, le terrorisme se pose comme une absolue nécessité. »

Adolf Hitler

Steadman retira le drap du lit et contempla le corps bronzé de Holly. Les pointes de ses seins étaient roses et dures, érigées par l'excitation sur l'aréole plus sombre. Des yeux, il suivit la courbe douce de sa taille, passa sur le ventre plat et le triangle doré de son sexe avant de parcourir les lignes parfaites de ses jambes. Le corps de Holly trahissait la fermeté des muscles sous la peau dorée. Douce d'apparence, la jeune femme était en réalité d'une vigueur peu commune.

– S'il te plaît, murmura-t-elle en le regardant. Prends-moi dans tes bras.

Elle le contempla un moment avec naturel et il eut soudain conscience de son érection. Il se glissa auprès d'elle et remonta le drap jusqu'à leurs épaules avant de passer un bras autour de sa taille et de l'attirer contre lui.

Ils restèrent ainsi, leurs corps soudés l'un à l'autre, savourant leur chaleur mutuelle, heureux de cet instant privilégié de paix.

Cet après-midi, la jeune femme avait beaucoup surpris Steadman. Trois minutes après la chute du tank, des véhicules militaires étaient arrivés en trombe, et on les avait assaillis de questions. Holly avait très vite recouvré son calme alors que le détective se libérait de sa tension en s'emportant contre les officiers. Ils avaient été emmenés au Quartier général d'Aldershot où l'interrogatoire avait repris, de façon plus structurée cette fois. Pourquoi s'étaient-ils écartés de la route ? N'avaient-ils pas vu les pancartes de danger ? Pourquoi un Chieftain les aurait-il pris en chasse ? N'avaient-ils pas plutôt coupé la route du tank en s'aventurant dans les bois ? Avaient-ils parlé à l'équipage du blindé, à un moment ou un autre ?

La photographe avait répondu posément, sans montrer de séquelles du péril dont ils venaient de réchapper autres que son apparence — ses vêtements étaient déchirés et elle portait de nombreuses égratignures —, puis elle avait inversé les rôles en invectivant les militaires au sujet des mesures de sécurité, à l'évidence insuffisantes. Elle s'était même rebellée d'être traitée en suspecte et avait menacé de poursuivre l'armée en justice.

Cette charge inattendue avait déstabilisé le lieutenant-colonel chargé de l'interrogatoire, et le détective avait souri de son embarras. La situation s'était détendue dès l'arrivée du major Brannigan qui avait confirmé leur identité et les mobiles de leur présence. Il leur avait présenté des excuses formelles et assuré qu'une enquête approfondie serait menée sur « l'incident ». Au ton de Brannigan, Steadman avait compris qu'ils étaient toujours soupçonnés.

Le major leur avait fourni une limousine pour les ramener à Londres. Après que Holly avait récupéré son Pentax au poste de garde de Long Valley, Steadman avait suggéré qu'elle l'accompagne chez lui pour un verre et une bonne douche. Elle avait accepté avec joie car elle était peu désireuse de subir la traversée, forcément éprouvante à cette heure, de Londres jusqu'à l'appartement de la banlieue nord où elle séjournait.

Pendant tout le trajet, elle avait conservé une réserve un peu absente, et le moment d'étrange intimité partagé durant le danger avait paru effacé. Mais chez Steadman, alors qu'il leur préparait une boisson forte, elle avait éclaté en sanglots et il l'avait serrée dans ses bras pour la consoler. Sachant que ce n'était là que le contrecoup de l'émotion subie, il l'avait rassurée à voix basse en la tenant contre lui. Peu à peu elle avait cessé de trembler et de pleurer, et il l'avait incitée à boire son cognac, l'accompagnant car elle n'était pas seule à en avoir besoin. Il avait encore en mémoire l'horreur éprouvée quand sa veste s'était prise dans les roues du char. L'alcool avait apaisé un peu leurs nerfs à vif sans pour autant éteindre l'acuité de leur sensibilité. Ils se regardèrent et cette intimité inexprimable les submergea de nouveau.

Steadman n'avait pas été surpris quand elle lui avait demandé de coucher avec elle car tous deux savaient que ce n'était pas un intérêt sexuel mais l'envie de partager physiquement cette entente innée qui les liait. Pour le détective, c'était une sensation presque oubliée depuis Lilla. L'évocation de celle-ci ne lui avait cependant donné aucune culpabilité. Alors qu'elle l'avait gêné et qu'il avait dû la repousser quand il avait fait l'amour avec d'autres femmes, même Maggie. Pourtant, avec Holly, ces émotions avaient resurgi sans aucune entrave. Bien qu'il ne sût presque rien d'elle, et ne pût s'expliquer cet accord naturel entre eux.

Il l'emmena à l'étage et l'observa tandis qu'elle se dévêtait. Elle alla se doucher puis réapparut dans la chambre, les cheveux assombris par l'humidité. Ses jambes étaient fuselées, la courbe de ses hanches gracieuse mais discrète. Steadman jugea qu'elle avait des épaules un peu larges selon les canons de la beauté féminine, mais seule la comparaison avec le bassin révélait cette particularité qui par ailleurs ne nuisait pas à son charme. La jeunesse gonflait ses seins orgueilleux.

Elle s'était allongée dans le lit et, la tête appuyée sur une main, elle l'avait regardé se déshabiller à son tour. Le corps de Steadman était resté sec et musclé, révélant l'athlète endurci qu'il avait été quelques années plus tôt. Il n'avait ressenti aucune gêne d'être ainsi examiné. Elle avait jeté un regard peiné aux cicatrices zébrant son dos mais sans poser pourtant aucune question. Après une douche, il était revenu dans la chambre et elle lui avait offert ces moments de sérénité qui lui manquaient depuis si longtemps.

A présent il l'étreignait de nouveau, et pendant un instant, quand elle ouvrit les yeux, il crut y lire une inquiétude profonde. La lueur disparut aussitôt de son regard, mais il était certain de ne pas s'être trompé.

— Pourquoi ont-ils essayé de nous tuer? murmura-t-elle en reculant un peu pour mieux le dévisager. Quelle raison pouvait avoir l'équipage du tank?

— Je ne sais pas, Holly. Dans ce métier, on se fait des ennemis... On devait tenter de me supprimer, moi. Et nous ne savons pas s'il y avait un équipage complet dans le Chieftain.

— Voler un tank pour te tuer?

Steadman eut une moue d'impuissance.

— Comme je l'ai dit : on se fait des ennemis...

— A moins que ce ne soit moi qu'on ait voulu assassiner.

Il la regarda avec un étonnement non feint.

— Te tuer? Pourquoi le voudrait-on?

— Je ne sais pas. Mais j'ai senti la menace, Harry, comme quelque chose de... possédé par le mal, quelque chose de dépravé. Comme si le tank était vivant, animé par cette haine...

Elle avait donc éprouvé la même chose que lui, se dit-il avec un malaise diffus. Il la vit frissonner et l'embrassa dans un geste protecteur.

— N'y pense plus pour l'instant, dit-il. Ils trouveront le ou les corps dans les débris du char et procéderont à une identification. Ainsi nous saurons qui a voulu nous tuer.

Elle se pressa contre lui.

— Il y a autre chose, n'est-ce pas? Tu ne me dis pas tout...

Il fut soudain pris d'un désir violent de tout lui raconter, de lui parler de Maggie, du Mossad, des Services secrets britanniques. Après toutes ces années de dissimulation et de mensonge, il avait un besoin subit et très fort de se confier, de partager ce côté obscur de son existence. Pourtant quelque chose le retint. Peut-être ses années sous le signe du secret dans l'armée britannique, puis au Mossad ou même comme détective, l'empêchaient-elles de croire assez en quelqu'un pour se livrer ainsi. Et quoiqu'il se sentît très proche de la jeune femme, sa prudence lui rappelait qu'elle n'était encore qu'une étrangère.

— Oui, dit-il après un moment. Il y a autre chose mais il vaut mieux que tu n'en saches rien.

Elle resta silencieuse près d'une minute, puis chuchota :

— Qui es-tu réellement, Harry? Et pourquoi travailles-tu dans le milieu des armes? Tu ne veux pas me le dire?

— Je t'ai déjà dit qui je suis.

— Non. Tu m'as dit *ce* que tu étais.

— Ce que je suis et qui je suis, c'est pareil, dit-il avec un sourire indéfinissable.

Elle secoua la tête, mécontente.

— Trop facile. Ça n'explique pas tout, Harry. Pourquoi sers-tu d'intermédiaire dans les ventes d'armes?

— Si ce n'était pas moi ce serait quelqu'un d'autre...

— Tu ne réponds toujours pas.

Il lui caressa la joue.

— Laisse-moi un peu de temps, Holly, d'accord? dit-il doucement. Le danger nous a brusquement rapprochés, mais demain nos sentiments auront peut-être changé. Il faut être patients.

Elle acquiesça et enserra sa nuque humide d'une main légère.

— Tu ressens la même chose que moi, n'est-ce pas? murmura-t-elle, soudain fragile.

Il lui sourit et déposa un baiser sur son front.

— Oui.

— Alors c'est bien.

Elle l'embrassa avec violence et leur nervosité céda, se métamorphosant instantanément en passion.

Plus tard, alors qu'ils savouraient la langueur qui suit la jouissance, Steadman resta collé contre elle pour profiter de cette intimité inattendue qu'ils découvraient. Holly baisa son cou, caressa son dos du bout des doigts. Elle était heureuse de ce qu'ils venaient de vivre, mais aussi désorientée par la force de ses sentiments à son égard. Elle avait l'impression de donner trop, et trop vite.

Il éprouvait le même trouble, mais elle en était inconsciente. Quand enfin il s'écarta d'elle et s'allongea sur le dos, ils s'entre-regardèrent avec le même étonnement.

— Que nous arrive-t-il? chuchota-t-elle.

Il posa un index en travers de ses lèvres.

— C'est encore trop incertain pour en parler.

Holly parut sur le point de répondre, puis se ravisa. Elle se détourna mais il eut le temps de voir la tristesse dans son regard. Il se pencha sur elle et baisa doucement ses lèvres.

— Ne t'inquiète pas pour ça, d'accord?

Les yeux de la jeune femme étaient embués, mais elle l'embrassa sans hésiter.

— Je ne veux pas tomber amoureuse de toi, souffla-t-elle.

— De quoi as-tu peur, Holly? Es-tu tellement effrayée à l'idée de te donner à quelqu'un?

— Tu ne comprends pas...

La sonnerie du téléphone au rez-de-chaussée l'interrompit. Elle sentit le corps de Steadman se raidir et vit ses yeux se voiler.

— Harry, que se passe-t-il?

Il la regarda sans la reconnaître. Son esprit venait d'être projeté dans le passé, dans un autre pays. Le téléphone avait sonné aussi, dans leur appartement de Bruxelles, alors que lui et Lilla venaient de faire l'amour, sans savoir que c'était pour la dernière fois.

Lilla avait insisté pour qu'il ne réponde pas, elle l'avait agrippé en réclamant son corps. Pour plaisanter il l'avait repoussée avec un oreiller. L'appel était peut-être important, avait-il expliqué, peut-être même une nouvelle mission. L'inactivité lui pesait parce qu'avec elle il commençait à beaucoup l'apprécier. Raison de plus pour ignorer le téléphone, avait-elle répliqué en riant, et elle l'avait supplié de façon outrancière. Mais il était passé dans le salon pour décrocher.

L'oreiller avait frappé le chambranle de la porte de communication, et cette simulation de colère avait fait sourire Steadman. Il avait pris le combiné au moment où elle venait le narguer à l'entrée de la pièce, s'appuyant à la porte dans une pose provocante, son corps nu luisant encore de la transpiration de leurs ébats.

Il avait regardé ailleurs quand la voix masculine lui avait demandé en français s'il était bien Mr. Clément. C'était là son identité d'emprunt du moment, et il avait répondu par l'affirmative.

Dès le début du sifflement suraigu dans le récepteur, il avait compris. Les Israéliens avaient utilisé le même système pour éliminer le Dr Mahamoud Hamshari, représentant de l'OLP en France. Un signal électronique était transmis par le téléphone et déclenchait une bombe cachée dans l'appartement non loin de l'appareil.

Il avait bondi vers Lilla mais il savait que c'était trop tard.

L'éclair aveuglant avait illuminé la pièce : la mort.

Plus tard il avait compris que c'était l'angle de son

corps plongeant vers la jeune femme qui l'avait sauvé. Les éclats de la bombe avaient transpercé ses jambes et ses pieds, mais il avait évité le gros de l'explosion. Un miracle, avaient dit les médecins. Mais il ne pouvait s'en réjouir si Lilla devait mourir.

Il avait fallu trois jours pour que la jeune femme déchiquetée plonge enfin dans la libération finale. Trois jours de douleurs atroces, pendant lesquels elle n'avait jamais complètement repris conscience sans pour autant cesser de souffrir. Pendant soixante-douze heures ses lèvres déchirées s'étaient tordues sur des cris muets.

Steadman avait prié pour qu'elle meure, il avait supplié les médecins d'abréger son agonie ; mais leur travail était de la maintenir en vie coûte que coûte, quelle que fût sa douleur, et ils ne l'avaient pas écouté. Pour le faire taire et bâillonner son angoisse, ils l'avaient assommé de tranquillisants surpuissants.

Longtemps après la mort de Lilla, quand il avait enfin émergé du deuil qui l'accablait, il avait compensé ce vide par de nombreuses autres morts.

Et maintenant, dans des circonstances similaires à celles de ce drame, le téléphone sonnait de nouveau, comme pour lui rappeler que le passé n'était pas mort.

— Harry ? — Holly le secouait par l'épaule — Qu'y a-t-il ? Tu es si pâle...

Le brouillard quitta les yeux de Steadman et il la regarda.

— Tu ne vas pas répondre ? lui dit-elle.

Sans un mot il sortit du lit et enfila sa robe de chambre. Ses gestes étaient ceux d'un automate, mais l'inquiétude dans la voix de Holly finit par l'atteindre.

— Ne bouge pas d'ici, ordonna-t-il.

En une fraction de seconde ses mouvements devinrent précis et fluides. Il disparut dans le couloir et elle l'entendit descendre l'escalier avec la souplesse d'un fauve.

Dans le salon, Steadman jeta un coup d'œil circulaire sans se soucier du téléphone. Rien ne paraissait déplacé, mais il vérifia rapidement les quelques endroits susceptibles de dissimuler une bombe — derrière les livres encombrant les étagères, sous les coussins du canapé et du fauteuil, derrière la télévision — avant de se sentir un peu plus rassuré. Il tourna alors son attention vers l'appareil téléphonique. L'insistance du correspondant devenait suspecte. Le téléphone lui-même pouvait contenir un système explosif. Il le soupesa sans le trouver anormalement lourd. Alors seulement il prit le risque et décrocha.

— Steadman? C'est vous?

C'était la voix de Pope. Le détective poussa un soupir.

— Bon sang, Steadman! Répondez!

— Oui, c'est moi, fit-il avec calme.

Il y eut un silence, puis Pope grogna :

— Ça vous en a pris un temps, pour répondre!

— Comment saviez-vous que j'étais ici? contra Steadman.

— C'est mon boulot de savoir ce genre de choses, rétorqua à son tour Pope avant de se radoucir : J'ai appris ce qui vous est arrivé à Long Valley... Que pouvez-vous m'en dire?

Steadman lui rapporta les faits avec sobriété, sans relief ni émotion, comme à un client. Il mentionna l'invitation de Gant pour une rencontre ultérieure.

— Parfait, commenta Pope. Allez-y. Qui est cette femme, cette... Holly Miles, c'est bien ça?

— Oui. Une journaliste-photographe qui travaille en *free-lance*. Elle fait un article sur les ventes d'armes pour un journal du dimanche.

— Et Gant a accepté de la renseigner?

— On dirait.

— Hmm... Curieux. Il n'est pas dans ses habitudes d'accepter une telle publicité.

— Peut-être veut-il sortir de l'ombre...

Steadman fit volte-face en sentant une présence dans la pièce. C'était Holly, vêtue de sa chemise. Elle lui sourit et il se décontracta. La voix de Pope le ramena à leur conversation.

— Vous êtes bien sûr que le tank vous poursuivait?

— Oui. Il essayait de nous écraser.

— Vous êtes certain que ce n'était pas une erreur?

— Écoutez, on a déjà vu toutes les hypothèses avec la sécurité militaire du camp. Ce foutu blindé a broyé la voiture et ensuite il a essayé de nous faire subir le même sort. Il nous a chassés pendant au moins cinq minutes.

— Oui, je vois... C'est très étrange...

L'impatience gagnait Steadman.

— C'est tout ce que vous en pensez? Ça, nous le savons aussi bien que vous, mais vous et moi... (Il se souvint de la présence de Holly et laissa sa phrase en suspens.) Alors, qui était dans ce tank? Avez-vous réussi à savoir pour qui ils travaillaient?

Il avait pris soin de ne pas nommer Gant, mais l'allusion devait être transparente pour Pope. Pourtant celui-ci ne répondit pas. Les secondes passèrent.

— Pope? Vous m'avez entendu?

— Euh, oui, bien sûr... Le Chieftain n'était plus qu'un amas de ferraille, vous vous en doutez. Le réservoir et les munitions ont explosé...

— Je sais. Et les corps?

— Là est tout le problème, Harry... (De nouveau, un long silence.) Il n'y avait pas de corps. Le char était vide.

— Mais c'est impossible! Ils ont dû réussir à s'échapper, ou alors ils ont complètement brûlé!

Brusquement un froid sinistre s'était insinué en Steadman.

— Aucune chance qu'ils aient pu s'échapper. Et les experts auraient retrouvé des traces des cadavres, quels que soient les dégâts. Non, Harry : le Chieftain était vide. Personne ne le conduisait.

Incapable de croire les paroles de Pope, Steadman contempla fixement le récepteur. Quand il se tourna vers Holly il lut dans ses yeux la même confusion.

8

« Seul celui qui a la Pureté et la Noblesse peut espérer la vie éternelle offerte par le Graal. »

Adolf Hitler

« Et beaucoup d'entre ceux qui dorment
dans la poussière du sol s'éveilleront,
certains pour la vie éternelle,
d'autres pour la honte et le mépris éternels. »

Daniel, 12-2

Smith frissonna et resserra son écharpe autour de son cou en maudissant le froid nocturne. Son poste d'observation dans le vieux cimetière ne lui plaisait guère, avec ces pierres tombales disséminées un peu partout autour de lui, certaines penchées comme si les défunts s'étaient agités dans leur tombeau. Une seconde, il songea au réconfort d'une cigarette mais il abandonna aussitôt cette idée. Le banc était certes dans l'obscurité la plus dense, mais le point incandescent de la cigarette risquait quand même d'être remarqué de la petite rue. Inutile de susciter la curiosité d'un éventuel passant... même si, à cette heure de la nuit, personne ne passait devant l'église.

Il consulta le cadran lumineux de sa montre. Encore deux heures avant la relève. D'ici là, il devrait rester dans cet endroit lugubre à surveiller la maison en face. Et pour quel résultat ? Ils ne seraient pas assez stupides pour tenter quoi que ce soit... Mon Dieu, songea-t-il, quelle sorte de détraqués étaient-ils pour avoir ainsi crucifié une femme ? Smith se demanda s'il était le seul à surveiller les lieux. La police ? Le meurtre n'était pas courant, pourtant elle était restée très discrète. Et le peu d'écho dans la presse traduisait une action certaine des autorités pour étouffer l'affaire, sans doute pour ne pas donner d'idées à d'autres meurtriers en puissance. N'importe quel malade mental lit la relation de l'assassinat dans son journal et rêve de l'imiter. Et certains finissent par passer à l'acte. L'exemple des poseurs de bombes avait enseigné une grande prudence à la police.

Quelle sorte d'homme était ce Steadman ? D'après ce que Smith avait compris, le détective avait d'abord refusé de les aider, mais le meurtre de son associée l'avait décidé. Goldblatt avait été furieux de cet échec, malgré la prédiction de Smith qui surveillait le détective depuis des années. Cela faisait partie de son travail de « taupe » dans ce pays, et il avait suivi le développement de l'agence et l'installation de Steadman dans une existence assez paisible. L'homme avait relégué la violence dans le passé, et la mort de Mrs. Wyeth seule expliquait son revirement.

A cinquante-huit ans, prospère bijoutier de Walthamstow, Joseph Solomon Smith comprenait très bien Steadman. Lui-même rêvait de quitter le Mossad. Comme des milliers d'autres, il avait fui l'Allemagne juste avant la guerre, quand Hitler avait commencé ses exactions contre la communauté juive. Le changement de nom massif qui s'était opéré à l'arrivée des réfugiés en Angleterre avait eu quelque chose de presque comique. Les autorités douanières avaient fermé les yeux sur le nombre étonnant de Harris, de Kane et de Gold qui débarquaient, sans doute parce qu'elles concevaient le traumatisme que les déracinés attachaient aux terminaisons en « ein », « baum » ou « berg » de leur véritable patronyme. Et l'afflux des entrées sur le territoire était trop grand pour permettre des vérifications sérieuses.

Il avait choisi Smith parce que c'était indubitablement anglais et qu'il avait entendu un des officiers de l'Immigration appeler un collègue ainsi alors qu'il faisait la queue à un des postes de débarquement. C'était un nom anodin, discret. Un nom sûr. Il avait manqué s'évanouir d'angoisse sous le regard soupçonneux de l'officier, mais après une seconde celui-ci avait pris un air résigné pour l'inscrire sur les papiers d'entrée.

Après la guerre, beaucoup de ses compatriotes avaient voulu retrouver leur véritable identité, mais pas lui. Smith lui convenait très bien.

Il était le seul de sa famille à avoir échappé aux rafles allemandes. Toute sa famille avait été emmenée dans les camps alors qu'elle s'apprêtait à quitter le pays. Mais la jeunesse de Joseph Solomon l'avait sauvé. Ce soir-là, il était allé dire adieu à la jeune fille qu'il aimait et, lorsqu'il était revenu — en retard — au foyer familial, les SS étaient déjà là. Caché sous une porte cochère, il avait vu son père tomber sur le trottoir, sa longue barbe ensanglantée, et les coups de crosse sur son corps maigre avaient pétrifié d'horreur le jeune garçon. Son frère et sa sœur à demi inconscients étaient soutenus par les aisselles, et sa mère couverte de sang traînée par les cheveux comme un animal mort. Sous la porte cochère, Joseph était resté figé de terreur devant cette scène inimaginable, et c'est ce qui l'avait sauvé.

Les cauchemars ne s'étaient apaisés qu'une vingtaine d'années plus tard, avec la honte qui le tenaillait pour n'avoir rien tenté contre les SS. Son esprit avait fini par enfermer ces souvenirs atroces dans un coin reculé de sa mémoire. Pourtant, il ne pouvait totalement les effacer, comme il ne pouvait oublier les deux hommes responsables du génocide, Adolf Hitler et son second, Heinrich Himmler.

Leurs visages le hantaient encore parce qu'ils étaient la source de sa terreur et de sa culpabilité intime, et parce que le mal qu'ils avaient déclenché pouvait resurgir dans l'avenir.

Après la guerre, il avait appris que toute sa famille avait péri à Auschwitz. Pour racheter son indignité, il avait voulu rejoindre ceux qui se rassemblaient en Palestine prenant part à l'édification de leur nation. Mais les nouveaux Israéliens l'en avaient dissuadé. Pour eux, si les siècles d'oppression étaient terminés, le combat pour la création et la survie d'Israël ne cesserait jamais, et il leur fallait des soldats partout dans le monde. Jamais plus ils ne feraient confiance à une autre nation, même s'ils entretenaient et encourageaient de bons rapports avec toutes celles le désirant.

Ils avaient persuadé Smith de demeurer en Angleterre, de devenir un Anglais respectable et d'attendre. Il avait travaillé chez de petits bijoutiers dans Hatton Garden, car il avait appris les rudiments de ce métier aux côtés de son père. Sa réclamation officielle auprès du gouvernement allemand au titre des dommages de guerre prit des années avant d'aboutir, car les demandes se comptaient par dizaines de milliers, et chacune devait être vérifiée. Bien peu recevaient quelque chose du pays ruiné, mais Smith eut la chance de se voir allouer une petite somme. Ajoutée au pécule amené par son mariage avec Sadie, cela lui permit d'ouvrir sa propre bijouterie dans Walthamstow.

Une autre source de revenus ignorée de sa femme était le règlement régulier du Shin Beth. Le montant en était faible, mais en contrepartie il n'exécutait que des tâches minimes et occasionnelles. Plus jeune, il s'était montré déçu des missions anodines qu'ils lui confiaient, mais ils lui avaient conseillé la patience. Il devait servir Israël comme ils le lui demandaient. Son heure viendrait.

Il l'attendait toujours, mais avec une impatience décroissante. Il s'acquittait à présent de ses « tâches » par simple sens du devoir, sans plus de passion. Entre autres, il devait garder un œil sur un nommé Harry

Steadman, revenu d'Israël et qui s'était établi dans une agence d'enquêtes et filatures. Smith avait trouvé un biais pour l'approcher en confiant à l'agence une enquête de moralité sur son seul employé, qu'il savait par ailleurs tout à fait intègre. Ce stratagème lui avait permis de faire la connaissance de Blake, qui était chargé de son cas. L'ancien policier l'avait rassuré sur l'honnêteté de son employé et l'avait complimenté sur cette précaution. Dans son commerce, le bijoutier avait bien raison de faire preuve de prudence. Blake avait ensuite exécuté quelques recherches très mineures pour son compte, ce qui avait permis à Smith d'instaurer des relations cordiales avec lui se transformant rapidement en des rapports amicaux. A l'occasion de dîners réunissant les deux couples, Blake renseignait sans le savoir Smith sur l'agence, car il aimait son travail et en parlait de lui-même. Jamais le bijoutier ne lui posa une question concernant directement Harry Steadman, et l'ex-policier n'avait visiblement aucun soupçon. Après tout, n'étaient-ils pas devenus de bons amis qui allaient de temps à autre au théâtre ou à un concert? Et Smith ne l'avait-il pas introduit dans son club de golf de Chingford? Si un jour le très britannique détective s'interrogeait sur une possible raison cachée de leurs relations, il en arriverait à la conclusion inoffensive que Smith n'était pas indifférent à ses contacts avec la loi.

Le bijoutier souffla dans ses mains et les frotta pour les réchauffer, puis il les enfouit dans les poches de son pardessus. Il commençait à se trouver un peu âgé pour ce genre de surveillance. Le froid ne lui valait rien. Son cœur fatiguait et sa constitution n'était plus aussi robuste que par le passé. D'ailleurs, tout cela se résumait à une perte de temps manifeste. Steadman ne serait certainement pas inquiété chez lui. Smith maudit le Mossad pour son goût du secret. Pourquoi ne lui avait-on rien expliqué ? Et comment allait-il calmer la mauvaise humeur de Sadie? Sa femme commençait à trouver très curieux qu'il soit ainsi régulièrement retenu à l'extérieur pour son travail jusqu'à l'aube... Il faudrait qu'il trouve une excuse plus...

Il se raidit brusquement.

Ai-je vu quelque chose ou mon imagination me joue-t-elle des tours? se demanda-t-il. La rue était très faiblement éclairée. Y avait-il eu ou non un mouvement là-bas?

Smith plissa les yeux et retint sa respiration. De nouveau, cette ombre évanescente...

Il se leva lentement. Sa poitrine était glacée par le froid et l'émotion, et il se pencha un peu en avant comme si cela devait l'aider à mieux voir. Il crut encore discerner quelque chose qui bougeait, mais il avait l'impression que ce n'était que son imagination. Il n'y avait pas un souffle de vent, rien qui pût agiter un branchage et créer une illusion de vie.

Il avança d'un pas précautionneux, prenant garde de ne faire aucun bruit. Au moindre fait inhabituel, il avait un numéro à appeler, mais la cabine publique la plus proche se trouvait à deux rues de là. Quelle stupidité de leur part! N'importe quoi pouvait se produire avant qu'il ait eu le temps de les contacter et surtout avant qu'ils arrivent. Mais on lui avait dit qu'il ne se passerait rien, très certainement. Il n'était là que par précaution, pour compléter la procédure ordinaire.

En silence, il maudit ceux qui l'employaient, ces imbéciles de Juifs qui jouaient à cache-cache, et cette pensée le détendit un peu. Sans doute n'était-ce rien du tout : il était resté trop longtemps dans ce lieu lugubre et se laissait emporter par son imagination. Il commençait à avoir des problèmes de fatigue visuelle. Rien d'étonnant : sa montre affichait déjà 1 h 35...

Le bijoutier resta un moment immobile, indécis. Il allait retourner à son banc quand il aperçut un détail étrange. Une ombre se tenait contre la porte de la maison qu'il surveillait, une ombre qui d'après la position de la lune ne pouvait pas se trouver à cet endroit sans trahir une présence vivante. Smith s'avança un peu afin de mieux voir, en prenant soin de marcher sur le gazon pour ne faire aucun bruit. Il progressa ainsi jusqu'à la limite des jardins de l'église et observa la maison, embusqué derrière la haie. Alors seulement, il remarqua que la porte d'entrée de Steadman était entrouverte.

Le bijoutier hésita. Devait-il prévenir son contact ou passer à l'action? Si le détective dormait, ce qui était plus que probable, il se trouvait peut-être en danger. Mais comment un vieil homme pourrait-il l'aider? En l'alertant, tout simplement...

Après un long moment d'incertitude où les souvenirs de son ancienne lâcheté et son besoin d'assumer son rôle resurgirent en lui, Smith décida d'aller se rendre compte par lui-même avant d'appeler de l'aide si nécessaire.

Il sortit du jardin sans barrière de l'église et passa dans la rue en restant dans l'ombre dense des murs qu'il suivit jusqu'à la maison de Steadman. Devant la porte entrebâillée, il marqua un temps. Tous les muscles de son vieux corps s'étaient tendus sous l'effet d'une appréhension que même la situation ne pouvait expliquer. Une peur glacée s'était emparée de lui, comme si quelqu'un ou quelque chose de terriblement hostile l'attendait à l'intérieur de la maison. Quelque chose qui le forçait à entrer.

Il essaya de repousser cette impression en se disant qu'il se faisait des idées. Il pouvait partir, il en avait encore le temps... Mais non, le sentiment était trop fort : il y avait là quelque chose qu'il devait absolument voir.

Il repoussa la porte d'une main tremblante. Sa respiration était devenue plus heurtée et il tenta sans succès de la rendre silencieuse. Il voulait faire demi-tour et se sauver à toutes jambes, mais son corps et son esprit refusaient d'obéir. Le battant pivota, découvrant le couloir plongé dans l'obscurité.

Smith franchit le seuil et avança en se guidant d'une main contre le mur. Sa vision s'adaptait un peu aux ténèbres. Soudain, il crut percevoir une autre respiration que la sienne et il se figea. Mais il n'entendit plus rien, sinon le battement de son cœur dans sa poitrine. Il reprit sa progression et buta contre la base de l'escalier.

Il s'accrocha à la balustrade et posa un genou sur une des premières marches avec un grognement de douleur. A cet instant précis, il sentit la présence.

Ses yeux remontèrent les degrés un à un jusqu'au tournant. C'était là, un foyer de ténèbres au cœur de l'obscurité, et de son centre quelqu'un — quelque chose — le guettait. Tout le corps de Smith se mit à trembler en percevant la malveillance qui coulait en vagues invisibles jusqu'à lui.

Un mouvement. Une forme descendait l'escalier.

Avec un gémissement, Smith voulut reculer, mais ses membres étaient paralysés par une terreur bien plus grande encore que cette nuit à Berlin, quand il avait vu sa famille emmenée par les nazis. Les yeux écarquillés, il vit la silhouette se matérialiser dans la noirceur extrême devant lui, et sa bouche s'ouvrit pour hurler en discernant les traits du visage. Pourtant ce n'était qu'un assemblage fuligineux d'ombres plus denses dans l'obscurité, mais Smith voyait plus avec l'âme qu'avec les yeux. L'ombre approcha et s'arrêta juste devant lui. Smith rassembla toute sa volonté pour baisser ses mains qui touchaient presque la chose, mais elles n'obéissaient plus. Une odeur de décomposition le frappa et une nausée brusque monta dans sa gorge. Très lentement il réussit à lever le regard jusqu'à la tête de la créature de nuit qui l'écrasait de toute sa taille. Il eut l'impression que la chose se penchait vers lui, et les ombres dessinèrent un visage connu.

— Oh, Dieu... gémit Smith, et son râle se transforma en un hurlement de terreur. Non, c'est impossible!

Dans la soirée, Steadman raccompagna Holly chez elle. Tous deux étaient encore atterrés d'avoir appris que le Chieftain était vide. A mi-chemin de l'appartement de la jeune femme, Steadman trouva soudain une solution à cette énigme, mais il préféra ne pas la formuler. Il examina sa théorie tout en conduisant, et elle résista à toutes les objections qu'il dressait au fur et à mesure. C'était de toute façon la seule possible. Gant était spécialisé dans les armements ultra-sophistiqués, et il avait sans doute installé un système de téléguidage dans le tank. Mais d'où le dirigeait-il? Là encore, une solution s'imposait : d'un hélicoptère, ce qui expliquait l'infaillibilité apparemment surnaturelle de l'engin dans sa traque. Le véritable pilote du blindé se trouvait au-dessus d'eux, tout simplement! Mais la chute du Chieftain du haut de la falaise? Peut-être celui qui contrôlait le tank n'avait-il pas été assez rapide pour changer la direction de l'engin dans son impatience d'écraser le détective. L'hypothèse n'était pas si improbable et Steadman se détendit un peu. Il aimait désamorcer les mystères qui le préoccupaient.

Il embrassa Holly dans la voiture et la regarda rentrer chez elle sans quitter le volant. Elle ne lui proposa pas de monter et il n'en avait aucune envie. Ils étaient tous deux aussi curieux de l'autre que déstabilisés par la puissance de ce qui leur arrivait, mais ils avaient eu leur comptant d'émotions fortes pour la journée et ils ressentaient le besoin de lécher leurs plaies et de réfléchir dans la solitude.

Steadman passa ensuite à l'agence et eut la chance d'arriver à temps pour y trouver encore Sexton et Steve qui s'apprêtaient à partir pour une surveillance nocturne. Il leur confia deux tâches bien précises qui devraient être exécutées en priorité absolue dans les jours suivants, même si cela signifiait passer certaines de leurs affaires à des confrères. Après leur avoir bien spécifié qu'ils devraient faire preuve de la plus grande prudence, il retourna chez lui.

Il fit du café et s'assit dans le salon pour étudier le dossier sur Edward Gant laissé par Pope. Cinq cigarettes et deux tasses plus tard il posait le deuxième feuillet sur le sol à ses pieds et se frottait les yeux des poings. Des idées tourbillonnaient dans son esprit, qu'il ne parvenait plus à ordonner. Toute cette affaire lui déplaisait, d'une façon difficile à définir. Avec toutes les ressources dont ils disposaient, pourquoi les Services britanniques faisaient-ils appel à lui pour approcher Gant? Pope avait dit qu'il représentait un lien entre les différentes parties concernées, mais le détective ne se satisfaisait pas d'une explication aussi simpliste. Il avait de plus en plus l'impression de jouer le rôle de l'appât vivant, comme la chèvre attachée à l'arbre qui doit attirer le tigre. La manière dont le Mossad voulait l'utiliser était sans doute plus fine mais tout aussi implacable. En Angleterre, leurs moyens d'action étaient limités, et de par sa situation il était effectivement tout désigné pour retrouver leur agent disparu. Mais était-ce tout? Ils avaient admis vouloir démasquer Gant, or une telle mesure ne leur ressemblait pas. Ils auraient pu le supprimer, comme ils l'avaient fait souvent par le passé avec des ennemis d'Israël. Non, décidément Steadman sentait derrière les mobiles invoqués par les Services secrets quelque chose de beaucoup plus important, et c'est pour cette raison qu'il avait décidé de s'entourer d'un luxe de précautions supplémentaires. Il avait demandé à Sexton de se renseigner sur Gant par ses contacts dans la police. Certains documents confidentiels pouvaient donner des indices. Steve, quant à lui, devrait surveiller l'hôtel proche de Belsize Park et suivre tous les mouvements de Goldblatt et Hannah. Steadman avait choisi de ne rien dire de plus à ses deux collaborateurs que ce qu'ils avaient besoin de savoir pour mener à bien leur tâche, mais il les avait prévenus d'un risque réel. Le regard de Steve avait brillé d'excitation tandis que l'ex-policier approuvait avec un rictus blasé. Si ce travail avait un rapport avec le meurtre de Mrs. Wyeth — et ils en étaient convaincus —, ils étaient prêts à autant d'heures supplémentaires qu'il le faudrait pour coincer le ou les assassins.

Avant que Steadman ne quitte l'agence, Sexton lui avait promis de commencer son enquête sur le marchand d'armes dès le lendemain matin, après avoir arrangé le suivi des affaires en cours. Quant à Steve, il téléphonait à l'hôtel où étaient descendus les agents du Mossad et retenait une chambre pour une période indéterminée. Les frais seraient conséquents, mais Steadman était déterminé à grappiller tous les indices possibles quel qu'en soit le prix. Et il espérait être encore là pour régler les factures.

Il se prépara un repas léger puis appela Holly au numéro qu'elle lui avait donné plus tôt dans la journée. Elle ne répondit pas et il en conçut une certaine déception. Mais elle ne s'était sans doute pas remise de ses émotions de la journée, et peut-être était-elle profondément endormie, ou sortie rendre visite à des amis. Il raccrocha avec une petite grimace désabusée. Que savait-il d'elle, de toute façon?

Il s'assura que la porte et les fenêtres étaient bien fermées puis monta dans sa chambre, se déshabilla et se coucha. La fatigue le submergea et il s'endormit presque aussitôt.

Ce n'est pas le cri qui le réveilla, car il l'était déjà depuis quelques minutes. Il était resté immobile, allongé dans l'obscurité, se demandant ce qui avait pu le tirer de son sommeil. Aucun bruit ne troublait la quiétude de la nuit, mais un froid anormal planait dans la pièce et le transperçait malgré les couvertures. Il semblait que la température avait brutalement chuté, et il éprouva une sensation très subite d'isolement.

Il retint son souffle et tendit l'oreille. Rien. Pourtant la tension montait en lui. La faible lumière de la rue filtrait par les rideaux ouverts, mais les ombres profondes de la chambre paraissaient la repousser. Il eut soudain l'impulsion de bondir du lit pour prendre son revolver dans l'armoire, mais son instinct lui commanda l'immobilité. Il était certain que quelqu'un se trouvait au rez-de-chaussée. Une menace appesantissait l'atmosphère et il avait appris à ne pas douter de ce sixième sens aiguisé par le passé. L'intrus montait maintenant l'escalier avec une lenteur délibérée, et seule sa respiration basse et caverneuse trahissait son approche. L'odeur passa sous la porte... C'était une senteur écœurante, celle des excréments et de la chair en décomposition... Steadman se souvenait de cet immeuble effondré par une bombe dont on avait dégagé des cadavres après plusieurs jours de recherches. L'odeur de putréfaction était la même, mais maintenant c'était une pestilence presque insoutenable.

Il se força à s'asseoir dans son lit, et il lui fallut toute sa volonté pour y parvenir. Il sentait ses forces drainées de son corps d'une façon inexplicable, le laissant aussi faible qu'un grand malade. Mais il devait atteindre son revolver. Le souffle court, il roula vers le bord du lit et mit les pieds à terre. Ses gestes étaient gourds et il trébucha vers la commode comme un vieil homme. Pendant tout ce temps il ne quitta pas la porte des yeux. Il l'avait verrouillée, mais la porte d'entrée l'était aussi...

Il se figea en entendant un choc sourd à l'extérieur de la chambre. Un silence énorme écrasait la maison, puis il crut percevoir un gémissement, des paroles indistinctes. Le hurlement brisa son étrange faiblesse.

Ce fut aussi instantané que si on l'avait défait de chaînes trop lourdes. D'un coup il recouvra toute son énergie, et la peur disparut en un instant. Il ouvrit l'armoire et prit le .38 qu'il gardait toujours chargé par habitude.

L'arme au poing, il se précipita jusqu'à la porte et la déverrouilla. Au rez-de-chaussée, le cri mourut, au moment précis où il bondissait sur le palier. Sûr de ses pas même dans l'obscurité, Steadman descendit rapidement l'escalier jusqu'au tournant et braqua le .38. Une forme plus sombre gisait sur les premières marches, et il crut voir une silhouette disparaître dans le couloir de l'entrée. Mais la vision était fugitive, floue, et il n'aurait pu le jurer : peut-être ne s'agissait-il que d'une illusion de ses sens à vif.

Il descendit la deuxième partie de l'escalier avec plus de prudence, prêt à toute éventualité. Dans l'obscurité, il distinguait à peine le corps de l'homme écroulé. Le blanc des yeux de celui-ci luisait doucement. Il l'enjamba et courut jusqu'à la porte d'entrée qui était ouverte. Sans se soucier de sa nudité, il scruta les alentours. La rue était déserte, mais il aurait été très facile à quelqu'un de se dissimuler dans les jardins de l'église toute proche.

Il claqua la porte et alluma le plafonnier du couloir. Le .38 prêt, il vérifia le salon et la cuisine sans pour l'instant se soucier de l'homme immobile sur le sol. Ce n'est que lorsque toutes les lumières du rez-de-chaussée effacèrent les ténèbres et la menace d'un agresseur caché qu'il revint vers l'inconnu effondré.

Les yeux de l'homme fixaient le plafond dans un regard halluciné. Steadman remarqua aussitôt les pupilles dilatées par un choc émotionnel : une peur soudaine et terrible. Ses lèvres frémissaient, mais le détective ne perçut qu'un balbutiement incompréhensible. Des bulles de salive s'accumulaient à un coin de sa bouche, et son corps avait la raideur caractéristique de la catatonie. L'inconnu avait l'apparence de quelqu'un qui vient de voir l'Enfer.

9

« L'organisation hiérarchique et l'initiation par des rites symboliques, c'est-à-dire sans faire intervenir le raisonnement mais plutôt l'imagination grâce aux symboles d'un culte, tout cela est un domaine dangereux que j'ai maîtrisé. Ne comprenez-vous pas que notre parti doit être de cette essence ? »

« Un Ordre, voilà ce qu'il nous faut.
Un Ordre, l'Ordre hiérarchique d'une prêtrise séculaire. »

Adolf Hitler

Le détective s'accroupit auprès de la forme paralysée, et il fut saisi par son expression de terreur extrême. Qui avait pu avoir un tel effet sur un homme ? Et pourquoi s'était-il introduit chez lui ? Steadman secoua l'inconnu pour essayer de le faire sortir de son état, mais sans succès. L'agent du Mossad conserva le regard vitreux et continua à marmonner des propos incompréhensibles. Le détective le fouilla rapidement sans trouver d'arme. Son permis de conduire donnait l'identité de Joseph Solomon Smith et c'est alors qu'il le reconnut ; l'horreur déformait tellement ses traits que jusqu'alors le détective n'avait pu l'identifier, mais le nom réveilla sa mémoire. Smith avait confié à l'agence quelques enquêtes très simples et était devenu un de leurs petits clients réguliers. Il était... bijoutier, oui c'était cela. Il l'avait vu pour la seule fois quelque deux ans auparavant, lors de l'entretien préliminaire. Ensuite Sexton s'était chargé des enquêtes. Seule sa capacité à se souvenir des noms et des visages avait permis à Steadman de faire le rapprochement, et la déduction s'était imposée d'elle-même. Derrière son patronyme anglais, Smith était juif. Il ne fallait pas beaucoup réfléchir pour comprendre que le bijoutier travaillait pour le Mossad, à l'occasion ou en tant qu'agent régulier. Le détective secoua la tête avec dégoût. C'est pour cette raison que Smith avait confié de petites enquêtes à l'agence, afin de garder un œil sur lui pour l'Institut. Steadman savait que Sexton avait sympathisé avec le bijoutier. Que lui avait-il révélé durant tout ce temps ? Pas grand-chose sans doute, car l'ex-policier n'était pas du genre à se prêter aux indiscrétions. Mais se servir d'un vieil homme comme Smith, même pour une surveillance de routine... Si le cœur du petit Juif ne lâchait pas, il pourrait s'estimer chanceux.

C'est le courant d'air et non un bruit qui fit réagir Steadman. Il bondit contre le mur et pointa son .38 vers la porte qui s'ouvrait lentement. On avait utilisé une clef et à présent on repoussait lentement le battant. Deux hommes étaient accroupis de chaque côté de la porte, à demi cachés par le chambranle, et leurs revolvers étaient braqués sur la silhouette nue du détective.

— Ne tirez pas, Steadman ! lança l'un d'eux. M15 !

Son index se figea sur la détente au nom du service de renseignement. Un porte-cartes ouvert fut lancé sur le sol du couloir et vint buter contre la tête de Smith. Sans cesser de surveiller les deux hommes, il le ramassa et l'éleva à hauteur du regard. Un rapide coup d'œil sur la pièce d'identité lui donna confirmation. Il se releva et fit signe aux deux hommes d'entrer. Ils s'exécutèrent sans hâte, le second refermant la porte derrière lui.

— Bon sang ! Que s'est-il passé ici ? demanda le premier en contemplant le corps immobile du bijoutier.

Steadman s'aperçut brusquement de sa nudité.

— Je vais mettre quelque chose, grogna-t-il.

— Laissez le revolver, ordonna le premier agent du M15.

Mais le détective lui avait déjà tourné le dos et gravissait les marches.

— Allez vous faire foutre, lança-t-il sans ralentir.

Les deux agents du M15 s'entre-regardèrent et le second haussa les épaules.

Quand Steadman redescendit, il avait passé un peignoir de bain et glissé le .38 dans une des poches. Les deux hommes étaient agenouillés auprès de Smith.

— Que s'est-il passé, Steadman ? répéta le premier en se redressant. Que lui est-il arrivé ?

— Dites-le-moi, répliqua Steadman que les manières abruptes des arrivants commençaient à irriter. J'ai entendu un bruit, et un cri. Quand je suis descendu je l'ai trouvé dans cette position, au pied de l'escalier.

Mais avait-il vraiment entendu un bruit ? Il écartait déjà de ses souvenirs cette peur irraisonnée qui l'avait glacé dans son lit.

— Vous avez vu quelqu'un ? Quelqu'un est sorti par-derrière ? demanda le second agent en fouillant les poches de Smith.

— Non, la porte est toujours verrouillée. Mais j'ai cru voir quelqu'un sortir par la porte d'entrée. Ce n'était qu'une ombre, je n'ai pas pu voir grand-chose dans la nuit.

Les deux hommes le considérèrent avec un même étonnement.

— Personne n'est sorti. Nous l'aurions vu.

— Je suis pourtant certain...

— C'est un vieil homme, commenta un des agents. Il est resté assis dans les jardins de l'église une bonne partie de la nuit, dans le froid. Peut-être n'a-t-il pas supporté. Quand il est venu vous voir, il a eu un malaise...

— Comment savez-vous qu'il était entré chez moi ? Et pourquoi viendrait-il me voir à une heure pareille ?

— Il vous surveillait, Steadman. Et nous nous le surveillions. Vos amis du Mossad semblent très intéressés par votre personne. Mais ils doivent être dans une mauvaise passe pour employer de vieux types comme lui.

— Mais pourquoi étiez-vous là? insista le détective.

— Pour garder un œil sur vous, bien sûr. Sur ordre de Mr. Pope. Quant à savoir pourquoi ce Smith est entré... Peut-être a-t-il vu quelque chose?

— Et comment est-il entré? La porte était verrouillée.

— Il a fait comme nous, fit l'agent du M15 en montrant une clef Yale. Désolé, nous avons dû la faire durant votre absence. Pour votre propre protection, ajouta-t-il comme pour s'excuser et en baissant les yeux vers Smith. Il en a probablement une sur lui aussi, ou un passe.

Steadman eut un hochement de tête navré.

— Et que va-t-on faire de lui? dit-il en s'accroupissant une nouvelle fois auprès du vieil homme qui frissonnait par vagues. Il faut l'emmener à l'hôpital.

— Nous allons nous en charger. Ne dites rien de tout ceci à vos amis du Mossad, sinon ils voudront savoir comment le M15 s'est trouvé là. Il faut leur laisser croire que vous travaillez pour votre compte.

— Ce n'est pas ce que je fais? rétorqua Steadman d'un ton caustique.

Les deux agents ignorèrent la question.

— En ce qui vous concerne, vous n'avez jamais vu cet homme cette nuit. Laissez-les s'interroger sur sa disparition.

Ils partirent en transportant le vieil homme, non sans avoir assuré qu'un d'eux resterait en faction à l'extérieur jusqu'à la fin de la nuit. Steadman vérifia que la porte était bien verrouillée puis il se servit un café noir. Il attendit l'aube assis dans le fauteuil, le .38 à portée de main. Le jour venu et après s'être douché, rasé et avoir avalé un petit déjeuner rapide, il téléphona à Holly. Une fois encore, il n'obtint pas de réponse mais il chassa son début d'inquiétude en se disant que la jeune femme travaillait et se trouvait sans doute au journal qui l'employait. De plus elle n'était en rien impliquée dans cette affaire, et en toute logique ne devait courir aucun danger. Un peu plus tard, il appela la firme d'Edward Gant au numéro communiqué par Peppercorn. On lui apprit que le marchand d'armes serait heureux de le recevoir chez lui le jour même, pour discuter en toute tranquillité. Avec une excitation certaine Steadman accepta et on lui fournit toutes les indications pour se rendre à la propriété de Gant. Le détective appela immédiatement Pope. L'homme des Services britanniques se montra ravi de cette nouvelle étape.

— Soyez prudent, Harry, fut son seul commentaire sur les risques que courait le détective.

Ils discutèrent brièvement de l'incident de la nuit et Pope le questionna sur ce qu'il avait vu avec exactitude. L'intérêt de l'agent britannique était évident, et Steadman faillit lui parler de l'étrangeté qui avait précédé la découverte de Smith, du froid soudain et de l'atmosphère malveillante dans la maison. Mais, à la lumière du jour, tout cela ressemblait beaucoup à des affabulations et il n'en dit rien.

Après un dernier appel à l'agence pour vérifier auprès de Sue que tout allait bien, il prit sa voiture et partit pour Guildford.

Steadman arrêta la Celica devant la grande grille de fer forgé et attendit que l'homme sorte du poste de garde. Les deux bergers allemands qui l'accompagnaient repérèrent aussitôt le détective et il entendit leur grondement par la vitre baissée.

— Mr. Steadman? interrogea le garde, et il acquiesça. Vous pouvez prouver votre identité?

L'homme était vêtu d'une tenue militaire kaki. Il avait parlé sans agressivité ni intonation particulière : il accomplissait simplement son travail. Le détective dut sortir de la Celica pour lui donner ses papiers à travers la grille.

— Une minute, Monsieur.

Le garde retourna dans la petite construction.

Les deux chiens n'avaient pas bougé. Ils fixaient sur Steadman leurs prunelles brillantes, et le détective ne les toisa qu'un instant avant de s'asseoir sur le capot de la voiture pour patienter, mains dans les poches. Il repensa à Smith et se demanda si le vieux bijoutier était sorti de son état de choc.

Le garde revint, lui rendit son permis de conduire sans un mot et ouvrit la grille. Le détective se remit au volant et entra dans la propriété, sous la surveillance des deux chiens. La Celica suivit la longue courbe de l'allée jusqu'à la maison, protégée des regards par un rideau d'arbres. La demeure était de belle taille mais loin d'être aussi imposante qu'il se l'était imaginé, car Gant était un homme très riche. Mais il se souvint que ce n'était pas là l'unique propriété du marchand d'armes, puisque Holly en avait mentionné une autre sur la Côte Ouest.

Le parc semblait tout à fait traditionnel pour une propriété anglaise, et rien n'indiquait la profession de Gant. Mais il devait exister un terrain de tests quelque part, sinon pourquoi le marchand d'armes l'aurait-il invité ici? Plusieurs voitures luxueuses étaient garées devant la maison, et il croisa une BMW qui partait. Ses deux occupants le dévisagèrent un instant puis le passager détourna la tête, mais Steadman avait reconnu un membre très conservateur du Parlement, réputé pour ses positions d'extrême droite et l'éloquence dont il usait pour les défendre. Un invité logique de Gant, se dit le détective en garant sa voiture à côté d'une Mercedes. Il coupait le moteur que déjà un homme en costume noir lui ouvrait la portière.

— Mr. Gant vous attend à l'intérieur, Monsieur, annonça-t-il. Puis-je prendre votre porte-documents?

— Je n'en ai pas, répondit Steadman en sortant de la voiture.

— Alors si vous voulez bien me suivre, Monsieur.

La voix comme les mouvements de l'homme étaient secs, et son intonation plus proche de l'ordre que de la formule de politesse. Steadman lui emboîta le pas. Ils pénétrèrent dans un grand hall livré à la pénombre.

— Si vous voulez bien attendre un instant, Monsieur, fit l'autre avant de s'éclipser par une des hautes portes.

Steadman déambula dans le hall, étudiant les portraits accrochés aux murs. Tous représentaient des hommes en uniforme, et aucun ne lui était connu.

La même porte s'ouvrit et Gant apparut.

— Ah, Mr. Steadman, heureux que vous soyez venu, dit-il en souriant.

La surprise agrandit les yeux du détective mais il se reprit aussitôt et avança vers le marchand d'armes. Gant ne tendit pas la main et une lueur amusée dansa dans ses yeux.

— Vous aurais-je... impressionné ? C'est un choc au début, mais on s'y habitue vite.

Steadman avait du mal à détacher son regard du carré de plastique percé de deux petits trous qui couvrait l'endroit où se trouvait le nez de Gant la veille. Il s'éclaircit la gorge avant de répondre :

— Désolé, je ne voulais pas...

— Inutile de vous excuser, fit aimablement Gant. Un petit accident survenu il y a longtemps. Par chance, les conduits nasaux fonctionnent bien. La prothèse nasale est quasiment indiscernable, je le sais, mais très inconfortable. Aussi, dans l'intimité je me passe de ce genre de coquetterie... Mais je vous en prie, entrez. J'aimerais vous présenter quelques amis.

La pièce était vaste, le plafond haut et le mobilier d'un style rustique approprié. Des quatre personnes présentes dans la pièce deux se tenaient debout mais tous regardèrent Steadman quand il entra et leur conversation cessa. Le détective fut étonné de voir Brannigan. Même en civil, le major gardait une attitude très militaire, et il contemplait l'arrivant avec une hostilité ouverte. Les autres ne montraient que de l'intérêt, ou mieux de la curiosité à son égard. Steadman ne se sentait pas très à l'aise.

La seule femme du groupe était assise, et son extraordinaire beauté attira immédiatement l'attention de Steadman. Ses cheveux d'un noir brillant cascadaient jusque sur ses épaules, encadrant un visage énigmatique. Le nez était un peu fort mais non sans charme, les lèvres pulpeuses effleurées par un sourire arrogant. Mais c'étaient surtout ses yeux qui exerçaient un magnétisme impossible à ignorer. Noirs et profonds, ils brillaient d'une attente singulière qui fascinait.

— Laissez-moi faire les présentations.

La voix de Gant brisa le charme et Steadman regarda les deux autres personnes. Assis à côté d'elle se trouvait un homme très âgé au crâne presque chauve parsemé de taches de sénescence. Son visage n'était qu'un entrelacs de rides, ses yeux deux puits sombres sous des arcades sourcilières proéminentes. Son corps était si frêle qu'il semblait prêt à se casser à la moindre pression. Il appuyait ses mains déformées sur le pommeau d'une canne.

L'autre homme était beaucoup plus jeune, trente-cinq ans tout au plus estima Steadman. Ses cheveux courts étaient coiffés en arrière à l'ancienne mode et sur son visage trop pâle s'affichait un rictus suffisant, sans doute plus naturel que provoqué. Il portait un costume gris sombre de bonne coupe qui accentuait la maigreur de son corps. Ses yeux aux paupières lourdes lui donnaient une expression d'insolence dédaigneuse.

— Kristina, voici Harry Steadman, dit Gant.

Le sourire de la femme s'accentua et elle se leva pour aller au-devant du détective, la main tendue.

— Je suis très heureuse de faire votre connaissance, Harry, dit-elle d'une voix à la sensualité rauque.

Elle était grande et portait à merveille un tailleur vert dont la veste laissait voir un chemisier échancré sur une poitrine haute. Il décela dans son regard la même malice qu'il avait lue dans celui de Gant la veille, et son impression d'être un pion dans un jeu complexe grandit un peu plus. Il sourit lui aussi, et la dureté de ses yeux parut déstabiliser la créature de rêve.

— Le Dr Franz Scheuer, dit Gant en indiquant le vieil homme toujours assis.

Steadman le salua d'un hochement de tête, mais l'autre ne réagit pas.

— Félix Köhner, poursuivit le marchand d'armes en se tournant vers l'élégant, qui se contenta d'un simple geste de la main. Et, bien sûr, le major Brannigan, que vous connaissez déjà.

Le militaire resta de marbre.

Quel plaisir de se retrouver entre amis, songea Steadman, et l'ironie de la réflexion l'aida à conserver son aplomb.

— Mr. Steadman est ici pour les discussions préliminaires concernant des contrats d'armement pour son client, exposa Gant en désignant au détective un fauteuil où celui-ci s'assit. Puis-je vous offrir quelque chose, Mr. Steadman ? Porto ? Martini ? Non, pour quelqu'un comme vous, quelque chose de plus fort, n'est-ce pas ?

De nouveau cette moquerie derrière la courtoisie. Il remarqua que l'homme en noir qui l'avait accueilli se tenait maintenant près d'un petit meuble vitré contenant de nombreuses bouteilles.

— Une vodka serait très bien.

Il était conscient de l'examen dont il faisait l'objet pendant que les boissons étaient servies. Le vieux Dr Scheuer se pencha vers la jeune femme pour lui murmurer quelque chose à l'oreille. Kristina cacha un sourire derrière sa main.

— Et maintenant, Mr. Steadman, dit Gant en se plaçant dos à la grande cheminée où crépitait un feu imposant, pouvez-vous nous révéler l'identité de ce mystérieux client que vous représentez ? Ou dois-je me lancer dans le jeu des hypothèses ?

— Inutile. Il s'agit d'Israël.

Si Gant fut surpris de sa franchise il n'en montra rien.

— Je vois. Vous savez sans aucun doute que je n'ai encore jamais traité avec les Juifs, n'est-ce pas ?

Dans la bouche du marchand d'armes, le terme « Juif » paraissait recouvrir bien des insinuations.

— En effet j'étais au courant. Et je me suis demandé pourquoi.

— Parce qu'ils ne m'ont pas contacté jusqu'à présent, dit Gant avant d'éclater un bref rire. Enfin, jusqu'à il y a quelques semaines, pour être précis.

Steadman manifesta son étonnement d'une simple mimique.

— Oui, un jeune Juif est venu me trouver pour me demander des armes. Je lui ai dit que nous pourrions très certainement nous entendre, hélas... (il eut un sourire froid) il n'est jamais revenu. Quelle raison a bien pu nous priver de son intérêt, je me le demande ?

Salopard, songea Steadman, las de jouer au chat et à la souris.

— Aucune idée, Mr. Gant. Quel était le nom de cet... Israélien ?

— Oh... Kanaan ou quelque chose comme ça, un nom très juif. Ça n'a pas d'importance, n'est-ce pas ?

Le fiel du ton fit bouillir le sang de Steadman. Il aurait aimé écraser son verre sur le visage sans nez, en lieu de quoi il eut un sourire de froide indifférence.

— Non, pas pour moi. J'aimerais examiner certaines de vos armes.

— Bien sûr. J'ai étudié votre liste et je pense être en mesure de satisfaire une grande partie de vos demandes. Félix vous montrera nos armes les plus maniables ici, et ensuite si vous le désirez nous vous ferons visiter notre terrain de tests pour une démonstration de nos matériels lourds.

— Et où se trouve-t-il ? tenta le détective d'un ton détaché.

Gant eut un gloussement ravi.

— Chaque chose en son temps, Mr. Steadman. Vous n'êtes pas encore prêt à découvrir notre Wewelsburg.

Tous les regards se braquèrent sur le marchand d'armes, et Steadman crut y discerner un étonnement inquiet.

— Excusez-moi : votre... quoi ?

Mais Gant rit de nouveau, comme s'il venait de faire une bonne plaisanterie.

— Aucune importance, Mr. Steadman. Chaque chose en son temps, comme je vous l'ai dit... Félix, veuillez reprendre la liste de notre invité et lui expliquer quelles armes nous pouvons fournir à son client ? Ma compagnie est la seule à proposer certains modèles, Mr. Steadman, des modèles bien supérieurs à ceux de tous mes concurrents, qu'ils soient gouvernementaux ou privés.

Durant l'heure qui suivit, l'Allemand Félix Köhner exposa les performances des différents produits Gant tandis que les autres observaient en silence le détective. Seul Gant intervenait de temps à autre pour apporter quelques précisions sur telle ou telle arme. Steadman sentait que chacune de ses réactions était analysée par les autres. La situation était pour le moins énervante, mais il était prêt à relever le défi. Le groupe dégageait une malveillance très nette, et le vieil homme assis en était l'épicentre. La beauté même de Kristina semblait masquer une corruption indéfinissable, bien que Steadman ne pût s'empêcher de croiser souvent son regard d'un noir magnétique. A plusieurs reprises elle esquissa un sourire lourd de promesses, et par deux fois Steadman remarqua le coup d'œil irrité que lui lançait Brannigan. Étaient-ils liés ? Et que faisait un officier de l'armée britannique en telle compagnie ? Steadman était surpris de le voir fréquenter Gant, mais le membre du Parlement croisé en arrivant était sans doute plus étonnant encore. Il savait que Gant bénéficiait de contacts haut placés, mais il n'aurait jamais pensé qu'ils atteignaient ce niveau...

L'exposé technique de Köhner terminé, il fut amené par celui-ci et Brannigan à l'arrière de la maison, sur un terrain de tir fort bien aménagé. De l'autre côté, un bâtiment bas et long abritait des armes de toutes sortes. Un hélicoptère Gazelle trônait au centre d'une aire d'envol, à une centaine de mètres de là, et Steadman pensa à celui d'où on avait probablement télécommandé le Chieftain la veille... Il chassa ces réflexions de son esprit et se concentra sur la démonstration des matériels de destruction. Celles qui ne pouvaient qu'être simulées lui furent ensuite faites par films interposés, dans un salon transformé en salle de projection.

L'après-midi tirait à sa fin quand la dernière démonstration eut lieu. Steadman commençait à être las des explications techniques, de la voix sèche de Köhner et de l'animosité affichée par Brannigan. Ils retournèrent dans la maison où les attendait Gant, son habituel sourire cynique rivé aux lèvres.

— Avez-vous apprécié ce que vous avez vu, Mr. Steadman ? Et pensez-vous que vos amis seront intéressés ?

— Oui, sans aucun doute, répondit-il en jouant le jeu. Mais je n'ai vu jusqu'à présent que du matériel de moyenne importance. J'ai quelques grosses commandes sur ma liste. Quand les verrai-je en démonstration ?

— Comme je vous l'ai déjà dit, nous avons un terrain de tests plus adapté aux armes que vous évoquez. Aujourd'hui, nous ne cherchions qu'à vous mettre en appétit. J'espère que nous y sommes parvenus ?

— Oui. Où est cet autre terrain de tests ?

Gant éclata de rire et se tourna vers Kristina.

— *Unser Parsifal ist neugierig, und ungeduldig...*

Elle jeta un regard aigu au marchand d'armes mais camoufla aussitôt son mécontentement par un sourire ensorcelant adressé à Steadman.

— Vous aimeriez voir d'autres démonstrations, Harry ?

Il était désorienté. Le plaisir que prenait Gant à ce jeu n'était visiblement pas partagé par les autres. Pour la deuxième fois, il les avait rendus très nerveux par une simple remarque. Mais pourquoi avait-il parlé en allemand, et pourquoi l'avoir appelé Parsifal?

— Oui, j'aimerais en voir d'autres, répondit le détective d'un ton neutre.

— Il en sera donc ainsi, déclama Gant en refermant une main sur son épaule. Et sans délai. Venez avec moi, Mr. Steadman.

— Edward! Ce n'est pas ainsi qu'il faut procéder!

L'attention de tous se tourna vers le Dr Scheuer, et Gant le toisa avec une froideur perceptible. Le vieil homme s'était levé et s'appuyait sur sa canne. Il avait parlé avec un fort accent germanique et une véhémence qui démentait son physique fragile.

— *Bezweifelst du jetzt die Wörter des Propheten?* lâcha sèchement Gant. *Alles be wahreitet sich doch?*

Le vieil homme affronta son regard avec la même détermination.

— *Dazu zwingen Sie es*, lança-t-il avec une colère mal maîtrisée.

Le jeu touchait à sa fin, Steadman le sentait. Et il n'avait réussi qu'à se jeter dans la gueule du lion. Il se tendit, prêt à profiter de la première occasion pour s'échapper de ce traquenard. Ils avaient l'avantage du nombre et du lieu, mais il avait l'intention de prendre celui de l'initiative. La poigne de Gant sur son épaule s'affermit un peu plus. Ses yeux plongèrent dans ceux du détective, et toute trace d'humour en avait disparu.

— Veuillez m'accompagner, Mr. Steadman. Je vous promets que ce que je vais vous montrer vous intéressera grandement.

Steadman avait raté l'opportunité. Il sentit son besoin de résister remplacé par la curiosité. Il pouvait encore gagner un peu de temps. Il acquiesça et suivit le marchand d'armes hors du salon. Le major Brannigan et Köhner lui emboîtèrent le pas, en une escorte manifeste.

Gant les mena par un grand escalier jusqu'à l'étage. Après un autre long couloir, il ouvrit la porte du fond et s'effaça pour laisser entrer son invité. Steadman s'exécuta.

Ce qu'il découvrit le cloua sur place, et ses espoirs de fuite s'évanouirent. Deux corps affaissés étaient ligotés sur des chaises au centre de la pièce. Leur visage couvert d'hématomes et de sang était méconnaissable, mais Steadman devina aussitôt leur identité. Il avança d'un pas lent jusqu'à eux et releva les têtes penchées. Il ne s'était pas trompé.

David Goldblatt et Hannah.

10

« Suivez Hitler ! Il sera le danseur,
mais c'est moi qui ai composé le ballet !
Je l'ai initié à la "Doctrine Secrète",
j'ai ouvert ses centres de vision et je lui ai donné
les moyens de communiquer avec les Puissances.
Ne me pleurez pas. J'aurai plus influencé l'Histoire
que nul autre Allemand. »

Dietrich Eckart

« Les membres de la Société de Thulé furent
les premiers vers qui Hitler se tourna
et les premiers qui s'allièrent à lui. »

Rudolf von Sebottendorff

« La légende de Thulé est aussi
ancienne que la race germanique. »

Louis Pauwels et Jacques Bergier

Comme prévu, Steve avait pris une chambre dans le même hôtel que Goldblatt et sa compagne. N'ayant pu en obtenir une au même étage, il avait passé la plus grande partie de son temps assis dans le hall de réception, à lire journaux et magazines en surveillant les ascenseurs et l'escalier. Ni Goldblatt ni la femme ne pourraient quitter l'hôtel sans qu'il s'en aperçoive. L'établissement était très fréquenté, par des hommes d'affaires en majorité, et le ballet de leurs allées et venues était incessant. Steve eut du mal à empêcher le quotidien de trembler entre ses mains quand les deux Israéliens émergèrent d'un ascenseur, accompagnés de près par trois hommes. Il se souvint avoir vu le trio entrer dans l'hôtel environ un quart d'heure auparavant. Il leur avait à peine accordé un regard car ils avaient tout d'hommes d'affaires en déplacement. Mais à présent, à cause de la nervosité visible des Israéliens et du groupe serré qu'ils formaient avec eux, ils prenaient une apparence beaucoup sinistre. Il les vit se séparer. Un des inconnus sortit avec la jeune femme tandis que les deux autres escortaient Goldblatt au comptoir de la réception. Steve l'entendit annoncer qu'il quittait l'hôtel et demander sa note. Il enverrait quelqu'un prendre ses bagages plus tard, assura-t-il.

Steve était surexcité. C'était là un vrai travail de détective, comme ceux dont on parlait dans les romans. A l'évidence, le danger planait dans l'air. Pas besoin d'être un super-détective pour s'en rendre compte, mais que devait-il faire à présent ? Il n'avait pas le temps de téléphoner au bureau ou chez Steadman, car les hommes allaient bientôt partir et il risquerait de les perdre. Il lui fallait agir, et vite. Sa Mini était garée dans le parking souterrain de l'hôtel ; s'il voulait les filer, il devait se préparer maintenant. Il replia le journal en se forçant à la nonchalance, se leva et sortit de l'hôtel. Il repéra immédiatement l'homme qui était parti avec l'Israélienne dans une Daimler grise garée de l'autre côté de la rue. Son inquiétude grimpa d'un cran : il espérait ne pas être semé par la puissance de la berline. Dès qu'il fut hors de leur vue il descendit en courant la rampe menant au garage de l'hôtel. Après avoir laissé tomber ses clefs dans sa fébrilité, il réussit à démarrer et la Mini atteignit la rue au moment où les deux autres hommes faisaient monter Goldblatt dans la Daimler. Ils gardaient une main dans la poche de leur pardessus et Steve comprit qu'ils devaient tenir une arme. L'affaire était vraiment sérieuse.

La berline se glissa dans la circulation et Steve la suivit à distance prudente. Le véhicule était facile à filer dans Londres mais, une fois dépassés les encombrements de la banlieue ouest, il accéléra notablement et Steve craignit plus d'une fois d'avoir été distancé. Par chance les feux de signalisation lui permirent toujours de rattraper sa proie.

Il poussa un soupir de soulagement quand la Daimler s'arrêta devant le portail de fer forgé. Il passa devant à vitesse moyenne et jeta un coup d'œil en direction des grilles qui s'ouvraient. Il eut le temps de voir un garde et deux bergers allemands. Il poursuivit jusqu'au virage suivant et prit un chemin forestier sur une vingtaine de mètres pour dissimuler la Mini. Puis il revint à pied se poster en face des grilles, à l'abri d'un arbre. La Daimler avait disparu et le portail était refermé. Comme il s'interrogeait sur la conduite à suivre les paroles de Sexton lui revinrent à l'esprit : « En cas de doute, attends de voir ce qui se passe. N'oublie jamais que tu es là pour observer l'action, pas pour y prendre part. »

Steve se résigna donc à patienter. Il consulta sa montre et nota sur son carnet un bref compte rendu des événements de la matinée. Il était plutôt content de lui, mais l'humidité froide de l'air et l'ennui modérèrent assez vite son enthousiasme. Il venait de décider qu'il était temps de trouver un pub pour manger un sandwich et boire une bière — après tout, il avait aussi le droit de déjeuner — quand un véhicule familier ralentit et tourna pour s'arrêter devant le portail. La Celica grise de Harry Steadman ! Steve faillit l'appeler, mais il s'accroupit derrière un buisson quand le garde apparut. Harry sortit de sa voiture et vint donner quelque chose à l'homme. La tentation d'attirer son attention reprit Steve quand il vit son patron attendre, assis contre le capot de sa voiture. Puis le garde revint et Steve réprima un juron de mécontentement : il ne pouvait et surtout ne devait rien faire.

La Celica s'engagea dans l'allée de la propriété et disparut. Quelques instants plus tard une BMW émergeait du parc et s'arrêtait devant les grilles déjà refermées. Steve crut reconnaître le passager quand la voiture passa sur la route devant lui, mais il ne put se souvenir de son identité. Il attendit encore vingt minutes avant de se résoudre à contacter Sexton. L'ex-policier saurait quelle attitude adopter.

Il trouva une cabine téléphonique quelques kilomètres plus loin sur la route et eut la chance de joindre Sexton à l'agence. Steve retourna à son poste de surveillance avec un moral reconsolidé. Son collègue l'avait félicité et lui avait affirmé qu'il arriverait bientôt. Et, en effet, moins d'une heure plus tard, sa Cortina passa à vitesse réduite devant lui, mais Steve attendit d'être sûr qu'il s'agissait bien de Sexton pour aller se poster plus loin sur le bord de la route et guetter son retour. L'ex-policier ne tarda pas à réapparaître et la Cortina rejoignit bientôt la Mini dans le sous-bois. Les deux hommes revinrent au poste d'observation de Steve.

— Qu'allons-nous faire, Mr. Blake ? demanda ce dernier. Nous essayons d'entrer ?

Sexton frissonna dans le froid du crépuscule. Il avait envie d'agir, mais son expérience lui conseillait de rester prudent.

— Non, mon garçon. Nous allons attendre encore un peu.

Steve avait passé la moitié de la journée à surveiller les grilles de la propriété, et il avait du mal à réfréner son impatience. Il souffla dans ses mains pour se réchauffer.

— Vous croyez que Mr. Steadman est en danger ? Il se trouvait peut-être dans une de ces voitures qui sont parties...

— Sais pas, Steve. A mon avis, il se prépare quelque chose qui ne me dit rien de bon... Je regrette que Harry ne m'ait pas mis dans la confidence...

Rien de bon, quel euphémisme, se dit-il avec amertume en repensant au supplice atroce de Mrs. Wyeth. Ce Gant avait-il un lien quelconque avec cette horreur? L'ex-policier avait passé une bonne partie de la journée à interroger les quelques vieux amis qu'il avait encore dans les Services spéciaux, mais ils n'avaient pas pu le renseigner beaucoup. Gant était un personnage très mystérieux. Durant des années, il avait discrètement fourni bien des gouvernements en armes et, tout d'un coup, il se mettait en lumière et devenait un des vendeurs les plus importants du pays. Ses rapports avec les Arabes avaient éveillé de sérieux soupçons, mais l'enquête des Services s'était heurtée au veto de personnages très haut placés qui le couvraient. Le peu de détails récoltés auprès de ses amis ne permettait pas de percer l'énigme représentée par le marchand d'armes, et Sexton n'aimait guère cela.

— Ça fait longtemps que Mr. Steadman est dans la propriété, lâcha Steve.

L'ex-policier réfléchit un moment, puis il poussa un soupir.

— C'est vrai. Attendons encore une heure. S'il ne se passe rien, nous irons le chercher.

— Avez-vous déjà entendu parler de la *Thule Gesellschaft*, Mr. Steadman?

Gant s'était planté devant le détective, les mains glissées dans les poches de son veston, le corps raide. Son sourire n'était plus moqueur mais arrogant.

Steadman essaya de s'éclaircir les idées. Il n'était pas ligoté mais le canon du .38 pressé contre sa nuque le rivait à sa chaise plus sûrement que n'importe quelle corde. A côté de lui, Goldblatt dardait un regard haineux sur le marchand d'armes. Hannah était toujours inconsciente. L'agent du Mossad avait repris connaissance quelques minutes plus tôt et il avait poussé un grognement de désespoir en voyant Steadman. Il avait voulu lui parler mais Köhner lui avait intimé le silence d'une gifle sèche.

Le feu dans la cheminée projetait des ombres sinistres sur les murs et le plafond. La pièce était vide de tout mobilier à l'exception d'une longue table dans un coin et des trois chaises où le détective et les deux agents israéliens étaient assis. Gant, Brannigan et Köhner les surveillaient. Leur seule attitude était déjà une menace.

— La *Thule Gesellschaft*, Mr. Steadman. La Société de Thulé. Vous avez certainement appris quelques petites choses sur elle pendant vos années aux Services de renseignements de l'armée et avec les Israéliens, n'est-ce pas ?

Steadman dut faire un effort pour chasser la peur qui engourdissait son esprit. Un froid anormal régnait dans la pièce, malgré les grosses bûches qui flambaient dans la cheminée, et il devait se contrôler pour ne pas trembler. Il se rappelait vaguement des mentions de la Société de Thulé dans les cours qu'il avait suivis pour préparer son entrée dans les Services secrets. C'était une sorte de société occulte devenue active juste avant la Seconde Guerre mondiale mais qui, depuis, avait disparu.

— Ah, je vois à votre expression que vous avez entendu parler de nous, reprit Gant avec une certaine satisfaction. Mais notre rôle dans l'avènement de la dernière guerre ne vous a visiblement pas été expliqué. (Il se tourna vers ses deux acolytes.) Il semble que notre chevalier a besoin d'être éduqué s'il veut connaître son adversaire.

Debout auprès des deux agents israéliens, Köhner eut un gloussement méprisant.

— Je crois que notre chevalier va bientôt faire dans son pantalon.

Gant éclata de rire, mais la bassesse de l'ironie de Köhner aida Steadman à se reprendre. Sa peur fut balayée par la colère, or c'était là une émotion que le détective avait depuis longtemps appris à canaliser comme une force. Et sa curiosité était éveillée. Pourquoi le qualifier de chevalier ? Quel rôle lui destinaient-ils dans cette mise en scène aberrante ?

— Je suis certain que vous avez lu et peut-être même étudié la théorie selon laquelle Adolf Hitler, pendant son ascension vers le pouvoir, s'adonnait à la magie noire, aux rites sataniques et à ce genre de choses. Je me trompe, Mr. Steadman ?

Gant haussa légèrement les sourcils en attente d'une réponse. A la lueur des flammes, son visage sans nez était encore plus répugnant.

— Oui, j'ai entendu ces théories, répondit Steadman. Mais rien n'a jamais été formellement prouvé.

— Rien n'a été prouvé ? Ah ! L'incrédulité imbécile des gens quant à ces choses est vraiment sans limite ! Gardons ces choses cachées, ne les étudions pas de trop près, nous pourrions découvrir qu'elles sont réelles. Et que se passerait-il alors ? Peut-être serions-nous tentés de goûter à ce savoir, peut-être nous plairait-il... (Sa voix était lourde de sarcasme.) Ce qui pourrait signifier le rejet de tout ce que nous avons conquis depuis l'âge des ténèbres. Mais qu'avons-nous gagné ? La pauvreté, la famine, les guerres continuelles ! Qu'est-il advenu de notre quête spirituelle ? Nous croyons que l'Humanité progresse avec l'aide de la science, qu'elle s'éloigne de sa condition primitive. Or c'est exactement l'inverse qui se produit, Mr. Steadman. Nous nous éloignons toujours plus de nos origines spirituelles ! Ce fut notre grand péché, notre Péché originel ! La bestialité de l'Humanité ! Son désir pour le matériel. Et, pour l'Humanité, le grand crime de Hitler a été d'essayer de briser cette évolution afin de revenir au spirituel. C'est pour cette unique raison qu'il a été rejeté, qu'il devait mourir. Ils ont tué votre Christ pour cette même raison !

Steadman frissonna en lisant l'éclat de la folie dans les yeux de Gant. Il l'avait vu dans le regard de tous les fanatiques du monde entier, ce même refus de raisonner, cette même passion pour une croyance fondée sur une logique pervertie. Et il ne savait que trop l'effet hypnotique qu'avait ce genre de démence sur les faibles, sur ceux qui cherchaient un maître à suivre pour oublier leur médiocrité, pour donner un sens à leur existence. Brannigan et Köhner offraient le même spectacle, leurs prunelles illuminées par de simples paroles. Celles de Goldblatt brûlaient de dégoût.

— Hitler a voulu purifier notre race des bâtards qui l'avaient infiltrée, l'abaissant à leur niveau, loin de son héritage germanique. Son échec a fait reculer l'évolution humaine naturelle. On peut même parler d'inversion car nous Thulistes pensons que nous devons retourner à nos origines et non nous en écarter. Les plans d'Hitler pour la Race des Seigneurs étaient tirés du *völkish occultism*, et c'est de cette façon que nous l'avons aidé et guidé, car nous sommes à la racine du national-socialisme ! Même dans les premiers temps, notre emblème était un svastika avec une épée courbe et une couronne. Et c'est un Thuliste qui dessina le drapeau nazi pour Hitler ! Un svastika noir dans un rond blanc sur fond rouge, le symbole de l'idéologie du mouvement : le blanc figure le nationalisme, le rouge son idéal social, et le svastika son combat pour la victoire de l'homme aryen...

Gant se détourna du groupe et marcha lentement jusqu'à la cheminée. Il parut méditer un moment en regardant les flammes avant de faire volte-face vers eux.

— Connaissez-vous la signification du svastika, Mr. Steadman ?

Avec le feu derrière lui, la silhouette de Gant paraissait entourée d'un halo de sang des plus macabres.

— C'est le symbole du feu, de la lumière, de la vie elle-même, enchaîna-t-il. Et pendant des milliers d'années, beaucoup de peuples l'ont vue ainsi. Les bouddhistes croient que c'est une accumulation de signes de chance qui possède dix mille vertus. Pour les Thulistes — et pour Hitler — c'était le lien symbolique avec notre préhistoire ésotérique, quand nous n'étions pas encore ce que nous sommes, mais de simples ébauches énergétiques sur l'île disparue de Thulé. Des ombres éthériques, Mr. Steadman. Vous diriez peut-être des fantômes...

Un frisson parcourut de nouveau le détective. La température de la pièce avait baissé, c'était incontestable, et l'air semblait se charger d'une sorte d'électricité négative. La silhouette de Gant lui parut plus sombre.

— Rituels, signes, symboles... Pour les occultistes, ce sont là les moyens d'invoquer les Puissances, tout comme l'eucharistie ou la messe dans une église. Ces puissances peuvent servir le Bien ou le Mal selon celui qui les commande. Voyez comment l'Église catholique a abusé de son pouvoir durant ces derniers siècles, et les crimes qu'elle a perpétrés au nom de Dieu. Mais il existe une voie directe pour maîtriser le Mal, et Hitler était assez avancé spirituellement pour savoir que le Bien des chrétiens est en fait le Mal, et ce qu'ils appellent le Mal le véritable Bien. C'est en lisant Nietzsche, l'homme qui avait proclamé la mort de Dieu, qu'il en avait été convaincu. Hitler voulait utiliser ces puissances maléfiques et pour cela il employa le savoir que lui avaient enseigné certains hommes de grande valeur : Dietrich Eckart, sataniste et propagandiste de Thulé ; Karl Haushofer, l'astrologue qui plus tard devait persuader Hess de fuir en Grande-Bretagne ; Heilscher, le professeur spirituel de nombre de dignitaires nazis... Même Wagner joua un rôle dans l'élévation spirituelle de Hitler, Mr. Steadman. Et des hommes comme l'Anglais Houston Stewart Chamberlain dont le livre *La Genèse du dix-neuvième siècle*, écrit alors qu'il était possédé de démons, fut l'inspiration du Troisième Reich... Et Friedrich Nietzsche, qui annonça l'avènement de l'*Ubermensch*, le Surhomme, l'Élite de la Race. Tous participèrent d'une façon ou d'une autre à l'élaboration de l'idéologie hitlérienne. Mais ce furent les magiciens qui l'initièrent aux pratiques dont il usa pour atteindre le pouvoir suprême.

« Et l'une de ces pratiques était l'inversion des symboles magiques, comme la messe noire n'est que l'inversion de la sainte messe, ce qui permet l'évocation des puissances des ténèbres. La cérémonie est dirigée par un prêtre défroqué, on festoie au lieu de jeûner avant l'office, la luxure remplace la chasteté, l'autel est le corps nu d'une femme, une prostituée de préférence. Le crucifix est retourné et brisé, et l'hostie est remplacée par un navet noir consacré dans le vagin d'une prostituée... De même les symboles furent inversés. Le svastika est un symbole solaire qui tourne dans le sens des aiguilles d'une montre pour capter les Puissances de Lumière, comme l'indiquent les queues de chaque bras. Hitler ordonna donc que son svastika tourne dans le sens contraire afin d'attirer les Puissances des Ténèbres! Et le monde entier a pu constater son ascension météorique!

Gant parlait toujours d'une voix basse, mais ses paroles étaient sifflées et semblaient fuser dans toute la pièce. Brannigan et Köhner étaient comme hypnotisés et Steadman songea à saisir l'occasion pour agir. Mais la pression du .38 n'avait pas faibli sur sa nuque. Il jeta un coup d'œil à Goldblatt. L'agent du Mossad paraissait désespéré.

— Mais Hitler a chassé toutes les sociétés occultes du parti nazi, non? lança-t-il au marchand d'armes. Il vous a rejetés!

Toutes les têtes se tournèrent vers le détective, comme s'il les avait tirés d'un rêve. Un rire gras échappa à Gant et il s'approcha avec une lenteur calculée de son prisonnier. Soudain une de ses mains jaillit et il saisit la chevelure de Steadman, rejetant sa tête en arrière. Il se courba jusqu'à n'avoir plus le visage qu'à quelques centimètres de lui.

— Il ne nous a pas rejetés, Mr. Steadman, grinça Gant. C'est nous qui avons fini par le rejeter.

Il tira la tête de Steadman en avant et le gifla. Le détective voulut bondir de sa chaise mais le bras de Brannigan l'étrangla et le canon du .38 pressa un peu plus sa nuque.

— Je ne tenterais rien, à votre place, lui murmura le major. Restez tranquille, compris?

Steadman se détendit un peu, et Brannigan cessa de l'étrangler. Gant sourit et retourna devant le feu.

— Alors que les idéaux de Hitler étaient encore mal formés — ou peut-être devrais-je dire « mal canalisés » — la Société de Thulé et l'Ordre germanique du Saint Graal pratiquaient déjà la franc-maçonnerie nordique pour combattre la franc-maçonnerie juive orthodoxe qui gangrenait l'économie allemande après la Première Guerre mondiale. Nous étions fermement opposés au gouvernement républicain de Berlin à cette époque, à cause de ses alliances dégradantes avec la fange juive, slave et marxiste. Peu à peu ces sous-hommes prenaient le contrôle du pays et de son économie. Ils pressuraient la patrie avec leurs exigences et leur cupidité, jusqu'à créer une situation à laquelle ressemble beaucoup celle de la Grande-Bretagne actuelle. Vous êtes bien d'accord quant à cette ressemblance, n'est-ce pas Mr. Steadman?

Gant attendait une réponse mais n'en reçut pas.

— Vous êtes d'accord, n'est-ce pas? hurla-t-il soudain, les yeux exorbités par la rage.

— La comparaison me semble un peu outrée, rétorqua Steadman d'un ton neutre.

— Vous trouvez? (Sa voix avait repris son habituel ton de sarcasme dédaigneux.) Vous croyez que c'est encore le gouvernement élu qui dirige ce pays? Vous croyez que le sort des entreprises dépend toujours de leur patron? Que ce pays appartient encore à la pure race anglo-saxonne? Regardez autour de vous, Mr. Steadman, et ouvrez les yeux! Non seulement ici, dans ce pays, mais partout dans le monde, le même phénomène se produit, comme il s'est produit en Allemagne à l'époque : c'est le retour des races inférieures! Les États africains, les Arabes, voyez à quelle vitesse ils grandissent! Et l'Amérique du Sud, la Chine, le Japon... La Russie! Et, bien sûr, Israël...

« La comparaison est un peu outrée, dites-vous? Je vous l'assure, le péril n'a jamais été aussi grand qu'aujourd'hui!

Steadman savait qu'il était inutile de discuter. Des fanatiques tels que Gant étaient trop obsédés par leur croyance pour écouter tout raisonnement autre que le leur.

— Le peuple aryen avait besoin d'un chef charismatique, tout comme maintenant. Hitler l'avait compris et savait qu'il était celui qui pourrait les aider. Nous avions déjà créé le climat de résistance à l'infiltration judéo-bolchévique. Nous, les Thulistes et les membres de l'Ordre germanique du Saint Graal avions déjà formé un nouveau mouvement : le *Deutsche Arbeiterpartei* qui devait être connu plus tard sous l'appellation parti national-socialiste des travailleurs allemands. Le parti nazi.

Gant marqua une pause pour appuyer son effet, et Steadman se demanda un instant si les autres n'allaient pas se mettre à applaudir. Ils n'en firent rien, mais les yeux de Kristina et de Köhner brillaient de plaisir. Le vieux Dr Scheuer restait d'une immobilité de statue, son regard caché par l'ombre.

— Hitler était encore dans l'armée, reprit Gant, quand il fut choisi par un de ses supérieurs pour suivre un cours d'instruction politique, et l'une de ses obligations était d'assister à des réunions comme celles que nous donnions. Il ne fallut pas longtemps avant qu'il nous rejoigne, et c'est par notre intermédiaire que des hommes comme Eckart et Guthbertlet l'initièrent à la mystique teutonique. C'est grâce à nous qu'il découvrit la voie de son destin, Mr. Steadman !

« Après des années de lutte et beaucoup de sang versé nous avons vaincu l'ennemi intérieur qui sévissait dans notre pays. En 1933 Hitler devint chancelier d'Allemagne. Ce fut un grand jour pour la Société de Thulé ! Et une date tragique pour Hitler, car dès ce jour il se retourna contre nous. Il s'évertua à purger l'Allemagne de toutes les sociétés secrètes, et en apparence nous souffrîmes autant que les autres. Aux yeux du monde Hitler semblait avoir rejeté tout ce qui touchait à l'occulte. En fait il venait de découvrir une nouvelle source de pouvoir. Un symbole, une arme que les glorieux conquérants du passé avaient cachée ! Et il avait décidé de se l'approprier. »

11

« L'Empire britannique moderne montre tous les signes de la décadence parce que nulle part en lui il ne trouve le courage d'un commandement résolu. Si vous n'avez plus la volonté de donner des ordres pour diriger par la force, si vous vous laissez aller à trop d'humanisme, alors vous pouvez abandonner votre rôle de chef. La Grande-Bretagne regrettera sa mollesse. Elle lui coûtera son empire. »

« Pour la Grande-Bretagne, la Première Guerre mondiale fut une victoire à la Pyrrhus. »

« Pour conserver leur empire, ils auront besoin d'une vraie puissance continentale à leur côté. Seule l'Allemagne peut remplir ce rôle. »

Adolf Hitler

« Une chose est certaine : Hitler a l'âme d'un prophète. »

Hermann Rauschning

— Hitler n'a pas rejeté l'occultisme comme vous semblez le croire, Mr. Steadman. Même les historiens qui ont repoussé cette hypothèse avec dédain ne peuvent expliquer les multiples preuves de la foi que Hitler portait à l'occulte. Quand ils entrèrent dans Berlin, les Russes découvrirent un millier de cadavres de moines tibétains. Tous portaient l'uniforme nazi, mais sans aucun insigne, et tous s'étaient suicidés. Pourquoi Hitler avait-il incorporé de tels hommes dans son armée et pourquoi s'étaient-ils tous donné la mort ? Que signifiaient ces expériences bizarres menées sur les dégénérés dans les camps de concentration ? La surgélation de corps vivants, l'épandage des cendres des fours sur tout le pays, les milliers de crânes trépanés trouvés par les Alliés quand ils envahirent le pays... Hitler avait lancé un programme d'expérimentations spéciales sur le V2, cette arme qui aurait pu rendre l'Allemagne victorieuse, parce qu'il était persuadé que les V2 pouvaient désintégrer la structure éthérique qui entoure la Terre. Étaient-ce là les actes d'un homme qui ne croit pas en l'occulte ? Le symbole SS de la Schutzstaffel était dérivé de l'ancienne rune *Sig*. Songez à l'uniforme noir, avec son crâne stylisé pour insigne : pensez-vous vraiment qu'un homme qui ne croyait plus aux sciences occultes aurait accordé tant d'importance à ce genre de détails ? Même les Services secrets britanniques créèrent un département spécialisé dans l'occulte pour contrer le Bureau occulte nazi.

Bien que le visage de Gant fût dans l'ombre Steadman sentait son regard peser sur lui.

— Mais vous avez dit que Hitler avait trouvé une nouvelle source de pouvoir, fit le détective en se souvenant de l'allusion de Pope. Ne s'agissait-il pas de la Sainte Lance ?

— Bravo, Mr. Steadman ! C'est exactement de cela qu'il s'agissait, en effet : la lance qui avait percé le flanc du Christ alors qu'il agonisait sur la croix. La Lance de Longinus le Centurion. Adolf Hitler en retrouva le fer au musée Hofburg de Vienne alors qu'il n'était guère plus qu'un vagabond dans cette ville. Il fit des recherches très poussées sur l'histoire de la relique. Déjà à cette époque, il rêvait à la gloire passée du peuple allemand, et à celle qui l'attendait dans l'avenir. Mais il avait également la vision d'autres batailles menées dans d'autres dimensions, des guerres mystiques entre les forces de Dieu et les forces du Diable.

« Wagner avait décrit ces batailles dans nombre de ses œuvres les plus achevées, et Hitler considérait Wagner comme le vrai prophète de la race aryenne ! C'est dans *Parsifal*, le dernier opéra de Wagner, et sans doute le plus inspiré, qu'Hitler découvrit la signification réelle du Saint Graal, cette quête de l'accomplissement spirituel de l'humanité. Les rois, les empereurs et les tyrans qui avaient réclamé la sainte relique au cours des siècles étaient au courant eux aussi de ce secret. La Lance avait fait couler le sang du Christ dans la terre pour la régénérer. Ses pouvoirs magiques devaient être vus comme la manifestation symbolique de l'éternel combat cosmique. La Lance était le symbole même de ces pouvoirs en lutte, et celui qui la posséderait pourrait choisir ceux qu'elle représenterait. Grâce à ses connaissances historiques et mystiques, Hitler avait compris que la Lance de Longinus était le lien entre les pouvoirs spirituels et physiques. Cette arme avait mêlé l'essence même des pouvoirs du Christ à la terre, et Hitler souhaitait plus que tout la posséder un jour. Et ce jour vint quand il annexa l'Autriche !

« Churchill en personne ordonna de cacher ces faits à l'opinion publique internationale. Le procès de Nuremberg n'essaya même pas d'expliquer la raison de toutes ces "atrocités". Le monde avait été trop effrayé sans qu'il y ait besoin d'exposer les motifs démoniaques de l'embrasement. Oh non, Mr. Steadman, le Führer n'avait pas abandonné ses croyances, loin de là ! Il avait banni les sociétés secrètes parce qu'il redoutait la menace qu'elles faisaient peser sur son pouvoir occulte. Mais la Société de Thulé survécut. Nous étions déjà intégrés dans les rangs SS, et cela grâce à la vision d'un autre homme, un homme d'une autre stature que le raté qui fut notre Führer ! Un homme qui jamais n'abandonna le combat, même quand son pays fut trahi par Hitler lui-même. Je veux parler du Reichsführer Heinrich Himmler! »

Steadman aurait éclaté de rire s'il n'avait pas su que Gant était très sérieux. Le marchand d'armes avait joint les mains devant lui comme pour prier.

— Himmler connaissait le pouvoir de la Lance. Il avait supplié Hitler de le laisser la ramener de Vienne à son *Wewelsburg*, le sanctuaire du nouvel Ordre Saint. Mais Hitler refusa. Il avait d'autres plans pour la Lance. Avec d'autres trésors du musée Hofsburg, elle fut légalement amenée à l'église Sainte-Catherine de Nuremberg où elle devait rester jusqu'à ce que Hitler ait assis sa domination sur le monde. Hitler a échoué parce qu'il n'avait pas écouté Himmler!

Gant se tut et ses épaules se soulevèrent avec lenteur comme s'il avait des difficultés à respirer. De la vapeur s'échappait de sa bouche et Steadman prit soudain conscience du froid qui s'était installé dans la pièce. Un froid qui n'avait rien de naturel. Derrière le marchand d'armes, le feu crépitait avec entrain dans l'âtre, pourtant il ne semblait en émaner aucune chaleur. Gant n'aurait d'ailleurs pas pu se tenir aussi près de la cheminée. Il s'approcha lentement du détective, et Steadman se tendit, certain qu'il ne supporterait pas d'être giflé à nouveau sans réagir. Mais le marchand d'armes glissa les mains dans les poches de son veston et se planta devant son prisonnier, le dominant de toute sa hauteur.

— Mais cela, c'est le passé, Mr. Steadman. Occupons-nous plutôt du présent... Comme vous le comprenez — il désigna Goldblatt et Hannah — vos deux collègues ne nous sont plus d'aucune utilité maintenant. Mais nous aimerions en savoir plus sur vous et vos projets ridicules pour détruire notre organisation. Je crains que vos amis ne soient pas très bavards. Je me demande si votre autre partenaire du Mossad l'est?

— Mon autre partenaire? Une minute... Vous parlez de Baruch Kanaan? Il est entre vos mains...

Il sentit la crispation de Gant.

— Non, Mr. Steadman, cracha-t-il. Je parle de votre partenaire, Holly Miles !

— Holly ? Non, vous vous trompez ! Elle n'a rien à voir avec le Mossad.

— Vraiment ? Je dois reconnaître que sa couverture était excellente. Même son lien avec mon ex-femme semble véridique. Mais le Mossad est bien connu pour son savoir-faire. Quant à l'autre, ce Baruch, je crois qu'il regrette beaucoup d'avoir voulu visiter mon *Wewelsburg*.

— Il est vivant ?

Gant eut un rictus malveillant.

— Presque.

Steadman préférait ne pas penser à ce que ce « presque » signifiait.

— Écoutez, cette femme, Holly, n'a aucun rapport avec tout ça. Elle est vraiment journaliste.

— Bien sûr !

— Non, c'est vrai, Gant. Et je n'appartiens pas au Mossad non plus. J'ai mis fin à mes rapports avec l'Institut depuis des années. Ils ont seulement loué mes services pour retrouver un de leurs agents, ce Baruch Kanaan.

— Je n'ai pas de temps à gaspiller, Mr. Steadman, lâcha Gant avec lassitude. Köhner apprendra de vous tout ce que nous voulons savoir. Nous avons des choses plus importantes à accomplir, voyez-vous. Je transmettrai vos meilleurs sentiments à Miss Miles. Je suis certain de beaucoup apprécier notre conversation...

— Où est-elle, Gant ? rugit Steadman. Que lui avez-vous fait ?

Il voulut se lever mais Brannigan appuya lourdement sur son épaule d'une main.

— Bon sang, Brannigan ! Que faites-vous avec ce dingue ? Vous appartenez à notre foutue armée britannique, non ?

Gant le gifla de nouveau vicieusement, et le détective sentit du sang couler au coin de sa bouche.

— Ne soyez pas aussi impoli, Mr. Steadman, je vous prie, fit-il posément. Je ne suis pas fou. Ce sont les dirigeants de ce pays qui le sont, parce qu'ils le laissent s'enfoncer dans la décadence...

— Mais vos sympathies vont aux Allemands, non? grinça Steadman entre ses dents. Vous n'avez pas cessé de dire « nous » : nous avons aidé Hitler, nous les Thulistes...

— Je suis allemand, Mr. Steadman, et un ami dévoué de Heinrich Himmler. Mais jamais nous n'avons haï les Britanniques. Nous désirions être leurs alliés. D'ailleurs nous admirions beaucoup l'aristocratie anglaise dont les vues étaient parallèles aux nôtres. Malheureusement, votre pays a choisi de nous condamner. L'ironie est que beaucoup comprennent maintenant leur erreur, pas seulement dans ce pays mais aussi dans d'autres. Ils sont témoins de la prise de pouvoir des races inférieures et ils souffrent de cette aberration! Pourtant, il n'est pas encore trop tard. Des hommes puissants nous soutiennent, et les temps sont devenus propices à la contre-révolution. Elle commencera lentement, mais beaucoup d'événements accéléreront son développement. Et ces événements seront créés par nous, la *Thule Gesellschaft*. Notre première action en ce sens aura lieu demain, et c'est pourquoi nous devons vous laisser aux mains de Mr. Köhner. Il aime obtenir des renseignements de ses interlocuteurs, voyez-vous... Il a beaucoup apprécié sa discussion avec votre partenaire, Mrs. Wyeth.

Steadman oublia le .38 collé à sa nuque et la main de Brannigan. Il se redressa et ses mains trouvèrent la gorge de Gant. Il se mit à serrer de toutes ses forces, possédé par une fureur qui annihilait toute peur. Sa tête fut violemment rejetée de côté quand la crosse du .38 la frappa, mais son étreinte ne faiblit pas. Les doigts de Gant entourèrent ses poignets et l'Allemand essaya d'écarter ses mains. Malgré la force incroyable qu'exerçait le marchand d'armes, la haine de Steadman restait la plus forte. Mais un autre coup de crosse l'assomma à demi, puis un troisième. Lentement Steadman desserra sa prise et glissa sur les genoux, se retenant au corps de Gant dans sa chute. D'un coup de genou, celui-ci l'envoya rouler au sol. Steadman essaya de se relever et ne parvint qu'à s'agenouiller. Brannigan le frappa sèchement au ventre, le projetant encore une fois au sol. A travers un brouillard rouge, il vit le visage ridé du vieux Dr Scheuer qui se penchait vers lui, ses yeux toujours cachés dans deux puits d'ombre. Un cri de rage lui fit tourner la tête malgré l'étourdissement. Goldblatt hurlait sa fureur, mais ses liens le laissaient impuissant.

— Salauds ! Vous êtes toujours des monstres de la Gestapo ! Des animaux !

Steadman sentit l'inconscience le menacer, et tout ce qu'il vit alors avait l'irréalité d'un rêve. La pièce tanguait devant ses yeux, et la lueur dansante du feu paraissait baisser. Köhner sortit d'une poche un objet brillant. Gant hocha du chef et Köhner empoigna les cheveux de Goldblatt et tira sa tête en arrière. La lame du poignard trancha la gorge offerte de l'Israélien dans un mouvement d'une curieuse lenteur et le sang jaillit en un flot sombre qui inonda la chemise de Goldblatt. Steadman vit le corps se raidir puis tressauter brièvement.

Un froid terrible l'envahit et le détective perdit connaissance.

12

« On peut tirer des suspects un grand nombre d'informations potentiellement utiles. Même si les soupçons de leur traîtrise se révèlent infondés, ils peuvent souvent donner aux interrogateurs les pistes qui mèneront à d'autres suspects. Bien souvent, ces renseignements ne peuvent être obtenus que par la menace, la douleur ou la promesse d'être relâché. »

Heinrich Himmler

— Bon sang, un hélicoptère ! Il a décollé de la propriété, j'en suis sûr !

Steve lança un regard anxieux à l'ex-policier avant de regarder la lumière rouge qui s'élevait au-dessus des arbres. Blake plissait les yeux dans un effort de concentration.

— Ce doit être l'hélico personnel de Gant. Je me demande où il va...

— S'il se trouve à l'intérieur ! Je ne vois pas grand-chose, mais cet appareil doit pouvoir transporter quatre ou cinq personnes. Vous croyez que Mr. Steadman est à bord ?

— Dieu seul le sait. Mais tout ça me déplaît de plus en plus. Je crois qu'il va nous falloir agir bientôt.

Steve approuva. Il était transi de froid, fatigué et tout son corps était ankylosé par leur surveillance immobile.

— Que fait-on, alors ? On prend la voiture et on va jusqu'à la grille pour demander à le voir ? Ou on prévient la police ?

— La police ? Pour quelle raison ? A ce que nous savons, tout va bien. Notre patron discute avec un marchand d'armes. Quel motif pourrions-nous invoquer pour faire intervenir la police ?

— C'est vrai... Excusez-moi, je suis un peu nerveux, je suppose.

— Je comprends, mon garçon. Je ressens la même chose. Harry est là depuis un peu trop longtemps à mon goût. Nous allons nous approcher des grilles et voir si...

— Attendez ! fit Steve en crispant une main sur l'avant-bras de Sexton. Il se passe quelque chose, regardez !

Deux faisceaux de lumière apparurent dans l'allée du parc, illuminant les grilles. Celles-ci furent aussitôt ouvertes, le véhicule tourna sur la route et s'éloigna rapidement vers l'ouest. Les deux détectives réussirent à distinguer la forme massive d'un camion avant qu'il ne disparaisse au loin. Ils suivirent des yeux les feux arrière. Dans la nuit, le rugissement de l'hélicoptère décroissait rapidement.

— Ça ressemble à un exode, commenta Sexton, perplexe.

— Pardon, Mr. Blake ?

— Rien. Allons jeter un coup d'œil.

Ils progressèrent aussi silencieusement que possible en direction des grilles.

Steadman effleura l'arrière de son crâne d'une main et grimaça sous la douleur qu'éveillait ce simple contact. Il gisait toujours sur le sol, là où il était tombé, et les flammes animaient le plafond d'ombres rougeoyantes. Pendant quelques secondes il les observa sans comprendre, puis son esprit se clarifia un peu. Mais lorsqu'il voulut se relever sur un coude la pièce entière se mit à tourbillonner et il se laissa aller en arrière avec un grognement en se couvrant les yeux des mains. Il perçut un son curieux de glissement et ôta ses mains. Après avoir cligné plusieurs fois des paupières, il tourna lentement la tête en direction du bruit. L'homme en noir qui l'avait accueilli à son arrivée était penché en avant et marchait à reculons en traînant une forme inerte qui laissait sur le sol une traînée sombre et brillante. Steadman comprit brusquement, comme le souvenir des derniers événements frappait son esprit. Il roula sur le flanc et réussit à se hisser sur les mains. Sa vision de la pièce s'améliora un peu. Il perçut vaguement le ronronnement d'un hélicoptère qui s'éloignait.

— Fumier, gronda-t-il en repérant Köhner à l'autre bout de la pièce, près de la longue table.

Il voulut se relever mais ses forces le trahirent et il retomba lourdement.

— Ah, Steadman ! Content que vous reveniez parmi nous.

Les mains derrière le dos, Köhner s'approcha de lui. Il arborait un sourire affable. L'homme en noir abandonna le corps de Goldblatt contre le mur, ombre macabre parmi les ombres.

Köhner s'immobilisa devant le détective et celui-ci regarda un instant ses chaussures parfaitement cirées dont le cuir luisait doucement sous l'éclairage des flammes. Le froid étrange avait quitté la pièce, mais Steadman se mit à trembler de nouveau, envahi d'une haine brûlante pour ces monstres qui tuaient de sang-froid.

— Nous sommes en comité restreint, à présent, Steadman. Vous, moi, Craven... (Il désigna l'homme en noir qui essuyait maintenant le sang de ses mains avec un mouchoir), et quelques gardes. Les autres sont partis pour le *Wewelsburg*. Demain sera un grand jour, vous savez. Il y a encore beaucoup de préparatifs... (De la pointe de sa chaussure il le frappa aux côtes. Un coup sans grande force, presque facétieux. Steadman grogna.) Cette nuit donc, vous m'appartenez...

Il leva un pied et poussa son prisonnier par l'épaule, le faisant s'écrouler de nouveau. Puis il s'écarta.

Les questions assaillaient l'esprit encore embrumé de Steadman. Qu'était ce « Wewelsburg » et pourquoi Gant et les autres s'y étaient-ils rendus ? Que se passerait-il demain ? Gant était-il complètement fou, comme on pouvait le penser après son délire verbal sur Hitler et la Lance ? Si oui, c'était une folie dangereuse. Mais jusqu'à quel point ? N'étaient-ils qu'un petit groupe de fanatiques ou avaient-ils une influence étendue ? Pope avait affirmé que Gant bénéficiait de complicités puissantes en haut lieu... Steadman se souvint brusquement de l'homme politique dans la BMW qu'il avait croisée. Faisait-il partie de ce mouvement ? Et Holly, pourquoi l'avaient-ils capturée ? Croyaient-ils vraiment qu'elle appartenait au Mossad ? Qu'allaient-ils lui faire ? Et pourquoi l'avoir laissé aux mains de cet assassin, Köhner ?

L'avalanche d'interrogations cessa quand il vit que l'Allemand s'était posté derrière Hannah et qu'il avait posé les deux mains sur les épaules de la captive. Elle avait repris conscience et ne quittait pas des yeux le cadavre prostré dans l'ombre, contre le mur.

— Venez donc, Steadman, l'invita Köhner, le même sourire sinistre aux lèvres. Venez vous joindre à nous... (Il prit la chaise où Goldblatt avait été ligoté et la plaça face à l'Israélienne.) Amenez-le ici, Craven.

L'homme en noir sortit un pistolet de sa veste et approcha du détective. Sans un mot, il le saisit sous l'aisselle et le força à se relever. D'une bourrade, il l'envoya tituber vers Köhner. Steadman perdit l'équilibre et tomba à genoux, mais le canon de l'arme contre sa nuque le fit se relever. Il arriva à la chaise et Craven l'y assit en le bousculant. Hannah le regardait, et il lut dans ses yeux une grande tristesse.

— Je suis désolée... balbutia-t-elle, mais Köhner la gifla et elle se tut.

— La ferme, putain juive ! cracha-t-il. Tu parleras, mais tu ne parleras qu'à moi !

— Laissez-la, Köhner, fit Steadman. Ce n'est qu'une femme et...

La main de l'Allemand frappa de nouveau Hannah. Elle cria de douleur et la peur remplaça le regret dans ses yeux. Köhner sourit avec une affabilité venimeuse au détective.

— Vous comprenez ? C'est elle qui sera frappée, pas vous. Et vous allez me dire tout ce que nous voulons savoir, sinon la femme souffrira. (Il écarta les pans de la veste de l'Israélienne et déchira son chemisier d'une saccade.) Certains points du corps humain sont d'une sensibilité incroyable. Les zones érogènes en particulier, comme vous le savez. Quelle ironie que des endroits qui peuvent procurer un tel plaisir soient aussi susceptibles de subir une telle douleur...

Il sortit de sous sa veste le poignard placé dans un étui sous l'aisselle. La lame en était encore maculée du sang de Goldblatt. En voyant le poignard descendre vers le ventre d'Hannah, Steadman se prépara à bondir sur lui, mais Köhner figea son geste et le considéra d'un air pensif.

— Je crois qu'il conviendrait de bien le tenir, Craven. Notre pauvre ami risque de mal supporter le spectacle.

Le métal froid d'un canon écrasa la tempe du détective et la main de Craven tira en arrière son col de chemise et de blouson, l'étranglant presque.

— N'ayez aucune inquiétude, Monsieur, dit Craven. Il ne bougera pas.

Satisfait, Köhner se pencha sur Hannah. La lame du couteau glissa sous la ceinture de sa jupe. D'un geste précis il fendit l'étoffe sur tout sa longueur, et le vêtement s'ouvrit sur les cuisses de la jeune femme. Il répéta l'opération pour le slip puis le soutien-gorge avant de se redresser. La jeune femme avait fermé les yeux pour résister à la honte de sa nudité exposée et retenir ses larmes de désespoir. Ils avaient perdu. David avait été assassiné et Baruch était probablement mort, lui aussi. Le tour de Steadman viendrait plus tard, bien qu'il n'eût rien à voir dans toute cette affaire. Mais pour l'instant ils devaient le garder en vie, car il n'avait pas encore joué son rôle.

Le détective évita de regarder l'Israélienne. Il était conscient de la honte qu'elle éprouvait et brûlait du désir de frapper ses tortionnaires, mais il se força à attendre le moment propice.

Köhner alla jusqu'à la grande table et prit un objet. En voyant de quoi il s'agissait Steadman ne put cacher son étonnement.

— Oui, c'est un simple sèche-cheveux, dit l'Allemand. Mais il n'est pas nécessaire de disposer d'un appareillage compliqué pour faire souffrir quelqu'un, Steadman... Il suffit d'avoir de l'imagination. C'est une de mes spécialités, d'ailleurs...

Il brancha l'appareil à une prise près de la porte et déroula le fil. Il alluma le sèche-cheveux pour vérifier qu'il fonctionnait puis l'éteignit et vint se placer derrière Hannah. De sa main libre il prit son menton et força sa tête en arrière.

— Les oreilles, pour commencer. Le dommage créé aux tympans sera terrible. C'est déjà assez destructeur avec de l'air froid, mais quand il est brûlant...

— Je ne peux rien vous dire, Köhner, pour l'amour de Dieu ! cria Steadman en agrippant les côtés de sa chaise avec fureur, et Craven resserra un peu sa prise sur son col. Ils m'ont engagé pour retrouver leur agent disparu, c'est tout ! Je ne sais rien d'autre !

— Allons, allons ! fit Köhner d'un ton de réprimande.

Il alluma le sèche-cheveux dont le moteur aspira l'air pour le rejeter en un filet de plus en plus chaud.

— Vous n'espérez pas que je vais vous croire, Steadman. Vous en savez beaucoup plus, et Mr. Gant veut des réponses rapides. C'est pour cette raison qu'il m'a laissé en votre compagnie. Dommage qu'il soit trop occupé pour assister à notre petit entretien. Habituellement il apprécie beaucoup ma façon de mener une conversation... (Il fit passer le jet d'air chaud sur sa joue.) Ah, la température commence à être comme il le faut. C'est un des modèles les plus puissants, bien sûr, celui qu'utilisent les coiffeurs. Mais un sèche-cheveux ordinaire ferait aussi l'affaire. Ce serait simplement un peu plus long. Voyons, les seins, après les yeux? Non, elle sera déjà trop insensibilisée... Les yeux peut-être? Oui, mais avec les paupières closes elle réagira...

— Köhner!

— Et pour finir le vagin. Cela la tuera, bien entendu, Steadman.

Il approcha le sèche-cheveux de l'oreille d'Hannah et elle essaya de s'écarter, mais il la tenait solidement de l'autre main. Elle hurla quand l'air brûlant s'engouffra dans son conduit auditif jusqu'au tympan.

— Arrêtez, Köhner! Je vous dirai tout!

L'Allemand parut déçu. Il éloigna l'appareil de la tête de la jeune femme sans pour autant l'éteindre. L'Israélienne gémissait sourdement.

— Alors? dit-il.

— C'est la vérité, j'ai été engagé par le Mossad pour retrouver la trace de Baruch Kanaan, et j'ai bien appartenu à ce service secret. Mais cela remonte à plusieurs années et depuis je les ai quittés.

— Et pourquoi auriez-vous fait une chose pareille?

— J'étais... J'étais écœuré par toutes ces tueries. Les Arabes avaient tué quelqu'un qui m'était très cher, et pour me venger j'en ai tué jusqu'à en être écœuré!

— Quel traumatisme, en effet, ironisa Köhner.

— C'est la vérité, merde! J'ai eu plus que ma part de tueries et de vengeance!

— Et c'est pour cette raison que vous avez quitté le Mossad?

— Oui. Je ne voulais plus rien avoir à faire avec eux. Mais ils m'ont fait surveiller depuis mon retour en Angleterre, par un vieil homme.

— Le bijoutier.

— Oui, répondit Steadman avant de fixer sur l'Allemand un regard étonné. Comment le savez-vous?

— Peu importe comment je le sais. Le vieil homme est mort. Il n'a pas supporté sa visite nocturne chez vous... (Le visage de Köhner s'illumina d'une joie mauvaise.) Il est mort de peur, pourrait-on dire.

Le détective était encore sous le choc de ce qu'il venait de comprendre, mais il se reprit en secouant la tête et poursuivit :

— Ils sont venus me voir il y a une quinzaine de jours, Goldblatt et cette femme, Hannah. J'ai refusé de les aider à retrouver leur agent, mais mon associée a accepté l'enquête sans que je le sache.

— Oui, Mrs. Wyeth. J'ai eu un entretien des plus intéressants avec elle. Par malheur, surtout pour elle, elle n'a pas pu me dire grand-chose. Mr. Gant avait raison : elle ne savait vraiment rien.

— C'est... C'est vous qui l'avez...

— Continuez à parler, Steadman. Pas de questions, uniquement des réponses je vous prie.

Craven appuya un peu plus le canon de son arme contre la tempe de Steadman en le sentant se tendre. Le détective approchait du point de rupture, se dit-il. Peut-être auraient-ils dû le ligoter aussi, après tout. Il regrettait que le prisonnier parle aussi vite, car il aurait aimé voir la femme souffrir un peu plus. Elle avait un corps très attirant, et ses vêtements déchirés accentuaient encore sa sensualité. Il aurait été bien agréable de le voir se tordre de douleur, et ces longues cuisses s'écarter pendant l'agonie... Quel dommage de devoir la tuer. Mais peut-être Köhner l'autoriserait-il à la violer avant. Sinon... Il serait de toute façon celui qui devrait se débarrasser du cadavre. Il aurait alors tout son temps...

Le sèche-cheveux se rapprochait de la tête d'Hannah et Steadman s'empressa de continuer à parler.

— Après que Mag... Après que mon associée eut été tuée, un nommé Pope est venu me voir. Il appartient aux Services secrets britanniques et il savait que le Mossad était là. Il a également enquêté sur Edward Gant.

Hannah cessa de remuer la tête et braqua un regard suppliant sur lui.

— Steadman, ne...

Köhner plaqua une main sur sa bouche.

— Pas d'interruption, putain juive. Cela devient très instructif. Ensuite, Steadman ?

L'Allemand poussa un cri de douleur quand Hannah lui mordit la main. Il lâcha aussitôt le sèche-cheveux et sa main plongea sous sa veste pour prendre le poignard.

— Non ! hurla Steadman.

La lame s'enfonça profondément dans le ventre de l'Israélienne. D'un geste rageur Köhner fit remonter le poignard vers le sternum. Craven était hypnotisé par la réaction de l'Allemand, et Steadman en profita. Il repoussa le pistolet d'une main et bondit sur ses pieds pour se jeter aussitôt en arrière. Ils churent à la renverse avec la chaise et Craven lâcha le col du prisonnier. Le détective se redressa en un éclair et fut le premier à frapper. Son genou écrasa l'entrejambe de l'autre. Craven poussa un cri étouffé et roula sur le sol.

Steadman fit volte-face et fonça sur Köhner. Il bloqua le poing qui tenait le couteau dans sa main et jeta tout son poids contre l'Allemand. Dans leur lutte, ils bousculèrent la chaise où Hannah se trouvait et tous trois perdirent l'équilibre. L'Israélienne s'écroula sur le côté, toujours liée à la chaise, l'horrible blessure vomissant du sang et des viscères.

Les deux hommes roulèrent sur le parquet dans une mêlée sauvage. De sa main libre, Köhner tira son adversaire par les cheveux, l'écartant un instant. Il en profita pour le frapper du genou à la hanche. Steadman grogna mais ne lâcha pas la main tenant le poignard. Il savait que Köhner avait la vitesse et l'expérience pour le tuer avec son arme s'il la dégageait. Il essaya une feinte, mais se trouva coincé sous l'Allemand. La lame s'approcha de son visage, et sa pointe toucha sa pommette. Steadman vit l'éclair de triomphe dans les yeux du tortionnaire. L'acier mordit sa peau et un filet de sang coula vers son oreille. Lentement il tourna la tête et le poignard balafra sa joue. Il tenta de déséquilibrer Köhner mais l'autre tenait bon. La pointe du couteau atteignit l'os. Avec un rugissement de fureur Steadman lança son torse en avant. Le mouvement était tellement imprévu que Köhner fut déséquilibré. Ils roulèrent de nouveau ensemble, l'Allemand accentuant la traction pour refaire passer Steadman sous lui. Mais l'ancien agent du Mossad avait appris toutes les finesses du corps à corps et les automatismes jouaient encore. Il rompit le contact d'une ruade et roula sur lui-même pour s'écarter de son adversaire surpris par cette tactique. Il risquait ainsi de recevoir la lame dans le dos mais il n'avait pas le choix.

Il entendit le poignard qui frappait le parquet juste derrière lui et s'accroupit en souplesse, tandis que Köhner retirait son arme du bois.

Les deux hommes se relevèrent lentement et se firent face un instant, chacun essayant de deviner les intentions de l'autre. Steadman fixa les yeux de Köhner, le couteau dans la périphérie de son champ de vision. Le regard de son adversaire le préviendrait de son attaque. Derrière lui Craven grognait de douleur, et il savait qu'il devait conclure vite l'affrontement s'il ne voulait pas se retrouver avec deux adversaires.

Les yeux de Köhner s'agrandirent à peine juste avant qu'il bondisse. Steadman esquiva le poignard d'un retrait fluide du corps et l'Allemand fit trois pas en avant, emporté par son élan. Quand il se retourna pour frapper, Steadman n'était plus là. Il plongeait vers le pistolet lâché par Craven. Köhner se rua sur lui, certain de pouvoir planter son poignard dans le dos de son ennemi avant que celui-ci n'atteigne l'arme.

A la dernière seconde Steadman comprit la même chose et modifia sa trajectoire. Il effectua un roulé-boulé qui l'amena à côté de la chaise où on l'avait maintenu quelques instants plus tôt. En saisissant le dossier il la leva pour bloquer l'assaut de l'Allemand. Le souffle coupé, Köhner ne put éviter le second mouvement. La barre reliant les pieds de la chaise s'écrasa sur son menton et il tituba de trois pas en arrière avant de s'effondrer, pour se relever aussitôt. Mais Steadman était déjà sur lui. Il lui saisit le poignet des deux mains et abattit l'avant-bras sur son genou levé. Il ne parvint pas à le casser, comme il l'espérait, mais l'Allemand lâcha le poignard sous la douleur.

Steadman le frappa sèchement au visage et le fit reculer sous une pluie de coups. Peu à peu, il l'acculait vers la cheminée. Köhner n'était plus de force et il l'avait compris. La haine du détective ne pourrait être stoppée que par une arme. Affolé, il regarda autour de lui. Le poignard avait glissé dans l'ombre, et le pistolet était de l'autre côté de la pièce. Mais Craven se relevait lentement. Les deux mains pressées sur son sexe, la tête penchée en avant, il avait réussi à s'agenouiller et essayait de se mettre debout en grognant. S'il pensait à prendre le pistolet...

Köhner allait appeler son allié quand un crochet le toucha au visage. Il fit encore un pas en arrière et sentit la chaleur du feu dans son dos. Alors seulement il comprit l'intention de Steadman : il allait le précipiter dans les flammes. Il ne lut aucune pitié dans les yeux du détective. Désespéré il tenta un mouvement de côté mais Steadman le saisit par le col, lui assena une manchette vicieuse et le poussa dans l'âtre.

Köhner hurla quand il s'abattit sur les bûches incandescentes. Déjà Steadman s'était approché et pressait un pied sur sa poitrine, le maintenant au milieu des flammes. Sa haine pour le tortionnaire avait dévoré toute pitié en lui. Ce n'est que lorsque les cheveux de Köhner se mirent à grésiller qu'il le tira hors de la cheminée par les pans de son veston. L'Allemand hurlait et pleurait de douleur, mais Steadman n'en avait cure. Il lui arracha son veston et une bonne partie de la chemise suivit, qu'il lança dans le feu. Sans la moindre émotion il tapota les flammèches qui couraient le long du dos brûlé du tortionnaire. L'Allemand sanglotait en claquant des dents, comme s'il était gelé.

Le grognement de Craven alerta Steadman et il se

retourna juste à temps pour voir l'homme en noir tituber vers le pistolet. Le détective fonça et envoya l'arme contre le mur du pied, pour aussitôt cueillir son adversaire d'un coup sec. L'autre s'écroula lourdement mais il le releva la seconde suivante. Le saisissant par le dos de sa veste et sa ceinture, Steadman le propulsa dans une course irrésistible vers la fenêtre. Rendu impuissant par l'horreur, Craven vit le verre se précipiter à sa rencontre. La poigne de Steadman le projeta à travers la fenêtre avec une force terrifiante. Il tomba au-dehors tête la première et mourut instantanément, le cou brisé.

Steadman alla jusqu'à la grande table et s'appuya des deux mains sur le plateau. Il inspira profondément l'air froid de la nuit qui entrait par la fenêtre brisée. La fureur l'habitait toujours, car la violence n'avait pu la dissiper. Elle l'avait juste rendue glacée, dépassionnée, implacable. Il savait que le dégoût de lui-même viendrait plus tard, avec la hantise de ne pas valoir mieux que ceux qu'il haïssait. Pour l'instant néanmoins, ces pensées n'étaient pas de mise : il avait beaucoup à faire, et immédiatement.

Il se retourna et traversa la pièce jusqu'à Hannah, ignorant Köhner agenouillé qui tremblait comme une feuille. Il ne put retenir une grimace horrifiée en voyant la plaie béante. Les organes luisaient doucement dans le conglomérat sombre. Tout d'abord il la crut morte mais, quand il commença à la détacher, les paupières de l'Israélienne battirent, puis elle ouvrit les yeux. Ses lèvres frémirent sur les mots qu'elle tentait désespérément de prononcer.

— Ne parlez pas. Je vais vous amener à l'hôpital...

Il savait ces paroles sans aucun sens, car elle mourrait très bientôt, et elle en était consciente elle aussi.

— Steadman... souffla-t-elle, et il se pencha pour mieux l'entendre. La... Lance... pour... Israël, Steadman... Prenez-la... Israël...

Sa voix s'évanouit et elle cessa de respirer. Il lui ferma les yeux des doigts, puis il arrangea ses vêtements lacérés pour cacher sa nudité et la terrible blessure. Sa main effleura la joue de la jeune femme et il se releva. Il tourna vers l'Allemand un regard glacé.

Köhner le vit approcher et ses yeux s'agrandirent de peur en lisant l'expression sur son visage. Le détective le remit debout sans ménagement et le poussa contre la table, lui arrachant un hurlement de souffrance quand la chair brûlée de son dos cogna contre le bois.

— Tu vas me dire certaines choses, Köhner, siffla-t-il en approchant le visage de l'Allemand du sien. Tu vas me dire ce qui doit se passer demain. Et où se trouvent Holly Miles et Baruch Kanaan.

L'Allemand essaya de se dégager mais ses blessures et sa terreur le laissaient sans force.

— Je ne peux rien vous dire, Steadman. Je vous en prie, conduisez-moi à l'hôpital...

— Pas tant que tu ne m'auras pas dit tout ce que je veux savoir.

— Non, ils me tueront si je parle !

— Je te tuerai si tu ne dis rien.

— Je vous en prie, écoutez-moi : vous ne pouvez rien faire...

— Où est allé Gant ?

— Je ne peux pas vous le dire !

Steadman le renversa contre le plateau de la table. Ignorant sa maigre résistance il plaça un coude sous son menton et lui repoussa la tête. Puis il prit le poignet droit d'une main et de l'autre saisit l'auriculaire. Un mouvement sec et le doigt cassa.

Il ferma son esprit au rugissement de douleur de Köhner et dut faire un effort pour maîtriser son propre écœurement. Mais il devait les combattre sur leur terrain, rendre le mal pour le mal. Pour Holly. Et Baruch. Il ne les laisserait pas subir le sort de Lilla.

— Alors, Köhner : où sont-ils partis ? Où détiennent-ils la photographe ?

Le visage de l'Allemand était inondé de larmes et Steadman craignit un instant qu'il ne s'évanouisse.

— Le *Wewelsburg* ! C'est là qu'ils sont allés ! Non, je vous en supplie !

Steadman avait saisi un autre doigt. Le *Wewelsburg*... De nouveau ce nom.

— Qu'est-ce que ce « Weweslburg », Köhner ? fit-il en commençant à tordre l'annulaire en arrière.

— Une maison... Une propriété qui appartient à Gant.

— Où ?

— Sur la côte. Dans le North Devon... Non, ne faites pas ça !

Steadman accentua la pression sur le doigt.

— Où exactement ?

— Près d'un endroit appelé Hartlands. Juste après sur la route... La photographe est là, Steadman, elle n'a rien !

La Côte Ouest. Holly avait parlé d'une propriété que possédait Gant sur la Côte Ouest. Ce « Wewelsburg » ?

— Bon. Maintenant dis-moi ce que Gant s'apprête à faire. Que doit-il se passer demain ?

— Non, je ne peux pas ! Je ne peux pas vous le dire !

Sans le bruit de pas dans l'escalier, Köhner aurait perdu un second doigt.

13

« Nous devons interpréter "Parsifal" d'une façon totalement différente de celle répandue partout... Ce n'est pas la religion chrétienne selon Schopenhauer qui y est acclamée mais le sang pur, pour la protection et la glorification duquel la Fraternité des Initiés s'est réunie. »

Adolf Hitler

Les deux gardes gravirent l'escalier vers la pièce où se trouvait le prisonnier. Ils étaient armés de fusils d'assaut conçus par Gant, aux performances supérieures à ceux équipant les forces des Nations unies et d'un poids moindre. Les deux hommes étaient des mercenaires aguerris qui avaient finalement trouvé leur place dans la garde privée de Gant, une cinquantaine d'hommes soigneusement sélectionnés par Brannigan pour leurs compétences et leurs opinions d'extrême droite. Ils avaient en commun un mépris pour le monde en général et le besoin d'un chef charismatique que Gant avait comblé. Officiellement, le marchand d'armes les employait comme agents de sécurité ou expérimentateurs, et ils portaient tous une tenue vert sombre ressemblant à un uniforme sans en être réellement un. Ils n'arboraient aucun insigne, aucun grade, mais chacun connaissait sa position et ses supérieurs hiérarchiques.

Les cérémonies militaires instituées par Gant dans sa propriété du North Devon répondaient à leur goût du faste guerrier barbare. S'ils appréciaient la dureté de la discipline qu'on leur imposait, ils méprisaient les visiteurs étrangers qui venaient à la propriété pour traiter avec leur chef. Mais ils cachaient ces sentiments et exécutaient les démonstrations, expliquaient et conseillaient les éventuels acheteurs, qu'ils fussent arabes, noirs ou jaunes, parce qu'ils savaient qu'ainsi ils entretenaient les troubles mondiaux. Chacun de ces groupes de fanatiques déstabilisait un peu plus l'ordre international décadent, et un jour ils en profiteraient. On leur avait appris à obéir sans poser de question, et le sort de ceux qui avaient fauté était toujours présent à leur esprit. La pendaison avait peut-être été abolie en Grande-Bretagne, mais Edward Gant édictait ses propres lois. Ils n'avaient aucun nom particulier mais, parfois, lorsqu'ils étaient saouls et en sécurité dans la propriété, ils s'appelaient entre eux les Soldats du Quatrième Reich.

McCough et Blair avaient été laissés ici pour garder la maison, tandis que les trois autres de leur groupe étaient retournés en camion dans le North Devon. La rumeur courait d'une opération spéciale prévue pour le lendemain, mais aucun briefing n'avait eu lieu et toute spéculation de leur part était formellement interdite. Ils avaient regretté d'être laissés ici, pourtant ils n'avaient pas discuté l'ordre, pas plus que les singulières instructions de Gant.

Ils s'arrêtèrent à la moitié de l'escalier en voyant surgir les deux hommes sur le palier et les mirent aussitôt en joue. Le premier était Köhner. Son visage noirci était crispé par la douleur et les lambeaux de sa chemise calcinée pendaient sur son torse. Derrière lui se trouvait le prisonnier, le détective qui avait visité les stands de démonstration dans l'après-midi.

— Pas un geste! ordonna Blair en recommençant à gravir les marches lentement, McGough derrière lui.

Steadman n'hésita pas. Il n'avait pas pris le temps de

rechercher le pistolet dans la pièce, et il n'avait qu'une arme sous la main : Köhner. Il le poussa brutalement dans l'escalier. L'Allemand tomba en battant des bras, entraînant les deux gardes dans sa chute. Steadman descendit derrière eux. Dès que le premier homme se redressa, il l'étourdit d'un coup de genou en plein visage. L'autre voulut ramasser son fusil d'assaut, mais il l'en dissuada d'un coup de pied et l'homme s'affaissa contre la balustrade. Il releva Köhner et le força à descendre les dernières marches.

— Dépêchons. J'ai encore besoin de toi.

Il traîna à demi l'Allemand dans le grand hall, conscient qu'il risquait de recevoir une balle dans le dos à tout instant. Il aurait pu prendre un des fusils mais l'expérience lui avait appris que la fuite était la solution la plus sûre lorsqu'on était surpassé en nombre. Il ouvrit la porte d'entrée et poussa Köhner dans la nuit.

Dans l'escalier, McGough avait ramassé son arme et avait visé Steadman avant qu'il sorte. Mais il avait vu le visage de Blair tourné vers lui. Son compagnon lui faisait un signe négatif et McGough avait baissé son fusil à regret.

Steadman fut soulagé par l'absence de gardes à l'extérieur. Sa voiture était toujours là, et il y fit entrer de force Köhner avant de se mettre au volant. D'une manchette en guise d'avertissement, il dut l'empêcher de s'échapper.

— Je t'ai dit que j'avais encore besoin de toi, Köhner. Tu vas me faire passer les grilles.

Il mit le contact d'une main nerveuse, s'attendant à voir les gardes surgir de la maison. Mais la chance ne l'abandonnait pas : ils devaient encore être étourdis par son attaque car ils ne se montrèrent pas. La Celica souleva des gerbes de graviers en démarrant et fonça sur l'allée. Steadman mit les pleins phares pour éblouir le garde et les chiens à la grille. Il fallait qu'il soit au-dehors au plus vite, car les hommes de la maison ne tarderaient pas à prévenir celui du portail par téléphone, si ce n'était déjà fait.

La voiture déboucha de la longue courbe à bonne vitesse. Aveuglé par les phares, le garde leva un avant-bras devant ses yeux tandis que les deux bergers allemands tenus en laisse aboyaient follement. Steadman ralentit et arrêta la Celica à cinq mètres des grilles.

— Qui va là? cria l'homme. Éteignez ces foutus phares que je vous voie!

— Dis-lui de nous ouvrir, commanda Steadman.

Sa main blessée pressée contre son ventre, Köhner secoua la tête. Son visage maculé de cendres et de larmes était crispé par la haine.

— Crevez en enfer! grinça-t-il.

Le garde s'approchait de la voiture. Il avait glissé une main sous sa tunique pour prendre l'arme qu'il cachait dans la journée aux visiteurs. L'instinct des chiens les avait alertés et ils tiraient sur leur laisse en grondant, babines retroussées. L'homme devait enfoncer ses talons dans le gravier de l'allée pour ne pas être précipité en avant par leur traction.

Steadman n'attendit pas. Il repoussa Köhner et ouvrit sa portière. D'une bourrade il éjecta l'Allemand de son siège.

Köhner roula sur le gravier, poussa un cri de douleur et voulut se relever. C'en était trop pour les bergers allemands. Rendus fous furieux par la tension, ils échappèrent à leur maître et bondirent sur la silhouette qui se redressait en gémissant. Leurs crocs s'enfoncèrent dans cette proie facile.

Le garde était dépassé par la situation. A moitié aveuglé par les phares, il courut vers le groupe pour tenter d'arrêter ses chiens. Il brandissait son arme sans trop savoir qu'en faire.

Steadman écrasa la pédale d'accélérateur et la voiture fonça sur l'homme. Le garde fut violemment percuté et roula par-dessus le capot avant de retomber sur le côté. Le détective avait déjà freiné et sortait de la Celica. Il assomma l'homme et lui arracha son arme, puis il prit la clef qui pendait à sa ceinture par une chaînette. De l'autre côté de la voiture, les hurlements de Köhner se mêlaient aux grondements des bergers allemands mais, pour l'instant, Steadman ne pouvait rien pour lui.

Il courut jusqu'à la grille et introduisit la clef dans la serrure. Une minute plus tard, il ouvrait les battants à la volée. Puis il rebroussa chemin vers la Celica. A son tour il était ébloui par les phares, mais il remarqua que les cris de Köhner avaient cessé. Il s'écarta des faisceaux lumineux et cligna plusieurs fois des paupières. La forme de l'Allemand était inerte, et les chiens grognaient moins fort. L'un d'eux le sentit arriver et se tourna vers lui avec un grondement lourd de menace. Son congénère l'imita aussitôt. Leurs yeux brillaient dans la nuit, et Steadman comprit que le sang les avait rendus fous. Ils allaient l'attaquer. Le détective visa posément et les abattit de deux balles chacun.

Il ne jeta qu'un coup d'œil au corps déchiqueté de Köhner et se remit au volant. La voiture s'engageait sur la route quand il fut obligé de freiner brutalement. Deux silhouettes venaient de surgir du bas-côté et faisaient de grands signes des bras.

— Sexton! Steve! Que faites-vous ici?

Par la vitre baissée, Steadman considérait ses employés avec stupéfaction.

Du pouce l'ex-policier désigna son compagnon.

— Goldblatt et une femme ont été embarqués par trois hommes. Steve les a filés jusqu'ici. Est-ce que ça va, Harry?

Il venait de remarquer le sang sur la joue de son patron. Celui-ci ignora la question.

— Il faut que je trouve un téléphone au plus vite.

— Il y en a un à quatre kilomètres d'ici sur la route, Mr. Steadman, dit Steve.

— O.K. Montez tous les deux. Des types vont arriver de la maison d'un moment à l'autre.

Les deux hommes s'installèrent dans la voiture en hâte.

— C'est par là, indiqua Steve.

Steadman effectua la manœuvre avec des gestes brusques et la voiture prit de la vitesse dans la direction indiquée. Sexton eut juste le temps d'apercevoir une silhouette qui se redressait en titubant dans l'allée de la propriété. Il se tourna vers Steadman.

— Que s'est-il passé, Harry? Nous commencions à nous inquiéter...

— C'est Gant. Ce type est fou. Il a fait tuer Goldblatt et la femme. Et Maggie...

— Bon sang! Qu'allons-nous faire? Nous prévenons la police?

— Pas maintenant. Je vais appeler un certain Pope. Il travaille pour le M15. Il s'occupera de cette affaire.

— Mais ce Gant? Il va s'échapper!

— Il est déjà parti, répliqua Steadman avec amertume.

— L'hélicoptère, bien sûr! Nous avons vu un hélico quitter la propriété et un camion sortir juste après.

Steadman se rappela vaguement le bruit de rotors perçu quand il reprenait conscience dans la maison.

— Oui, c'est sans doute ça. J'en ai vu un, plus tôt dans l'après-midi. Il est parti quelque part dans le North Devon, dans un lieu qu'il appelle son « Wewelsburg ».

— Il a une propriété dans la région, où il teste des armes, dit Sexton. J'ai découvert ça ce matin. Il y a pas mal de terrains d'essais militaires dans ce coin.

Steadman acquiesça.

— Il a prévu quelque chose pour demain. Quoi, je n'en ai pas idée. Mais cela a l'air important pour lui et son groupe de malades.

— Que cherche-t-il?

— Il se prend pour un nouveau Hitler, en plus fort... Je vous l'ai dit, il est complètement cinglé. Où est ce foutu téléphone, Steve?

Ils entraient dans une petite agglomération, et Steadman ralentit.

— Ce n'est plus très loin. Un peu plus haut sur la gauche.

— Que s'est-il passé dans la propriété, Harry? s'enquit Sexton. Comment vous êtes-vous enfui?

— Gant m'a laissé là, avec son inquisiteur personnel. Heureusement pour moi, ni lui ni les quelques gardes restants ne se sont montrés très efficaces. Mais j'ai eu beaucoup de chance...

Il repéra la cabine téléphonique et se gara devant.

— Attendez-moi ici, dit-il. Et surveillez la direction d'où nous venons. Ils pourraient décider de me chercher.

Il sortit en laissant tourner le moteur, tandis que Steve et Sexton se contorsionnaient pour regarder par la lunette arrière.

Steadman composa le numéro qu'il avait appris par cœur et on décrocha presque aussitôt. Il inséra la pièce dans le monnayeur.

— Pope, annonça aussitôt une voix à l'autre bout de la ligne. Steadman se permit un soupir de soulagement.

— Pope! Dieu merci vous êtes là...

— Steadman? J'attendais votre coup de fil. J'étais même assez inquiet, pour ne rien vous cacher. Du nouveau sur Gant?

— J'ai découvert pas mal de choses, oui, mais tout est tellement incroyable... Vous aviez raison, il est à la tête d'un groupuscule appelé la *Thule Gesellschaft*.

Il lui rapporta brièvement les événements survenus chez Gant et Pope ne l'interrompit que quelques fois pour poser des questions pertinentes.

— Mais pourquoi vous avoir laissé aux mains de ce Köhner? demanda-t-il quand le détective lui narra le départ de Gant.

— Pour me soutirer des renseignements, pour savoir si d'autres personnes travaillaient avec moi. Gant prépare une grosse opération et il n'avait pas le temps de s'occuper personnellement de moi, je suppose.

— Une opération? Quelle sorte d'opération?

La voix de Pope s'était faite anxieuse.

— Je ne sais pas. Il est parti pour sa propriété du

North Devon, quelque part près de Hartlands, pour la préparer. Vous êtes au courant de ce qui pourrait se passer demain dans cette région?

Pope garda le silence un moment avant de répondre :

— Il y a bien quelque chose, oui, mais... (Un autre silence.) Non, il ne peut pas s'agir de cela. Ça ne doit avoir aucune relation avec l'endroit en lui-même. A moins que... Mon Dieu, il n'oserait pas faire cela...

— Quoi donc, Pope? N'oubliez pas que ce type est cinglé. Il est capable de n'importe quoi s'il croit que cela peut servir sa cause.

— Pas au téléphone, Harry. Je vous en parlerai plus tard. Il va nous falloir y aller. Nous connaissons les lieux. Une bonne partie de ses essais sont effectués dans cette propriété, et nous la surveillons discrètement.

— Il y a autre chose. Il a une prisonnière là-bas. Holly Miles. Il est persuadé qu'elle travaille pour le Mossad.

— La reporter? Elle travaille vraiment pour le Mossad?

— J'allais vous poser la même question.

— Aucune idée, Harry. Tout cela est un peu embrouillé, n'est-ce pas?

— Et le major Brannigan? Et ce membre du Parlement que j'ai croisé là-bas? Qu'allez-vous faire?

— Nous nous occuperons d'eux dès que nous aurons eu Gant. Mais l'affaire est très délicate...

— Les meurtres de Maggie, de Goldblatt et de Hannah — et sans doute celui de Baruch Kanaan —, sont très indélicats, Pope, rétorqua Steadman d'un ton sec.

— Bien sûr, Harry. Ils devront en répondre, ne vous inquiétez pas pour cela. Maintenant, écoutez-moi : pouvez-vous vous rendre à Hartlands?

— Vous êtes fou? Pourquoi irais-je me fourrer là-bas? C'est à vous de jouer, à présent!

Le signal sonore indiqua la fin du temps payé et Steadman introduisit une autre pièce dans la fente.

— Harry, vous êtes toujours là?

— Oui.

— J'ai besoin que vous alliez là-bas, Harry. Vous savez que seuls les Services spéciaux pourront faire les arrestations, je n'ai pas ce pouvoir au M15. Et vous êtes la seule personne qui connaisse toute l'histoire. Or, si j'ordonne un déploiement de force important, il me faut quelqu'un qui puisse le justifier là-bas. Croyez-moi, Harry, cela évitera des montagnes de complications gênantes. Ne serait-ce que pour convaincre mes supérieurs j'ai besoin que vous soyez sur place quand nous passerons à l'action.

— Pourquoi ne viendrais-je pas à votre QG maintenant? proposa Steadman.

— Ce serait compliquer les choses pour rien. Vous êtes déjà en route vers l'ouest, il est inutile que vous reveniez à Londres. J'ai besoin de vous là-bas, Harry. Vous vous en sentez le courage?

— Il faudra bien, maugréa le détective.

— Merci. Il y a une agglomération du nom de Bideford non loin de Hartlands. Choisissez un hôtel et prenez une chambre. Nous vous retrouverons facilement.

— Vous allez prévenir la police locale?

— Nous les préviendrons mais ils ne feront rien. Il y a trop de gens importants mouillés dans cette affaire pour l'ébruiter, j'en ai peur.

— Écoutez, Pope, si vous envisagez de protéger...

— S'il vous plaît, Harry, le moment n'est pas aux discussions. J'ai beaucoup à faire et vous avez encore un sacré trajet devant vous. Il faut que je fasse intercepter tous les appels téléphoniques de la propriété de Gant à Guilford, pour commencer. Si un de ces gardes dont vous m'avez parlé l'avertit avant qu'une de nos équipes ne les ait neutralisés...

— Bon sang, Pope...

— Harry, s'il vous plaît! Nous n'avons plus le temps. Souvenez-vous que la fille est en danger. Je vous verrai demain.

Pope coupa la communication et Steadman resta quelques secondes à contempler stupidement le récepteur, les sourcils froncés. D'un geste brusque il raccrocha et retourna à la voiture.

— Et maintenant, Harry? demanda Sexton.

— Je vous ramène à vos voitures. Ensuite je pars pour le Devon.

— Nous venons avec vous, Mr. Steadman? demanda Steve, les yeux brillants d'excitation.

— Non, je ne veux pas que vous soyez impliqués dans cette affaire, ni l'un ni l'autre.

— Nous travaillons avec vous, Harry, intervint Sexton avec calme. Si vous êtes impliqué, nous le sommes. Et nous avons aussi beaucoup pensé à Mrs. Wyeth.

Steadman ne put que sourire.

— Très bien. Il y a une chose que vous pouvez faire, mais je vous en parlerai en vous ramenant aux voitures. Pour l'instant, j'aimerais savoir si le mot Parsifal vous dit quelque chose. Quand j'étais dans la maison de Gant, il a dit quelque chose en allemand aux autres : « Notre Parsifal est curieux et impatient. » Il parlait de moi et il est évident qu'il ne savait pas que je comprends un peu l'allemand, que mon ex-femme en soit remerciée... Vous avez déjà entendu ce nom auparavant?

Sexton eut une moue négative, mais Steve qui était assis à l'arrière s'accouda aux sièges avant.

— Il y a bien un Parsi*val*, Mr. Steadman. C'était un des Chevaliers Teutoniques. Wagner a écrit un opéra sur lui, mais il a changé son nom en « Parsi*fal* » pour une raison que j'ignore. Le thème de l'opéra est le Saint Graal et la Sainte Lance qui fut volée au roi Amfortas, le Gardien du Graal.

Les deux détectives se retournèrent pour regarder son visage enthousiaste.

— Une Sainte Lance? répéta doucement Steadman, en camouflant son trouble.

Steve prit soudain une expression gênée.

— Eh bien... Je suis un passionné d'opéra, peut-on dire, et c'est pour ça que je connais l'histoire... Je trouve que Parsifal est une des plus grandes œuvres de Wagner. Il l'a composée...

— Et cette lance aurait été volée ? l'interrompit Steadman.

— Oui, par Klingsor, le Magicien noir. Et Parsifal devait la récupérer...

— Quel rapport avec Gant, Harry ? s'impatienta Sexton. Nous ne perdrions pas du temps, là ?

Steadman leva une main pour lui demander le silence.

— Racontez-moi toute l'histoire de Parsifal, Steve. Essayez de vous rappeler le plus de détails possible. Ce pourrait être la clef de toute cette affaire.

Steve dévisagea un instant son patron avec la plus parfaite incrédulité, puis il sourit et se lança dans son exposé de l'opéra.

14

« Mais devons-nous laisser les masses décider, ou nous incombe-t-il de les arrêter ? Ne devons-nous pas simplement créer un cercle fermé pour ceux qui sont de vrais initiés ? Un Ordre, une Fraternité de Templiers autour du Saint Graal du Sang aryen ? »

Adolf Hitler

Steadman s'allongea sur le lit et prit le paquet de cigarettes sur la table de chevet. Il en alluma une et aspira une longue goulée pour exhaler lentement ensuite, le regard perdu dans les volutes diaphanes qui s'échappaient de sa bouche. Il se sentait plus calme et son esprit s'était remis à fonctionner plus clairement.

C'est non loin d'Andover que le poids des événements récents s'était abattu sur lui. La brusque lassitude qui l'avait submergé était si intense qu'il avait dû arrêter la voiture sur le bas-côté de la route. Ce harassement avait multiplié en lui un sentiment de culpabilité et d'impuissance envers Holly et Baruch, si toutefois ce dernier était encore en vie. Dans cet état, il avait compris qu'il ne pouvait être d'aucun secours à quiconque. Il s'était appuyé sur le volant et s'était maudit pour avoir laissé l'engrenage de la violence l'emporter à nouveau. Il avait brisé le serment qu'il s'était fait après la mort de Lilla.

Bien sûr, il n'avait pas provoqué ce déchaînement, mais il avait recouru aux mêmes méthodes pour combattre ces ennemis qu'il accusait de bestialité, et il les avait employées avec une froideur qui à présent le faisait frémir. Lors de leur première entrevue, Pope avait eu raison : sa violence n'avait été que contenue, mais elle avait toujours attendu l'occasion de se déchaîner à nouveau.

Il ne ressentait aucune pitié pour Köhner ou Craven. Ils avaient mérité la mort. Mais le souvenir de son propre comportement le taraudait. Après un moment, il avait retrouvé assez d'énergie pour conduire la voiture jusqu'au plus proche motel. Il y avait passé la nuit, tombant à peine couché dans un sommeil lourd et sans rêve. Au matin, il avait pris une douche et mangé une partie d'un petit déjeuner copieux. Le réceptionniste du motel lui avait donné un large sparadrap pour sa blessure à la pommette sans lui poser de question, malgré sa curiosité manifeste. Un peu ragaillardi par sa nuit de repos et l'esprit moins troublé, il avait repris la route. Le reste du trajet n'avait pas été aussi éprouvant et lui avait laissé le temps de réfléchir à la situation. Quand il atteignit Bideford, il avait changé ses plans. Jusqu'alors son seul but avait été de protéger Holly et de laisser Pope s'occuper du marchand d'armes. A présent, il avait décidé d'affronter lui-même Gant. Après tout, n'était-ce pas la raison de son implication depuis le début : une rencontre décisive entre lui et l'Allemand?

Il consulta sa montre et fronça les sourcils. Il était impatient de voir Pope. Mais peut-être l'avait-il raté à cause de son retard? Non, l'explication ne tenait pas : Pope visiterait tous les hôtels jusqu'à ce qu'il le trouve.

Tous les éléments de cette histoire s'étaient assemblés en une cohérence des plus étranges : Hitler, la Lance de Longinus, l'analogie qu'établissait Gant entre lui, Steadman, et Parsifal. Restait l'énigme du *Wewelsburg*. Peut-être un symbole de plus, ou une ancienne croyance... Steve lui avait détaillé le thème de l'opéra de Wagner et

Steadman avait commencé à comprendre. Le sujet de l'œuvre expliquait sa participation forcée dans le schéma de Gant et pourquoi il lui fallait jouer son rôle jusqu'au bout. L'Allemand recréait la légende mais en changeant le finale pour sceller le succès futur de ses entreprises criminelles.

La sonnerie du téléphone sur la table de chevet le tira de ses réflexions.

— Mr. Steadman? Ici la réception. Deux messieurs désirent vous voir : Mr. Booth et Mr. Griggs, des amis de Mr. Pope.

— Je descends immédiatement, répondit-il avant de raccrocher.

Il écrasa sa cigarette dans le cendrier et se leva en grimaçant à cause de la raideur de ses muscles endoloris. Il sortit en enfilant son blouson.

Griggs et Booth étaient assis dans le salon d'attente, une table basse entre eux et un fauteuil vide pour lui. Il reconnut les deux agents du M15 qui avaient emporté le bijoutier hors de sa maison deux nuits plus tôt. Ils se levèrent à son arrivée et le plus grand dit :

— Heureux que vous vous en soyez sorti, Mr. Steadman. Au fait, moi c'est Griggs.

Le détective les salua d'un hochement de tête et ils s'assirent tous trois.

— Où est Pope? demanda-t-il sans préambule.

— A la propriété de Gant. Nous l'avons investie ce matin très tôt sans trop de casse.

Steadman haussa les sourcils. La rapidité de la manœuvre le surprenait.

— La photographe n'a rien?

Le deuxième homme, Booth, prit la parole :

— Elle est saine et sauve, Monsieur. Mais un peu secouée...

Il eut un sourire entendu auquel Steadman ne répondit pas.

— Et vous avez capturé Gant?

— Oui. Mr. Pope l'interroge toujours. Gant sait qu'il

a perdu la partie, mais il refuse de parler. Je crois que votre présence pourrait le déstabiliser utilement.

— Et le major Brannigan et les autres ?

— Doux comme des agneaux. Toute l'opération a été menée sans rencontrer de véritable résistance.

— Avez-vous découvert ce qu'ils projetaient pour aujourd'hui ?

— Pas encore, répondit Booth. Mais nous pensons le savoir.

— Vous pouvez me dire de quoi il s'agissait ? demanda le détective en se tournant vers Griggs qui paraissait être le supérieur de son collègue.

— J'ai bien peur que non, Mr. Steadman. Pas encore, du moins. Mais je suis sûr que Mr. Pope vous donnera tous les détails. En fait, je crois qu'ils sont assez impatients de vous voir là-bas. Les Services spéciaux ont collaboré sans poser de question, mais ils seront sans doute rassurés d'avoir un témoin pour étayer leurs accusations contre Gant. Ce que nous avons trouvé est très suspect, quoique insuffisant pour justifier des arrestations. Seul votre témoignage nous permettra de boucler Gant et ses amis.

— Mais les cadavres des deux agents du Mossad à Guildford ? Ce n'est pas une preuve ?

— Il nie être au courant.

Steadman eut un petit rire triste.

— Ils ont été exécutés dans sa propriété. Est-ce qu'il nie ce fait aussi ?

— Il prétend avoir quitté Guildford tôt hier soir, alors que vous y êtes resté.

— Et c'est moi qui les aurais tués !

— Et Köhner. Quand nous lui avons dit qu'il était mort, il a aussitôt répondu que vous étiez certainement le meurtrier.

— Il avouera bientôt, Mr. Steadman, intervint Booth. Nous avons déjà trop d'éléments contre lui et son organisation. Mais ils ont besoin de vous à la propriété. Les gars des Spéciaux n'arrêtent pas de vous réclamer.

— Très bien, allons-y, dit Steadman en se levant, et ils l'imitèrent. J'aurai juste un coup de fil à passer avant.

— Oh, vous pourrez le faire de là-bas, répondit Griggs en souriant. Il est vraiment important que vous soyez présent à la propriété de Gant le plus tôt possible. Booth et moi devons organiser la participation de la police locale pour toute cette affaire. C'est un morceau un peu gros pour eux. Je vais vous dire comment vous rendre à la propriété et vous pourrez partir devant. Mr. Pope vous attend.

Et le jeu continue... songea Steadman avec résignation.

Dix minutes plus tard, la Celica roulait sur la A39 en direction de Hartlands. La journée était maussade et des nuages sombres s'amoncelaient à l'horizon, mais il garda la vitre baissée pour sentir le vent frais sur son visage. Son esprit était clair et déterminé.

En arrivant à Hartlands il prit sur la droite et les talus s'élevèrent de chaque côté de la route, lui masquant les champs alentour. Puis la route obliqua sur la gauche et s'élargit d'un coup quand il arriva devant une église en ruines. Seule en subsistait une tour massive dont le sommet devait offrir un joli point de vue. Puis la route devint pentue et il découvrit brièvement la mer à moins de deux kilomètres avant que les talus ne lui cachent de nouveau le paysage.

L'entrée de la propriété n'était signalée par aucune plaque ni panneau, mais d'après les indications qu'on lui avait données Steadman sut qu'il était arrivé et stoppa la voiture devant les grilles ouvertes. Il se sentait soudain très seul.

Son hésitation fut de courte durée. Il engagea la voiture sur la grande allée goudronnée et accéléra un peu, comme si la vitesse pouvait chasser ses doutes. Bientôt, il repéra au loin la maison de Gant, entourée de champs et de parcelles boisées. La mer d'un gris métallique formait un arrière-plan froid à la maison, et il trouva cette vision sinistre. L'impression d'immobilité qui écrasait le paysage éveillait en lui un malaise diffus tandis qu'il approchait. De nombreuses voitures étaient garées devant la façade, mais il ne détecta aucune présence humaine. Il ralentit l'allure, retardant inconsciemment son arrivée, et sa résolution vacilla devant une appréhension croissante. Il pouvait encore faire demi-tour avant qu'ils aient la moindre chance de le capturer. Mais qu'adviendrait-il alors de Holly et de Baruch ? Il était leur dernier espoir.

Chassée par le vent, une goutte de pluie s'écrasa sur sa joue et l'averse suivit presque aussitôt, crépitant sur le capot. Devant lui, la maison grossissait à chaque seconde, menaçante, et les fenêtres sombres lui firent penser à autant d'yeux qui épiaient sa progression.

La porte principale s'ouvrit et une silhouette massive apparut sur l'étroite terrasse bordant toute la façade. Pope leva une main pour le saluer, mais Steadman n'y répondit pas. Il arrêta la voiture et coupa le moteur. Après avoir pris une profonde inspiration, il ouvrit la portière et sortit.

15

« Un jour viendra où l'on chantera les louanges du fascisme et du national-socialisme pour avoir empêché l'Europe de tomber aux mains de la fange. »

« C'est un danger qui menace tout particulièrement l'Angleterre. Les Conservateurs subiraient d'atroces épreuves si les masses prolétariennes venaient à s'emparer du pouvoir. »

« Le fanatisme est affaire de climat. »

Adolf Hitler

L'intérieur de la maison était d'une propreté d'hôpital, lui donnant des airs de sanatorium de luxe. Pope s'était écarté sans un mot en montrant la porte de bois massif ouvragé. Il suivit le détective à l'intérieur et referma derrière eux presque cérémonieusement.

— Content que vous soyez arrivé sans encombre. Nous étions inquiets ce matin, quand nous n'avons pu vous localiser dans aucun des hôtels de la ville. Heureusement nous avons recommencé plus tard.

— Je me suis arrêté en cours de route, répondit Steadman. Les derniers événements m'avaient quelque peu fatigué.

L'entrée où ils se tenaient aurait constitué une pièce de belles dimensions. La blancheur des murs n'était égayée que par quelques photographies de paysage encadrées.

— C'est calme, commenta Steadman.

Pope eut un sourire détendu.

— Nous contrôlons totalement la situation, Harry. Tout s'est très bien passé.

— Aucun problème?

— Aucun.

— Et l'opération? Vous avez découvert ce que c'était?

— Oh ! oui. Venez, vous allez tout savoir.

Le gros homme prit doucement Steadman par le coude et le mena vers une des portes ouvrant sur le hall d'entrée. Il y tambourina brièvement avant de la pousser et de s'effacer une fois encore pour laisser passer le détective.

Steadman ne fit que deux pas dans la pièce avant de s'immobiliser. Il affronta le regard narquois de Gant sans marquer de surprise. Il commençait à être las de ce jeu.

— Quel plaisir de vous revoir, Mr. Steadman. Un plaisir extrême.

Son nez artificiel était de nouveau en place, indécelable. Des yeux, le détective fit le tour de la pièce. La vue du major Brannigan, de Kristina et du vieil homme, le Dr Scheuer, lui rappela leur première rencontre à Guildford, mais il y avait également quelques nouveaux visages, pourtant familiers. Tous les regards étaient braqués sur lui, et tous trahissaient une curiosité posée, un intérêt froid.

Il se retourna en entendant la porte se refermer. Toujours souriant, Pope s'y était adossé, les deux mains derrière le dos tenant la clenche comme s'il voulait ajouter un obstacle supplémentaire pour prévenir toute fuite du détective. L'expression de bonhomie sur son visage se crispa un peu sous le regard fixe de Steadman.

— Ainsi donc il est avec vous, dit celui-ci en revenant à Gant.

— Oui, Mr. Steadman. Mr. Pope s'est montré d'une aide inappréciable pour notre cause. Tout comme vous.

— Moi ? Je n'ai rien fait pour vous aider, Gant, ni vous ni votre organisation de cinglés.

— Mais si, fit l'Allemand en s'asseyant dans un fauteuil à haut dossier. (Ses mains couvrirent les accoudoirs comme des serres.) Beaucoup d'hommes semblables à Pope sont des Thulistes, des hommes dans une position de pouvoir qui ont compris l'état de crise dans lequel s'enfonce cette nation... et le monde en général. Ne vous y trompez pas, Mr. Steadman, nous ne sommes pas une petite organisation de « cinglés », comme vous dites. Notre Société dispose d'antennes sur toute la surface du globe. Les États-Unis comptent quelques-uns de nos membres les plus influents. L'un d'eux nous rejoindra plus tard dans la soirée. Nous avons les fonds nécessaires à nos projets, assez d'influence pour les exécuter et surtout un idéal pour les justifier.

— Celui de conquérir le monde ?

— Non, Mr. Steadman. De le gouverner. Voyez les gens présents ici (sa main décrivit un large arc de cercle), je suis certain que vous en avez identifié certains : Ian Talgholm, le conseiller spécial du ministre des Finances, celui que d'aucuns surnomment son éminence grise, et non sans raison ; Morgan Henry et Sir James Oakes, deux grands capitaines d'industrie redoutés par les rats juifs autant pour leur fierté nationaliste que pour leur puissance ; le général Calderwood, qui un jour dirigera les Forces armées de ce pays et qui n'est qu'un exemple des nombreux officiers supérieurs dans nos rangs ; et enfin Lord Ewing, qui est en train de devenir le patron de presse le plus puissant du pays... Et ce ne sont là qu'une partie des membres de notre Conseil des Treize, de notre Ordre, Mr. Steadman. Les autres nous rejoindront plus tard dans la journée ou ce soir pour former ce Conseil des Treize que je préside.

— Qui sont ces autres, Gant ?

— Ah, vous êtes intéressé ? Excellent ! Il est vrai que vous êtes celui qui plus que tout autre a le droit de savoir... Après tout, les présages n'auraient pas été aussi bons sans vous...

Il gloussa et Steadman vit que tous comprenaient l'allusion, bien que certains parussent un peu incertains quant à son opportunité. Talgholm en particulier, qui prit la parole :

— Edward, croyez-vous que ce soit bien nécessaire? fit-il avec une pointe d'irritation. Nous vous avons approuvé depuis le début, mais il aurait pu mettre en danger tout le projet. Pourquoi lui en dire plus?

— Parce que, mon cher Ian, il joue un rôle clef dans ce projet, rétorqua sèchement Gant. Parce qu'il ne présente aucun danger et qu'il n'en a jamais présenté aucun.

— Pourtant, le laisser s'enfuir la nuit dernière...

— Aucun risque! Tout était prévu. Et il devait venir ici de sa propre initiative. Il fallait que ce soit *sa* décision.

Le financier regarda autour de lui pour trouver un soutien chez les autres, mais ceux-ci l'évitèrent. Avec un haussement d'épaules, il dit alors :

— Très bien. De toute façon, il ne peut rien contre nous maintenant.

— Merci, Ian, conclut Gant d'une voix froide.

Il nomma les membres de l'Ordre encore absents, parmi lesquels Steadman reconnut l'homme politique entrevu dans la BMW la veille, à Guildford; les autres étaient tous des personnages importants dans leur sphère d'activité.

— Nous ne sommes que le noyau, expliqua Gant, le corps dirigeant, pour ainsi dire. Nous formons un groupe puissant, ne trouvez-vous pas?

Steadman acquiesça, tout en se concentrant sur le nombre de noms cités.

— Vous avez dit que vous étiez treize dans votre Ordre, et vous n'avez cité que douze personnes, vous y compris. Qui est le treizième membre? Le Dr Scheuer ou le major Brannigan?

— Ni l'un ni l'autre, Mr. Steadman. Bien que tous deux soient très importants pour notre cause, ils ne sont que des outils à son service. Le major Brannigan est comme cet infortuné Köhner, que nous avions laissé entre vos mains en grise de test, soit dit en passant : un exécutant. Quant à l'estimable Dr Scheuer (il sourit aimablement au vieil homme toujours impassible), c'est notre médium, celui qui fera venir parmi nous le treizième membre du Conseil, notre Führer.

Avant même que Gant ne le nomme, Steadman sut qui était ce treizième membre de leur Conseil, de l'Ordre Teutonique des Saints Chevaliers. Ils avaient renié Hitler parce qu'il les avait trompés et s'étaient tournés vers le fondateur du Bureau occulte nazi, celui qui avait encouragé et soutenu la Société de Thulé.

Le visage de Gant s'illumina d'une passion partagée par les autres membres de l'Ordre lorsqu'il déclara :

— Cette nuit il sera parmi nous, grâce au Dr Scheuer. Et vous le rencontrerez, Mr. Steadman. Oui, vous rencontrerez notre Führer, Heinrich Himmler, avant de mourir.

Gant parla au détective pendant plus d'une heure. Le traitant presque comme un confident, ou peut-être un invité que son hôte cherche à éblouir, il lui exposa ses plans pour l'Ordre. Les autres se montrèrent d'abord réticents, mais la ferveur du marchand d'armes était communicative, le prisonnier promis à une mort certaine, et ils se permirent donc d'ajouter quelques commentaires. Ils profitaient de la présence de cet étranger pour développer à satiété l'ampleur de leurs projets communs. Le visage fermé, Steadman écoutait avec attention. Parfois il avait envie de rire, parfois il devait cacher son inquiétude devant la finesse de leurs analyses. Par des chemins tortueux mais habilement concordants, toutes ces actions menaient à un but : séparer la Grande-Bretagne en deux camps, la gauche et la droite, sans aucune position médiane possible. Chaque citoyen se verrait forcé de choisir. La guerre civile qui s'ensuivrait ne pourrait que tourner en faveur de la droite. Elle aurait l'appui de la classe riche dont les sympathies allaient aux idées nationalistes. Les classes moyennes suivraient car elles avaient trop souffert, coincées entre l'élite et le prolétariat, et elles préféreraient les rejoindre plutôt que de tenter une expérience socialiste désastreuse pour l'économie. L'Ordre leur faciliterait le choix en favorisant partout l'émergence de nouveaux leaders acquis à la cause et qui entraîneraient les foules, comme Hitler dans les années 30. Ainsi lui-même, Edward Gant, qui avait bâti sa puissance dans l'ombre et peaufinait maintenant son arrivée sur la scène publique. Il se savait assez influent pour repousser toute attaque de ceux déjà au pouvoir, et Steadman vit combien les membres du Conseil — leur Ordre — avaient été choisis avec soin. Ils étaient en mesure de compromettre des hommes détenant des positions clefs. Ensuite, au moment propice, ils jetteraient le masque et s'uniraient publiquement. Les masses conquises suivraient. Tout le succès de leur plan reposait sur une synchronisation parfaite de leurs actions, et ces actions étaient planifiées pour le moment précis où elles serviraient au mieux la cause.

Steadman les aiguillonna par quelques remarques sceptiques, et ils ne se firent pas prier pour lui fournir les informations qu'il désirait. Malgré un certain calme, leur fanatisme était tel qu'ils essayaient de convertir cet homme qu'ils savaient pourtant condamné, peut-être pour qu'il accepte avec joie son rôle sacrificiel. Et pendant tout ce temps, Kristina souriait et le vieux Dr Scheuer braquait sur lui ses orbites sombres.

La prochaine action de la Société de Thulé était imminente. D'autres avaient déjà eu lieu dans les années passées, insignifiantes en elles-mêmes mais créant un climat vital pour la déstabilisation du monde. Ils avaient aidé les attentats terroristes partout sur la planète, la naissance de dictatures explosives en Afrique et la menace russe omniprésente. La détente entre les deux grands avait même été utilisée pour mieux contrôler l'Occident. Ils avaient appuyé la dégradation des structures économiques et les revendications du Moyen-Orient qui possédait les deux tiers du pétrole mondial. Toutes ces influences souterraines alimentaient la méfiance et la tension des nations entre elles, situation dont profiteraient ceux qui voulaient imposer de nouveaux régimes fondés sur la pureté des races.

Dans bien des pays les Thulistes avaient nourri en secret l'instabilité. Ils avaient même aidé leurs ennemis à accroître leurs forces, jusqu'au point où d'autres nations se sentiraient menacées et préféreraient engager un conflit.

Gant et beaucoup d'autres comme lui vendaient des armes aux mouvements terroristes non seulement pour le profit mais aussi pour les encourager sur le chemin de l'auto-destruction. Plus ils commettaient d'actes horribles et plus ils étaient haïs. Or la peur était le levier idéal pour le Reich, car la peur engendrait les révolutions.

Un acte stratégique devait être accompli le lendemain à 1 h 55 très exactement. A ce moment l'avion du vice-Président américain arriverait au-dessus des eaux territoriales britanniques. Il se rendait à une série d'entretiens avec le Premier ministre anglais et le ministre des Affaires étrangères afin de mettre au point un plan de paix au Moyen-Orient entre les Arabes et Israël. Le monde entier savait qu'il s'agissait là du point culminant de négociations qui avaient duré des années, au grand désespoir des nations qui désiraient une nouvelle guerre pour régler le problème. Mais le *jet* du vice-Président n'atteindrait jamais le sol anglais : il serait désintégré à l'approche des côtes.

Personne ne connaîtrait l'identité du coupable, mais les soupçons se porteraient naturellement plus vers les Arabes que vers Israël, étant donné les antécédents sanglants du FPLP et de l'OLP. Bien sûr, certains « indices » indiquant un missile de fabrication soviétique seraient découverts dans les débris flottants de l'appareil.

Que le missile ait été fabriqué dans les usines d'Edward Gant et qu'il ait été tiré des côtes du North Devon ne serait jamais découvert. Les systèmes anti-radar le rendraient invisible, même aux unités de détection de la station de Hartland Point toute proche.

La séance d'explications s'arrêta là car d'autres membres de l'Ordre arrivèrent pour discuter des détails de l'opération. L'assassinat du vice-Président des États-Unis n'était qu'une des catastrophes prévues. Gant avait appris au détective que d'autres attentats auraient lieu en une succession rapide, chacun s'ajoutant au précédent pour finir par créer une hystérie dont ils profiteraient. Les actes anarchistes perpétrés par l'extrême gauche seraient encouragés et même facilités, le terrorisme aidé afin d'amener les opinions publiques à réclamer des régimes forts pour les protéger.

La porte s'ouvrit et les deux faux agents du M15 apparurent. Ni l'un ni l'autre ne lui adressa la parole en l'emmenant, et Steadman ne fit pas d'effort non plus. Il était trop occupé à analyser toutes ces nouvelles données.

Ils l'escortèrent jusqu'à l'étage puis le long d'un couloir interminable. Arrivés à la dernière porte, ils l'ouvrirent et le poussèrent à l'intérieur avant de refermer.

Holly était assise sur une couchette en face de lui, son visage aussi blanc que les murs nus de la pièce.

— Harry? fit-elle, incrédule et, la seconde suivante elle se précipitait vers lui. Que se passe-t-il, Harry? Pourquoi m'ont-ils enfermée ici?

Elle leva une main vers sa joue blessée, une expression inquiète sur ses traits. Mais il la tint à distance et la dévisagea avec froideur. Il n'était plus sûr de rien et ne pouvait plus se permettre de faire confiance à quiconque dans la situation présente. Pourtant, le plaisir qu'elle éprouvait à sa vue était infalsifiable, mais la lueur qui dansait dans ses yeux s'éteignit devant son manque de réponse.

— Harry, tu n'es pas avec eux, n'est-ce pas?

— Tu travailles pour l'Institut? contra-t-il sèchement.

— L'Institut?

— Inutile de continuer à mentir, Holly. Tu es un agent du Mossad et tu m'as joué la comédie depuis le début, comme les autres.

— Non, Harry!

Elle se dégagea et l'affronta d'un regard où la colère brillait derrière les larmes.

— Ils m'ont posé la même question. Mais que se passe-t-il ici, Harry? Pourquoi pensez-vous tous que je travaille pour les Israéliens?

Son indignation ne paraissait pas simulée et, pendant un instant, il hésita. Pouvait-il lui faire confiance? Le dernier acte du jeu morbide de Gant n'était pas encore terminé : Holly en faisait-elle partie?

— D'accord, dit-il d'un ton calme en la prenant doucement par les épaules. Dis-moi ce qui t'est arrivé, sans t'énerver. Et dis-moi qui tu es vraiment, Holly. C'est très important pour moi de le savoir.

Il la guida vers la couchette où ils s'assirent tous deux.

Elle le fixa un moment du regard, partagée entre la peine et l'incompréhension. Si elle jouait un rôle, se dit-il, elle était très forte.

— Tu sais très bien qui je suis et ce que je fais, Harry! Je te l'ai dit, je suis journaliste-photographe indépendante. Je suis venue ici pour faire un article sur Edward Gant en usant du lien de parenté que j'ai avec sa dernière femme. Pourquoi te mentirais-je?

— Et tu n'as jamais entendu les noms de David Goldblatt et Hannah Rosen? Ni celui de Baruch Kanaan? Tu n'es pas membre des Services secrets israéliens?

Elle secoua la tête avec véhémence.

— Ni des Services secrets anglais?

— Non, pour l'amour du Ciel! Non! Où me suis-je fourrée, Harry? Et qu'as-tu à faire dans tout cela?

L'autre jour à Long Valley, ce tank... pourquoi ont-ils essayé de te tuer? Qui sont-ils et qui es-tu?

Il se mit alors à lui expliquer. Il doutait toujours d'elle, mais si elle appartenait au Mossad alors elle savait déjà à peu près tout. Et si elle disait vrai... quelle importance? Mais il ne lui raconta pas tout. Par précaution.

Quand il lui apprit que les Thulistes projetaient l'assassinat du vice-Président des États-Unis à 1 h 55 du matin, elle sembla éberluée.

— C'est donc pour cela qu'ils m'ont enfermée ici.

Il la regarda sans comprendre.

— Le lance-missile, dit-elle. Je l'ai trouvé. Ils m'ont surprise alors que je le photographiais. Je croyais que c'était un autre équipement du terrain de tests de Gant. Il y a des rampes semblables un peu partout. (D'une main elle ramena ses cheveux en arrière.) Je comprends maintenant pourquoi ils étaient tellement nerveux.

Elle réussit presque à sourire.

— Où se trouve cette rampe de lancement, Holly?

— Du côté de la plage, dit-elle avec un geste imprécis vers la mer. J'avais échappé à mon « accompagnateur » — Gant ne voulait pas que j'aille n'importe où, ce qui est assez compréhensible —, en prétendant que je voulais faire une sieste. C'était la fin de l'après-midi et nous avions marché toute la journée, il m'a crue. Toujours est-il qu'il m'a escortée jusqu'à ma chambre puis s'est éclipsé. Je suis ressortie de ma chambre et de la maison et j'ai commencé à explorer les endroits qu'il avait pris soin de me faire éviter. Cette maison est très étrange, Harry. Savais-tu que l'arrière est complètement différent de cette partie, comme si ce n'était qu'une façade?

Il eut une mimique négative mais garda le silence.

— J'avais été promenée de ce côté, vers les fabriques d'armes à un kilomètre environ et au-delà, donc cette fois je suis allée dans la direction opposée, c'est-à-dire le dos de la maison. J'ai été surprise que ce soit aussi facile, mais sans doute après le départ de Gant ses hommes ont-ils un peu relâché la surveillance. Bref, j'ai contourné la maison et je suis arrivée à l'arrière. J'ai jeté un coup d'œil par les fenêtres. De ce côté-là l'intérieur ressemble à un château. C'est très vieux, avec du bois sombre et des symboles héraldiques, tu vois ce que je veux dire ? Mais toutes les portes étaient verrouillées et je n'ai pas pu entrer. J'ai entendu des gardes arriver alors je me suis écartée de la maison, en direction des falaises.

« Je me suis cachée derrière une remise pendant un moment, pour attendre que les gardes disparaissent. Elle aussi est verrouillée, et les fenêtres occultées, si bien que je n'ai pas pu voir ce qu'il y avait à l'intérieur. Lorsque les gardes ont quitté la côte je suis partie dans cette direction. Je ne cherchais rien de particulier, mais j'étais assez intriguée pour remarquer tout ce qui pourrait sortir de l'ordinaire. Et cela m'est arrivé par hasard. Je me suis enfoncée dans des broussailles pour me dissimuler en entendant une Range Rover qui arrivait. Ils font des patrouilles régulièrement dans toute la propriété. J'avançais dans les buissons et j'ai bien failli tomber dans un grand trou camouflé par un filet militaire. Il doit faire six mètres de large. A travers le filet de camouflage j'ai vu qu'il était cimenté et qu'un escalier en hélice descendait jusqu'à une source lumineuse en bas. Ce doit être le puits d'aération d'une caverne donnant sur la mer, à mon avis, mais même à marée haute elle ne peut pas être noyée car le fond du puits se trouve nettement plus haut que le sol. Et c'est là que j'ai vu le missile sur sa rampe de lancement, tourné vers la mer.

— Ils camouflent le puits sans doute à cause de tous les avions militaires qui passent par ici à basse altitude, commenta Steadman.

— Oui, c'est ce que je me suis dit aussi... Je ne voulais pas rater une telle occasion et je me suis mise à prendre des photos en rafales. J'étais si absorbée par ce que je faisais que je n'ai pas entendu les deux gardes arriver. Ils ont failli me jeter dans le puits tellement ils étaient énervés ! Ils m'ont confisqué le Pentax et m'ont ramenée ici. Et l'interrogatoire a commencé.

Elle posa une main hésitante sur l'avant-bras de Steadman, prête à l'ôter au moindre signe d'agacement. Mais il n'en parut pas irrité et elle lui sourit.

— Ils m'ont posé un tas de questions à ton sujet, Harry : ce que je sais de toi, pour qui tu travailles, si nous faisons équipe... Ensuite ils m'ont accusée d'appartenir au Mossad et je leur ai répondu la même chose qu'à toi, c'est-à-dire que je suis journaliste indépendante et que je fais ce qu'il faut pour en vivre. Eux non plus ne m'ont pas crue...

Elle le regarda droit dans les yeux.

— Ce qui s'est passé entre nous l'autre jour ne signifie donc rien pour toi ? Tu n'as pas ressenti la même chose que moi ?

Il se détourna, embarrassé.

— Mon Dieu, tu réagis comme un parfait étranger ! s'exclama-t-elle, sa colère ranimée par sa réaction.

Il aurait voulu la croire et lui faire entièrement confiance, mais une partie de lui-même ne pouvait s'y résoudre.

— Holly... Il est arrivé tant de choses ces derniers jours, je jure que je ne sais plus qui je dois croire. Ces types en bas, avec Pope, bon sang ! Ce sont des personnalités du plus haut niveau ! Et Pope... Il appartient aux Services secrets anglais. Jusqu'à un de mes clients à l'agence qui m'a surveillé depuis que j'ai quitté le Mossad ! Comment puis-je faire encore confiance à quelqu'un ?

— Je comprends, Harry, lui dit-elle doucement, son irritation envolée. Ne me fais pas confiance, reste aussi soupçonneux que tu le veux... Mais n'oublie pas une chose : tu es en danger ici, comme moi, et il faut que nous nous échappions. Est-ce que quelqu'un de l'extérieur sait que tu es ici ?

— Non, murmura-t-il, toujours méfiant.

— Pas très malin... Donc nous ne pourrons compter que sur nous-mêmes... (Elle eut un faible sourire.) Comme dans un film, hein ?

— Un mauvais film, fit-il en se levant et en allant contempler l'extérieur par la fenêtre.

— Il y a un garde en bas en permanence, l'informa-t-elle, et la fenêtre est scellée. J'ai déjà essayé de l'ouvrir. De toute façon tu te briserais les jambes de cette hauteur, et le garde te criblerait de balles avant que tu aies touché le sol.

En bas le mercenaire avait levé la tête vers Steadman, le visage sans expression mais l'attitude menaçante. Le détective se tourna vers Holly. La jeune femme paraissait avoir recouvré son calme. Avait-elle de bonnes raisons pour cela ou n'était-ce qu'une de ses qualités?

— Une idée? s'enquit-elle en remarquant la fixité de son regard.

— Nous attendons, dit-il. Gant veut me faire rencontrer quelqu'un cette nuit.

Il eut un rictus dénué d'humour en constatant sa surprise et soudain il eut l'impression qu'elle lui avait dit la vérité. Pourtant il resta sur sa position. Il pouvait se tromper.

Le visage empourpré par une colère mal maîtrisée, le major Brannigan tambourina doucement à la porte. Il avait envie de frapper le bois à coups de poings, car il savait que la femme se moquait intérieurement de son état d'esprit. Il aurait voulu ouvrir la porte à la volée et effacer ce sourire narquois d'une gifle retentissante. Pourtant il se retenait, possédé à la fois par la crainte et par un besoin d'elle désespéré.

— Qui est-ce? fit la voix de Kristina.

— C'est moi, Andrew, répondit-il d'un ton d'où avait déjà disparu la rancœur. Je peux entrer?

— C'est ouvert, Andrew.

Il pénétra dans la chambre et referma la porte derrière lui. Avant d'approcher d'elle, il hésita une seconde, frappé comme d'habitude par le désir que le simple fait de la voir éveillait en lui... et par la honte d'être ainsi esclave d'une telle créature.

Assise devant sa coiffeuse, elle glissait des mèches mouillées sous la serviette qui entourait sa chevelure. Les pans de son peignoir de bain immaculé étaient écartés, révélant une cuisse au galbe parfait. Il ne put s'empêcher de la dévorer du regard. Il brûlait de toucher cette peau soyeuse, de la caresser, de serrer son corps contre lui.

Elle savait ce que signifiait ce regard, connaissait l'étendue de son désir, et elle s'en amusait.

Il la contempla sans bouger d'un pouce, résistant à la tentation de poser la main sur son cou gracile, ce cou qu'il avait baisé tant et tant de fois et qu'il avait maintenant envie de tordre. Mais c'était inutile, il le savait : jamais il n'aurait la force d'accomplir jusqu'au bout un tel geste. Oui, il serrerait ce cou adorable avec rage, jusqu'à ce que disparaissent de ces prunelles sombres la peur, la moquerie et la panique. Alors il relâcherait son étreinte et ses mains descendraient en caresses fébriles sur ce corps éveillé à la passion. Kristina était ce genre de créature, et sa perversité complétait celle du major. Il tomberait à genoux et implorerait son pardon sans cesser de lui pétrir les seins, et elle l'imiterait. Et ils s'uniraient à leur façon, dans cette frénésie contre-nature qui les embraserait.

— Non, Andrew, dit-elle, devinant ses pensées.

Elle se retourna vers son miroir et finit de glisser les mèches humides sous la serviette. Dans la glace elle voyait ses poings crispés, et elle sourit en songeant au conflit interne qui le déchirait.

— Je t'en prie, Kristina...

Il la rejoignit, tomba à genoux et frotta sa joue contre l'étoffe rêche du peignoir de bain. Sa main se posa sur la cuisse exposée et se mit à effectuer un lent va-et-vient à l'ampleur croissante. D'une tape, elle arrêta ses mouvements puis elle rabattit les pans de son peignoir d'un geste sec.

— Tu sais ce qui doit être fait ce soir, railla-t-elle. Nous n'avons pas le temps.

— Mais pourquoi ? souffla Brannigan, abattu. Pourquoi faut-il que ce soit toi ?

Ses yeux jetèrent des éclairs.

— Tu sais pourquoi. Il doit être... souillé.

— Comme je l'ai été? Comme je le suis encore?

— C'est différent, Andrew. Cela n'a rien à voir avec...

Elle s'interrompit brusquement, mais il compléta la phrase pour elle.

— Avec le chantage? Il n'est donc pas nécessaire de le faire chanter comme tu l'as fait avec moi?

— Ça a commencé par un chantage, Andrew, c'est vrai... Mais tu as foi en notre cause à présent, n'est-ce pas? Tu me l'as dit si souvent, et tu as tant fait pour elle...

— Bien sûr. Mais pourquoi Steadman? Pour l'amour de Dieu, Kristina...

— Dieu? Qu'a-t-Il à voir dans tout cela?

Brannigan garda un silence maussade.

— Le Dr Scheuer a dit que la légende devait être réfutée, lança-t-elle, impatiente.

— Et Gant croit à toutes ces foutaises.

— Des foutaises? Comment peux-tu parler ainsi après tout ce que tu as vu?

— Je... Je ne comprends pas tout de ces choses, Kristina. Je ne comprends pas comment elles arrivent... (Sa voix se fit implorante.) Tu m'as dit que tu m'aimais. Était-ce aussi pour les besoins de la cause?

Elle passa une main derrière la tête du major et lui caressa les cheveux. Son expression s'adoucit.

— Non, bien sûr. Tu sais combien je tiens à toi... (Brannigan ne pouvait voir le sourire cynique qu'elle s'adressait dans le miroir.) Mais je dois le faire, Andrew. Notre Parsifal doit être... (son sourire s'accentua) corrompu...

D'un geste sans force, elle ramena la tête du major en arrière et plongea son regard dans le sien.

— Maintenant, tu dois aller voir si tout est prêt pour cette nuit. C'est le commencement, Andrew, et tout doit se passer comme nous le désirons... (Très vite elle déposa un baiser sur ses lèvres avides et repoussa gentiment sa main.) Non. Je dois me reposer. Cette nuit est importante pour nous tous.

Brannigan se releva maladroitement et, après un dernier regard pénétrant à Kristina, sortit d'un pas lourd de la chambre. Il se rendit dans l'aile droite de la demeure, dans la pièce voisine de celle où se trouvaient Holly Miles et Harry Steadman. Assis à une table devant un magnétophone, un homme en tenue verte leva les yeux à son arrivée et le salua d'un petit hochement de tête déférent. Il portait un casque d'écoute.

— Quelque chose? demanda le major.

L'homme eut une moue déçue.

— Ils sont silencieux depuis un moment déjà. Il lui a demandé directement si elle travaillait pour le Mossad quand il est entré, et elle a nié. Il semblerait bien qu'elle ne mente pas.

— Ou elle se doute que nous avons mis des micros dans la pièce... Steadman a dit autre chose?

— Il lui a parlé de Mr. Gant, de l'organisation et de l'opération de cette nuit. Mais il ne sait pas tout lui-même.

Brannigan approuva et retourna vers la porte.

— Continuez l'écoute jusqu'à ce qu'on vienne le chercher. J'ai toujours un doute sur cette femme. Si quelque chose d'intéressant leur échappe, je veux être prévenu immédiatement.

— Très bien, Sir.

L'homme salua et Brannigan sortit de la pièce. Cette fois il descendit l'escalier monumental et se rendit à l'entrée principale. Il voulait vérifier la position des gardes disséminés un peu partout aux limites de la propriété avant d'aller s'assurer que tout était en place pour le lancement du missile. Enfin ils allaient passer à l'action! Ils feraient le premier pas décisif dans l'accomplissement de leur rêve. Après être restée dans l'ombre de longues années, le moment était venu pour la Société de préparer l'avènement des nouveaux dirigeants. Ils commanderaient, et enfin l'armée ne serait plus une marionnette aux mains de palabreurs. La défense de la nation ne serait plus négligée. Ce relâchement affublé du nom pompeux de liberté serait jugulé, pour le plus grand bien de l'Angleterre. A ce prix seulement, le pays pourrait s'arracher à la décadence. Bien entendu, l'identité de leur véritable chef ne serait jamais évoquée. Le peuple anglais l'avait combattu avec trop d'opiniâtreté pendant la guerre pour accepter de lui obéir. Mais le résultat serait le même.

Au crépuscule, la pluie cessa, mais toute vie, humaine comme animale, paraissait s'être abritée pour échapper à l'humidité. Seul le grondement rythmé de l'océan contre les falaises venait briser le silence qui régnait sur le paysage.

La nuit referma peu à peu son voile de ténèbres sur la demeure, assombrissant les murs blancs et transformant les fenêtres en puits d'ombre. Un vent froid balayait le gazon et tentait d'arracher les dernières feuilles aux arbres.

L'obscurité devint totale et, malgré la récente pluie, une pesanteur étrange flottait dans l'atmosphère.

Il semblait que la nuit elle-même attendait.

16

« Mais un jour viendra où nous ferons un pacte avec ces hommes nouveaux en Angleterre, en France et en Amérique. Nous le scellerons lorsqu'ils seront d'accord avec le vaste processus de remise en ordre du monde et qu'ils voudront y jouer leur rôle. Alors il ne restera plus grand-chose des clichés du nationalisme, surtout parmi nous Allemands. A la place surgira une compréhension innée entre les différents éléments de la seule race supérieure. »

Adolf Hitler

— Venez donc, Harry. Chambre individuelle pour chacun.

Pope bloquait la porte de sa carrure, un sourire au visage et un parabellum 25 au poing. L'arme paraissait ridicule dans son énorme main et, comme Steadman était à distance suffisante pour ne pas représenter une menace, il le rangea dans sa poche.

Le détective se redressa sur sa couchette et posa les pieds sur le sol. Il serra brièvement la main de Holly et lui signifia de rester calme d'un regard.

— Où m'emmenez-vous? demanda-t-il à Pope.

— Maintenant que vous êtes rassuré sur la bonne santé de Miss Miles, Mr. Gant a pensé qu'il valait mieux vous isoler. Au cas où vous voudriez nous créer des problèmes...

Derrière Pope, Griggs et Booth regardaient l'intérieur de la cellule avec le même air goguenard.

Harry se leva et marcha vers le trio.

— Harry, ne va pas avec eux ! s'écria soudain Holly en bondissant de la couchette.

Pope se plaça aussitôt face à elle pour lui bloquer le passage et leva une main.

— Il n'a pas le choix, ma chère. Alors retournez vous asseoir et *restez tranquille* !

Holly le défia du regard, mais s'arrêta.

— Qu'allez-vous faire de lui, salopards ?

— Rien, Lady, absolument rien, dit-il d'une voix redevenue suave. Jusqu'à minuit... En fait ça devrait être assez agréable pour lui jusque-là...

Un des deux hommes derrière lui ricana, mais aucune lueur d'amusement ne brillait dans le regard de Pope.

— En route ! ordonna-t-il à Steadman.

Avec un dernier regard à Holly, le détective sortit de la pièce. Griggs et Booth le précédèrent dans le couloir, tandis que Pope le suivait.

La jeune femme paraissait sincèrement inquiète, songea Steadman. Était-ce réel ou un autre artifice de leur plan pour le pousser à parler à Holly afin de vérifier qu'il ne savait rien de plus que ce qu'ils désiraient ? Et savoir s'il était vraiment seul ?

Il fut mené à l'étage supérieur, le long d'un autre couloir et dans une pièce nettement plus confortable. Même s'il y faisait sombre, un feu crépitait dans une cheminée et une lampe de faible puissance diffusait une lumière presque intimiste. Un canapé avait été placé face à l'âtre, tandis qu'un lit à baldaquin occupait un coin. Soudain Steadman ressentit toute la fatigue accumulée et il dut faire un effort pour ne pas y céder. Il se tourna vers Pope.

— Pourquoi ? fit-il avec amertume. Pourquoi quelqu'un comme vous se retrouve-t-il impliqué dans tout cela ?

Le gros homme eut un rire caverneux et fit signe à ses

deux subalternes de quitter la pièce. Quand ils furent seuls, il alla jusqu'à la cheminée et contempla un moment les flammes.

— J'ai toujours été *impliqué*, Harry. Les Services secrets britanniques n'étaient pas grand-chose avant la guerre, et après... un désordre complet. Vous en avez fait partie, vous devez donc connaître l'incompétence généralisée qui y régnait.

Sans même s'en rendre compte Steadman acquiesça. Il se rappelait sa frustration devant l'apparente inanité de certains ordres. A l'époque, il s'était convaincu qu'ils avaient un motif caché valable, mais il avait fini par découvrir qu'il n'en était souvent rien. C'était une des raisons qui avait rendu le Shin Beth aussi attirant. Le Service israélien était un des plus respectés de par le monde, et son équivalent anglais ne supportait pas la comparaison. Pourtant il refusa de l'admettre devant Pope.

— Mais tout a changé aujourd'hui, fit-il. Le Service a été réorganisé, la « vieille école » ne dirige plus.

— Ah! (Pope se retourna vers lui, un sourire de gargouille sur son large visage.) La vieille école? J'en fais partie, mon ami, mais je ne partage pas les erreurs qui l'ont liée au Ministère. Même après l'écœurante tentative de l'Intelligence Service pour couvrir Philby dans les années 60, la vieille école a continué. Même après le passage à l'ennemi de Burgess et de McLean, Philby a continué de les protéger, et ils l'y ont autorisé... Rien d'étonnant à ce que la CIA ait perdu toute confiance en nous après une telle débâcle : ils ont largement souffert de notre incompétence, eux aussi. Après cela, notre coopération a été des plus légères, et c'est un euphémisme. La révélation de réseaux d'espions comme celui de Lonsdale ou l'internement d'hommes tel Vassal n'ont pas amélioré notre image de marque. Et ce ne sont que les défections connues de tous! Vous seriez surpris des désastres qu'on a passés sous silence dans « l'intérêt du service »! On ne peut pas en vouloir à ces foutus Américains de ne plus collaborer avec nous!

Steadman s'assit sur le canapé. Avant qu'il puisse parler, Pope reprit sa tirade :

— Et quand ce pays changera, cher ami, je dirigerai le service à ma façon. Plus de ronds de jambes avec les suspects, plus de chalutiers étrangers dans nos eaux. Et les passe-droits n'auront plus cours. Je purgerai le service des mous et des tapettes. Nos agents seront formés pour gagner leur salaire.

— Vous êtes aussi malade que Gant, dit calmement Steadman.

— Malade ? Ai-je un discours de malade ?

Le détective dut admettre que non, malgré l'excès des sous-entendus.

— Mais vous parlez d'une révolution, ni plus ni moins. Et c'est une chose impossible en Angleterre.

— Non, nous parlons de contre-révolution. La révolution a déjà lieu, et nous avons l'intention de briser son essor.

— Et comment empêcherez-vous la corruption d'atteindre votre propre pouvoir ?

— Par notre idéal, Harry. Vous ne comprenez donc pas ? Nous sommes un Ordre sacré. Les treize qui contrôleront le pays ne seront pas des hommes ordinaires. Mais nous n'hésiterons pas à utiliser la corruption pour combattre la corruption, nous détruirons le feu par le feu...

— Sans vous brûler vous-mêmes ?

— Notre chef spirituel veillera à ce que cela n'arrive pas.

— Himmler ? Un homme mort depuis plus de trente ans ? Comment un cadavre vous aidera-t-il, Pope ?

Le gros homme eut un sourire paisible.

— Vous devez vous reposer, maintenant. Cette nuit sera... éprouvante pour vous, Harry. (Il prit une bouteille et un verre sur le bureau de chêne dans un coin et revint les poser aux pieds de Steadman.) Cognac, dit-il en se redressant avec difficulté. Je suis sûr que vous en avez besoin. Offert par Mr. Gant. Voulez-vous manger, Harry ? Vous devez être affamé ?

Steadman secoua la tête. Le vide de son estomac ne serait pas comblé par de la nourriture. Mais l'alcool lui ferait sans doute du bien.

— Alors je vous laisse vous reposer, fit Pope en marchant jusqu'à la porte.

Pendant un instant, Steadman hésita à prendre la bouteille de cognac pour assommer le gros homme. Mais celui-ci se retourna au moment où le détective tendait la main vers le goulot.

— Je ne ferais pas ça, à votre place. Griggs et Booth sont derrière la porte ; vous n'iriez pas loin. Pas d'espoir de fuite, Harry, il faut vous y résigner. Vous avez presque rempli votre rôle, alors pourquoi ne pas vous détendre un peu et profiter de vos dernières heures ?

Avant de sortir, Pope jeta au prisonnier un regard lourd de sens.

— Merci pour votre coopération, Harry.

Et il partit en riant doucement.

Steadman resta un long moment les yeux fixés sur la porte close avant de déboucher la bouteille de cognac et de s'en servir une large dose. Au moment où il levait le verre à ses lèvres il se demanda si l'alcool était drogué. Mais pour quelle raison auraient-ils usé de ce stratagème ? Il était déjà captif ici et dans l'impossibilité de s'échapper. Avaient-ils besoin qu'il soit amoindri pour ce qu'ils préparaient ? Il en doutait : ils disposaient d'assez d'hommes pour le maîtriser. Il ne fit couler que quelques gouttes dans sa bouche et laissa le liquide lui brûler la langue pour le goûter. Était-ce son imagination ou détectait-il une très légère amertume ? Le danger aiguisait ses sens, mais la tension pouvait aussi exagérer ses craintes...

Il cracha l'alcool dans la cheminée et eut un mouvement de recul devant la brève flambée. Il considéra un moment l'alcool restant dans son verre en se demandant pour quelle raison ils pourraient essayer de le droguer, et curieusement la légende du Saint Graal qui avait inspiré le *Parsifal* de Wagner s'imposa à son esprit. Cet opéra mystique qui ne devait être joué qu'à Bayreuth, capitale spirituelle du peuple allemand, l'œuvre que Hitler pensait représenter l'idéologie divine de la Race aryenne...

Steve avait expliqué la trame de l'opéra, une dramatisation de l'histoire du Graal du XIIIe siècle, et le détective avait commencé à comprendre pourquoi Gant l'avait comparé à Parsifal. Le thème central de l'œuvre était le combat du chevalier du Graal contre ses adversaires pour la possession de la Sainte Lance, celle avec laquelle Longinus avait percé le flanc du Christ.

La Lance avait été volée par Klingsor, magicien noir du paganisme, qui avait infligé une blessure éternelle à Amfortas, le premier des Chevaliers. Dans les mains de Klingsor, la Lance était devenue une arme du Mal que seul un Chevalier d'une pureté totale pourrait lui ravir.

Dans son esprit malade, Gant se prenait pour le Magicien noir car il croyait plus au pouvoir du Mal qu'à celui du Bien. Comme Hitler, il avait rejeté le rituel chrétien attaché au mythe et avait vu en Steadman son Parsifal qui devait être vaincu pour préserver la force de la Lance. Parsifal était devenu un soldat usé, un homme dont la mère était morte de chagrin parce qu'il l'avait abandonnée alors qu'il n'était encore qu'un enfant. Bien que Steadman eût toujours cru dans les causes pour lesquelles il se battait, il aurait difficilement accepté qu'on lui attribue des mobiles d'une grande noblesse. Pourtant Gant lui avait adjugé le rôle de défenseur du Bien. Peut-être sentait-il le moment venu de passer à l'action et avait-il besoin de quelqu'un pour représenter le Bien dans son tableau final, avec cette fois la victoire du Mal comme apothéose... Une cérémonie grotesque, une parodie pour fêter l'avènement de l'Ordre nouveau ! Malgré l'aberration de toute la situation, Steadman avait du mal à en sourire. Il n'avait été attiré dans ce plan élaboré que pour tenir ce rôle. A son insu, Goldblatt leur avait fourni leur chevalier symbolique, un homme solitaire à combattre et vaincre pour sceller le succès de leur avenir. Gant avait dû être comblé quand

Maggie lui avait révélé sous la torture qu'elle était envoyée par le Mossad, mais seulement parce que son partenaire, un ex-agent des Israéliens, ex-soldat et Anglais de pure souche avait refusé.

Pope n'avait certainement eu aucune difficulté à consulter le dossier de Steadman aux Services de renseignements de l'Armée, et ils avaient sans doute été ravis des concordances — pourtant légères — entre son passé et celui du mythique Parsifal. Ensuite, ils avaient tout fait pour l'attirer dans leur piège. L'assassinat de Maggie et sa mise en scène horrible avaient eu pour seul but de le tirer de la passivité où il s'était réfugié depuis des années. De même, la visite de Pope quand il avait refusé toute action malgré la mort de son associée. La rencontre avec Gant lors de la séance de démonstrations, l'attaque du Chieftain, les révélations à Guildford étaient d'autres jalons sur le chemin qui le mènerait à un rôle actif, comme sa confrontation avec Köhner. Gant savait que s'il en sortait vainqueur il préviendrait Pope, lequel l'enverrait tout droit et sans aucun risque pour leur plan au *Wewelsburg* du marchand d'armes.

A présent, le Dernier Acte allait se dérouler, mais il demeurait une épreuve à passer, et ils voulaient qu'il échoue afin que sa dégradation inverse le cours de la légende originale. Dans le poème du XIIIe siècle adapté par Wagner pour son opéra, une femme nommée Kundry avait essayé de séduire Parsifal et de le dégrader comme elle l'avait fait à de nombreux autres chevaliers. Comment Gant pouvait établir une comparaison entre les anciens codes d'honneur et de chasteté et ceux actuels dépassait l'entendement de Steadman, mais rien n'était normal dans cette affaire. Gant et ses pairs déduiraient de sa « défaite » sexuelle ce que bon leur semblerait, il n'y pouvait rien. Il sentit la colère monter en lui et jeta le contenu du verre dans l'âtre. La flambée qui se produisit était à l'image de son esprit à cet instant précis. Ils n'avaient commis qu'une seule petite erreur : Köhner connaissait Smith, le vieil agent du Mossad, car il avait dit au détective qu'il était mort. Seuls les faux agents du M15, Griggs et Booth, pouvaient le lui avoir appris. Pope était donc impliqué directement. Cette simple déduction avait poussé Steadman à prendre quelques précautions avant de se jeter dans la gueule du loup. Seraient-elles suffisantes ? Il ne pouvait en être certain. Il consulta sa montre et jura entre ses dents. Qu'attendaient-ils ?

Il alla jusqu'à la fenêtre, elle aussi verrouillée, et resta un long moment à contempler l'obscurité.

Le bruit de la clef dans la serrure le fit se retourner. La porte s'ouvrit lentement.

Il fut presque soulagé en la voyant se glisser dans la pièce, car ce n'était pas Holly.

17

« Et je n'hésiterai pas à me servir de ces hommes anormaux, de ces aventuriers. Il en est beaucoup qui sont inutiles dans des conditions respectables mais irremplaçables pour cette tâche. »

Adolf Hitler

Holly décida qu'il était temps pour elle d'agir. Elle savait que ses hommes hésiteraient à s'approcher, mais son absence prolongée les y forcerait. Néanmoins il risquait d'être trop tard.

Elle avait été sincèrement ébahie en découvrant « par hasard » le site de missiles. Elle n'ignorait pas que Gant et sa clique avaient des projets dangereux, mais elle ne s'attendait pas à un tel potentiel de destruction. S'il était connu pour fournir les mouvements terroristes en armement, on estimait ses méthodes personnelles pour saper la civilisation occidentale plus raffinées et insidieuses. Elle avait commis une erreur grossière en se faisant surprendre alors qu'elle photographiait le site, mais sa couverture maintenait un doute dans leur esprit. Après tout, rien de plus naturel pour une reporter indépendante que d'être curieuse d'une telle découverte. Depuis une dizaine d'années, beaucoup de journalistes avaient rêvé d'un article exclusif sur « Edward Gant, Marchand d'armes du XXe siècle ». Son insistance n'avait donc rien de bien surprenant. De plus, Gant s'était mis à rechercher la publicité sur son nom, et le lien de parenté de Holly avec son ex-femme l'avait amenée à une position privilégiée. Jusqu'à quel point elle était privilégiée, la jeune femme craignait fort de l'apprendre à ses dépens.

Gant l'avait invitée la veille dans cette propriété en lui promettant une exclusivité qui rendrait jalouse toute la presse mondiale. Tôt le matin, une voiture était venue prendre la jeune femme à son appartement avec la proposition de Gant. Elle avait dû partir sans pouvoir prévenir les autres, mais elle était sûre qu'ils ne la perdaient pas de vue.

Quand Harry lui avait appris l'utilisation projetée du missile, elle avait été effarée par la fourberie du plan de Gant. On ne pourrait identifier les auteurs de l'attentat, mais les Israéliens et les Arabes s'accuseraient mutuellement, c'était une évidence. Les négociations de paix s'en trouveraient compromises. Le but était d'embraser de nouveau le Moyen-Orient, et cette fois Israël risquait fort l'anéantissement.

Puisqu'on y avait amené Harry, Holly avait supposé que des micros étaient dissimulés dans la pièce et elle avait dû nier toute connaissance de l'organisation secrète de Gant. Pourtant, elle n'avait pas menti au sujet du Mossad. Elle aurait aimé le serrer dans ses bras et lui dire qu'il n'était pas seul, que d'autres connaissaient les projets de Gant, que son gouvernement prenait très au sérieux le groupe nazi le plus puissant depuis la guerre, mais elle n'avait rien pu faire pour ôter de son visage cet air soupçonneux et fermé. Les supérieurs de Holly savaient que l'organisation de Gant étendait ses ramifications jusqu'au plus haut niveau, les Services secrets britanniques n'échappant pas à cette infiltration, et qu'ils devaient agir avec une très grande prudence dans ce pays où le nid se développait, car ce n'était pas une menace uniquement pour l'Angleterre mais bien pour le monde entier.

L'arrivée soudaine du détective sur la scène avait perturbé l'organisation de Holly et elle ne comprenait toujours pas l'importance qu'il pouvait avoir pour Gant. Sa relation affective avec Harry ne lui avait rien appris sinon qu'il avait travaillé pour le Mossad. Alors pourquoi Gant avait-il pris tant de peine pour l'amener dans son jeu ?

Holly se leva du fauteuil et s'approcha sans bruit de la porte. Elle colla son oreille contre le battant de bois et écouta. Aucun son ne lui parvenait de l'extérieur. Même s'ils ne la croyaient pas dangereuse, elle doutait qu'ils l'aient laissée sans surveillance. Elle tourna la clenche, mais la porte ne s'ouvrit pas.

— Arrêtez, fit une voix dans le couloir. Vous n'irez nulle part.

Du regard Holly parcourut la pièce, plus pour trouver une idée qu'un objet. C'est pourtant un objet qui lui donna l'idée qu'elle cherchait.

Kristina referma la porte et lui sourit.

Il devait admettre qu'elle était très belle, avec ses longs cheveux noirs encadrant un visage d'une exquise pâleur. Le rouge des lèvres aurait pu être une tache de sang sur la neige. Seuls ses yeux paraissaient étrangers au reste du visage par leur vivacité. Ils brillaient d'un feu profond où le détective crut discerner de l'amusement, mais aussi du désir.

Sa jupe en velours couleur terre de Sienne descendait jusqu'à mi-mollet. Fendue sur les côtés elle découvrait la ligne souple de sa cuisse et le cuir noir des bottes à hauts talons. Un chemisier ocre était ouvert en un décolleté provocant qui complétait sa sensualité agressive. Malgré lui, Steadman sentit l'excitation monter en lui. Il saisit son rapide coup d'œil en direction de la bouteille de cognac et maîtrisa aussitôt sa réaction.

— Je voulais vous voir, Harry, dit-elle en avançant vers lui.

— Pourquoi ? rétorqua-t-il.

Elle s'arrêta devant lui.

— Pour vous parler. Peut-être pour vous sauver.

Pendant une seconde il fut trop surpris pour répondre.

— Vous m'aideriez à sortir d'ici ?

— Je vous aiderais à échapper au sort qu'Edward Gant vous réserve.

Le peu d'espoir qui était né en Steadman mourut aussitôt.

— Comment ? se força-t-il à demander.

— En le persuadant de vous garder en vie, parce que vous pourriez lui être utile.

Elle s'était imperceptiblement rapprochée de lui, et il baissa les yeux vers elle, plus intrigué qu'attiré.

— Comment pourrais-je être utile aux Thulistes ?

— Vous êtes un homme plein de ressources ; vous avez réussi à survivre dans des situations très difficiles. Vous connaissez bien les services secrets israéliens, un ennemi naturel de notre mouvement, et tout ce que vous pourriez nous apprendre sur eux serait bienvenu. Votre passé prouve que vous pouvez vous montrer impitoyable, et c'est une qualité dont ce pays aura bientôt besoin.

— Mais ne faudrait-il pas que j'épouse la cause nazie ? fit-il d'un ton acide.

— Vous finirez par y arriver. Tous nos membres ne partagent pas nos idéaux, nous en sommes conscients. Certains ne recherchent le pouvoir que pour ce qu'il représente, non pour l'avancement de la race mais pour un gain personnel. Un jour viendra où ils verront les choses à notre façon.

— Et vous pensez que Gant me ferait confiance ?

— Il faudrait le persuader que vous en êtes digne. Je pourrais vous y aider.

— De quelle manière ?

— Je pourrais influencer son jugement... si moi-même j'avais confiance en vous. Je l'ai déjà fait par le passé...

Elle plaça une main sur son épaule et il frissonna.

— Mais pourquoi croiriez-vous en moi ?

— Si nous étions amants... (Il dut se retenir pour ne pas lui éclater de rire au visage.) Je saurais.

— Et le major Brannigan ? N'est-il pas votre amant ?

Elle lui sourit avec indulgence.

— Vous êtes très observateur. Andrew est un homme faible. Il n'a ni vos qualités ni votre force.

— Mais je parie que vous l'avez poussé à entrer dans votre petit clan.

— Quelle importance maintenant, Harry ?

Elle réduisit encore l'espace qui les séparait et finit par se presser contre lui. Le contact était à la fois repoussant et envoûtant. Le peu de cognac drogué qu'il avait bu commençait-il à faire effet ? Ou étaient-ce les yeux de Kristina ? Ils avaient une intensité singulière et il sentit son esprit envahi par une agréable lassitude. Il s'efforça de se concentrer sur la légende de Parsifal et la folie de Gant. Mais en contemplant le visage de Kristina il était difficile d'imaginer quelque motif autre que la séduction. Il ne serait pas humiliant de succomber à une telle beauté, non... D'ailleurs lui n'avait jamais prononcé de vœux de chasteté... Ses yeux sombres l'attiraient irrésistiblement et il se sentit baisser la tête, approcher ses lèvres de la bouche pulpeuse entrouverte. Il avait l'impression d'être hypnotisé, de céder au désir de la jeune femme...

En une fraction de seconde il eut l'exacte révélation de ce qui se passait : elle sapait sa volonté, se nourrissait de ses forces. Son pouvoir ne résidait pas dans son corps mais dans son esprit. Par le magnétisme de son regard, elle se gorgeait de son énergie, le plongeait dans un maelström mental où il se noyait lentement, avec délice. Elle prit sa main et la plaqua sur son sein. Il sentit la boule dure du mamelon sous sa paume. Elle pressait ses cuisses contre lui et son corps répondit sans plus de retenue. Le désir physique lui faisait oublier la légende et sa situation actuelle. Leurs lèvres se touchaient presque et seul un reste de méfiance l'empêchait encore de céder. Mais c'est sa réaction physique à elle qui le sauva. Il sentit une protubérance répondre à la sienne au niveau du sexe.

Avec un cri de rage il la repoussa et lui assena un coup de poing en plein visage. Elle recula de deux pas et s'écroula sans grâce. Il comprit soudain la raison de la tentative de séduction qu'ils avaient confiée à la créature. Ils voulaient l'avilir pour briser sa « pureté ».

La porte s'ouvrit brusquement et Pope entra, suivi de plusieurs gardes en armes. Le gros homme lança un regard rageur à Steadman avant de se tourner vers Kristina. L'androgyne couvrait d'une main son visage qui commençait déjà à enfler. Il cracha dans la direction du détective.

— Espèce de fumier! s'écria-t-il d'une voix devenue gutturale. Espèce de sale petit fumier!

Avant que Pope ou un de ses hommes puisse intervenir, Steadman avança d'un pas et lança un coup de pied à l'hermaphrodite encore au sol.

Il fallut moins de deux minutes aux gardes pour lui faire perdre connaissance sous une grêle de coups, mais il eut la satisfaction d'entendre les pleurs de Kristina avant de sombrer dans les ténèbres.

Debout sur la couchette, Holly Miles dévissa l'ampoule pendue au plafond en se protégeant la main d'une taie d'oreiller. La pièce fut soudain plongée dans l'obscurité et la jeune femme se figea un moment, le temps que sa vision s'ajuste. Au-dehors, la pleine lune émergea des nuages, accroissant la visibilité, et elle remercia le hasard. Sans bruit, elle descendit de son perchoir et vint coller son oreille contre la porte. Il n'y avait pas de bruit de conversation dans le couloir, et elle en fut soulagée. Elle doutait de pouvoir se charger de plusieurs hommes.

De ses ongles elle tambourina contre le bois.

— Eh! dit-elle à voix basse. Ouvrez. Je veux parler à Gant.

Elle ne reçut aucune réponse et frappa du poing, plus fort.
— Eh, vous! J'ai quelque chose à dire à Gant! C'est important.
Toujours aucune réponse. Elle commençait à se demander s'il y avait toujours un garde dans le couloir.
— Vous m'entendez? lança-t-elle en continuant de marteler la porte.
— Ça suffit! fit une voix de l'autre côté.
— Ah, le zombie parle! Écoutez, il faut que je voie Gant.
— Mr. Gant est occupé.
— Mais j'ai une information cruciale pour lui. Et je vous préviens, c'est important.
— La ferme! répondit le garde avec un peu d'irritation.
— Connard! siffla-t-elle.
Elle donna un coup de pied dans la porte.
— Je vous ai dit d'arrêter! grogna l'homme, un peu plus énervé.
Un autre coup de pied, plus fort.
— Je vous ai prévenue! J'ai l'ordre de vous faire tenir tranquille!
Elle shoota dans le bois avec entrain.
— Vous feriez mieux de me laisser le voir, abruti! Sinon vous allez le regretter!
Il y eut un bref silence, et elle imagina l'homme en train de réfléchir à cette éventualité.
— Qu'avez-vous à dire à Mr. Gant?
— C'est entre lui et moi.
— Oh non. Il y a une réunion importante ce soir et je ne vais pas le déranger comme ça.
— Alors appelez votre supérieur hiérarchique.
— Le major Brannigan est occupé.
Sans doute à surveiller la mise en place du missile, songea Holly.
— Très bien, alors votre capitaine ou votre sergent, ou n'importe qui au-dessus de vous! cria-t-elle.

Elle avait remarqué que les mercenaires de Gant n'avaient pas de rang défini, et elle espérait vexer celui-ci. Mais il paraissait doué d'un calme bovin.

— Laissez tomber. Ou vous allez vous attirer des ennuis.

Elle se mit à l'injurier copieusement et frappa la porte avec frénésie.

— Très bien! s'écria enfin le garde. Vous l'aurez voulu!

Le grincement de la clef tournant dans la serrure parut délicieux à Holly. Elle se jeta à plat ventre sous la couchette et attendit, priant maintenant qu'un nuage cache la lune. L'homme ouvrit la porte et la fit claquer contre le mur pour prévenir un piège de ce côté. Le canon de son pistolet-mitrailleur balaya rapidement la pièce, prêt à faire feu sur la moindre menace. La lumière du couloir ne dispensait qu'une lueur insuffisante et Holly entendit l'homme jurer.

Si c'était un véritable professionnel, Holly savait qu'il reculerait immédiatement et se collerait contre le mur du couloir pour être moins vulnérable. Elle agit donc immédiatement.

Sans se montrer, elle lança l'ampoule de l'autre côté de la pièce, sur la gauche du garde. Le verre explosa avec un bruit sec. L'homme se tourna dans cette direction et Holly roula sur le sol pour se redresser aussitôt avec souplesse et bondir dans le même mouvement. Elle le bouscula de tout son poids avant qu'il n'ait totalement pivoté. Il poussa un cri d'alarme et fut projeté contre la porte. Le choc lui fit lâcher son arme. Vive comme un chat, Holly se releva la première. Son pied atteignit à la pointe du menton l'homme qui tentait de se relever. Sa tête cogna rudement contre le chambranle et il s'affaissa avec un soupir étouffé.

Holly repoussa les cheveux de son front d'un geste machinal puis s'approcha de sa victime. Elle souleva une paupière pour vérifier que l'homme était bien assommé. Il resterait un bon moment inconscient. Elle le saisit sous les aisselles et le traîna avec une force étonnante dans la pièce. Après l'avoir ligoté et bâillonné avec les draps, elle le poussa sous la couchette puis ressortit et referma la porte. L'absence du garde alerterait sans doute toute personne arrivant dans le couloir, mais elle avait appris à ne négliger aucun atout, aussi minime fût-il. Elle avait ramassé le pistolet-mitrailleur et fut étonnée de sa légèreté. Il ressemblait beaucoup à l'Ingram mais était indiscutablement plus maniable. S'il tirait lui aussi au rythme de mille deux cents coups minute, l'armée privée de Gant était équipée du meilleur matériel.

Elle se figea et écouta, mais la courte lutte n'avait apparemment été entendue de personne. Elle suivit le couloir d'un pas silencieux, prête à se cacher dans une des encoignures de porte à la moindre alerte. Elle se dirigeait vers l'arrière de la maison en évitant l'escalier principal. Son objectif était la partie la plus ancienne de la demeure, avec son étrange tour.

Venu de la mer, un vent froid et cinglant venait buter en sifflant contre l'ancienne tour de l'église. La lune apparut un instant entre les masses nuageuses qui obscurcissaient le ciel, et sa lumière laiteuse baigna le groupe d'hommes allongés à plat ventre derrière le parapet, au sommet de la tour. Un seul était accroupi et surveillait avec de puissantes jumelles à infrarouges la demeure blanchâtre distante de quelque deux kilomètres.

— Toujours aucun mouvement, Sir, fit le guetteur en baissant la tête. A mon avis, ils se sont couchés.

L'homme à qui il s'adressait consulta le cadran luminescent de sa montre.

— Presque onze heures et demie… Le dernier hélicoptère est arrivé vers dix heures, c'est bien ça?

Accroupi à côté de lui, Sexton acquiesça.

— Oui, à peu près. Ce devait être le dernier attendu. On y va maintenant, Sir?

L'inspecteur principal Burnett aimait bien l'ex-policier Blake, mais les enjeux de cette affaire dépassaient de loin la vie d'un seul homme. L'opération était placée sous la tutelle du commissioner[1] et du ministre de l'Intérieur.

— Désolé, mais nous ne pouvons rien faire tant que le Commissioner n'en a pas donné l'ordre.

— Mais qu'attendons-nous au juste ? insista Blake. Il est peut-être mort à l'heure qu'il est !

— Écoutez, Mr. Blake, fit l'inspecteur principal d'un ton patient, je comprends votre inquiétude mais ce Steadman s'est rendu là-bas de son plein gré...

— Il a dit qu'il devait le faire, qu'il devait jouer le jeu de Gant. Il craignait pour la vie de cette jeune femme et il ne savait pas quel était son rôle exact, si elle ignorait tout ou non...

— Holly Miles. Oui. Nous savons tout d'elle à présent, dit Burnett avec une certaine lassitude.

— Pourquoi n'avons-nous pas été informés à son propos plus tôt, Sir ? fit un des hommes proches.

— Manque de confiance, Andy. Ils ont joué leur partie à couvert. Mais bon sang, qui aurait pensé que Pope était aussi roué...

— Depuis combien de temps étaient-ils au courant, eux ? demanda le sergent.

— Aucune idée. Mais vous pouvez deviner que c'est pour cette raison que la CIA était sur le coup. Personne n'était sûr de pouvoir vraiment faire confiance au M15. Si quelqu'un à l'échelon de Pope pouvait faire partie du groupe de Gant, comment savoir s'il n'y en avait pas d'autres, plus haut ou plus bas dans la hiérarchie ? — Il eut une grimace dégoûtée. — Aah, ça me rend malade rien que d'y penser...

Sexton se redressa pour détendre les muscles de ses jambes. Le vent lui gifla aussitôt le visage et il referma un peu plus le col de son manteau. Il regarda par-dessus la balustrade. Au pied de la vieille tour, bien dissimulées

1. Le plus haut gradé de la police, dans une région administrative donnée de Grande-Bretagne. Un peu l'équivalent de notre préfet.

derrière les tas de pierre de l'ancien édifice, les Range Rover des Services spéciaux étaient sagement garées, feux éteints, avec à leur bord les équipes d'assaut attendant l'ordre de passer à l'action.

Pour Sexton, les vingt heures écoulées n'avaient été qu'une longue frustration, et chaque minute accroissait son inquiétude pour Steadman. Ils avaient fait exactement ce que leur avait demandé Harry. Steve et lui avaient continué de surveiller la propriété de Guildford jusqu'à l'arrivée de la police. Les gardes étaient apparus et avaient refermé les grilles, puis ils avaient ramassé les cadavres de l'homme et des deux chiens et les avaient emmenés. Suivant les directives de Steadman, les deux détectives avaient attendu encore plusieurs heures pour laisser à Pope le temps d'agir. Mais, à l'aurore, il ne s'était toujours rien passé. Sexton avait alors eu la conviction qu'il n'arriverait rien. Il avait laissé Steve en poste — le jeune détective avait vraiment montré beaucoup de constance tout au long de la nuit — et était retourné en voiture à Londres, directement à Scotland Yard. Il y avait gardé de bons contacts, heureusement, sans quoi il aurait éprouvé des difficultés à leur faire accepter ce qu'il leur raconta. Certains de ses anciens collègues lui devaient quelques faveurs et ils avaient mené une rapide enquête. Les Services spéciaux avaient été joints pour savoir s'ils avaient des renseignements sur le sujet, et d'un coup les choses avaient pris une tout autre dimension.

Lorsque Scotland Yard pose des questions sur un membre du M15, la réaction est immédiate. Sexton se trouva bientôt interrogé par plusieurs personnes d'un rang à l'évidence élevé, dont un Américain. Il leur dit tout ce qu'il savait, à vrai dire pas grand-chose. Mais cela parut leur suffire. L'affaire fut prise en main par quelques personnes et les décisions arrêtées en un temps record.

Steve fut ramené à Londres et la propriété de Guildford placée sous surveillance discrète mais efficace, sans qu'aucune action ne soit entreprise. Les hommes de Gant, à l'intérieur, devaient se sentir en parfaite sécurité.

Beaucoup de paramètres de l'opération en cours échappaient maintenant à Sexton, et il se rendit compte que les membres des Services spéciaux qu'il côtoyait étaient plus ou moins dans le même cas. Néanmoins une chose était certaine : les autorités — et cela au plus haut niveau — étaient conscientes de l'existence d'un risque majeur, sinon elles n'auraient pas déclenché une opération d'une telle envergure. Sexton avait presque l'impression que Steadman avait servi de détonateur. Et l'Américain qui l'avait questionné pouvait également signifier que la CIA était de la partie...

Sexton s'accroupit de nouveau à l'abri du parapet et jura à mi-voix.

— Nous ne pouvons pas rester ici éternellement! s'écria-t-il.

Burnett posa une main sur son bras et se pencha vers lui.

— Nous devons attendre, Mr. Blake. Ce ne sera plus long, je vous le promets. Le commissioner doit arriver pour diriger lui-même l'opération. C'est vous dire l'importance de la chose.

— Alors pourquoi n'est-il pas encore là? rétorqua rageusement Sexton. Pourquoi nous fait-il mariner?

— Je n'en suis pas certain, mais je crois qu'il doit arranger une action concertée. Il semblerait qu'il ne s'agisse pas d'un simple groupuscule de terroristes fanatisés mais de salopards très bien placés, des types aussi riches et influents que Gant, peut-être même plus. A mon avis, le commissioner a dû consulter le Premier ministre en personne pour définir la meilleure façon d'agir.

— N'empêche que nous perdons un temps précieux!

— Nous aurons investi les lieux dans les minutes qui suivront le feu vert. Nous avons un contingent de commandos de marine qui ont été acheminés de leur base de Plymouth par des hélicoptères de la Royal Navy

Air Force et qui attendent, comme nous. Nous savons que Gant s'est constitué une sorte de garde prétorienne de mercenaires et, s'il y a résistance, nous devrons frapper fort. Il y aura du sang de versé, sans doute. En ce qui me concerne, je suis aussi pressé que vous d'en finir, mais nous devons attendre les ordres. Alors soyez patient et essayez de ne pas trop vous en faire pour Steadman. Jusqu'à présent, il s'en est plutôt bien tiré, non ?

Sexton serra les mâchoires. Oui, Harry s'était bien débrouillé jusqu'ici. Il avait eu de la chance. Mais combien de temps encore lui sourirait-elle ?

18

« Notre valeur est plus grande que celle des adversaires qui nous dépassent et nous dépasseront toujours en nombre. Notre valeur est plus grande parce que notre sang nous permet d'inventer plus que les autres, d'être de meilleurs chefs. Nous devons bien comprendre que les prochaines décennies verront un combat menant à l'extermination des races inférieures qui défient l'Allemagne, car l'Allemagne est le berceau de la race nordique, seule détentrice du pur héritage de l'humanité. »

Heinrich Himmler

La vision de Steadman se focalisa peu à peu sur le sol qui défilait sous lui. Il était encore à demi groggy des coups reçus.

Il se rendit compte qu'on le traînait le long d'un couloir. Deux hommes le tenaient par les aisselles et ses pieds raclaient le sol derrière lui. Il tourna la tête et reconnut la voix : c'était celle de Griggs.

— Il a repris connaissance. Il peut marcher.

On le remit debout et il se retrouva face à Pope.

— Je suis très heureux que vous soyez de nouveau des nôtres, Harry, bien que je doute que vous partagiez cet avis dans un proche avenir.

— Allez vous faire foutre, grogna-t-il en secouant la tête pour chasser ses vertiges.

Griggs et Booth l'empêchèrent de perdre l'équilibre.

— Ah, toujours cette même arrogance, commenta Pope. Je pourrais presque vous admirer si vous ne montriez pas un tel entêtement dans l'erreur.

— Non, Pope, c'est vous qui vous entêtez dans l'erreur en croyant que vos rêves se réaliseront.

Steadman réussit à retrouver un semblant d'équilibre mais il était toujours maintenu rudement au niveau des bras.

Le gros homme eut un petit rire.

— Voyez-le comme ça si vous le voulez, Harry, dit-il sans sourire. Ça ne changera rien.

Ils continuèrent d'avancer dans le couloir et Steadman remarqua la décoration singulière des murs. Les pierres en étaient d'un gris sombre et des tapisseries étaient tendues entre les portes. Celles-ci étaient de chêne massif sculpté, avec des clenches en fer forgé. Les motifs des portes ressemblaient à des armures, chacune incrustée sur le plastron d'une plaque de pierre gravé, mais Steadman était encore trop étourdi pour en avoir la certitude.

Ils atteignirent une sorte de balcon surplombant une grande salle plongée dans une pénombre relative. Ils s'arrêtèrent en haut d'un majestueux escalier de pierre et les yeux de Steadman s'écarquillèrent devant la scène qu'il découvrait. Quelque part dans son esprit embrumé un signal d'alarme se déclencha.

L'immense pièce était décorée dans le style des anciennes salles de banquets, le sol couvert de tapis somptueux, les murs ornés de lourdes tapisseries, d'épais rideaux masquant les fenêtres. De grands cierges noirs étaient alignés autour de la pièce de façon à former le dessin d'une pointe de lance. L'effet était saisissant. Leurs flammes et le feu qui grondait derrière le dais cachant une cavité constituaient tout l'éclairage des lieux.

Au centre de la salle était disposée une très longue table de chêne entourée de chaises à haut dossier.

Chacune avait au dos une plaque métallique, et toutes étaient occupées sauf deux. Les convives s'étaient tournés vers les arrivants et regardaient fixement le détective.

Une silhouette se leva, à un bout de la table devant le dais. Steadman reconnut Gant.

— Bienvenue à notre *Wewelsburg*, lança-t-il d'une voix teintée de colère. Faites-le venir ici!

Steadman fut violemment poussé en avant et il essaya de se retenir à la balustrade pour ne pas plonger dans l'escalier. Mais il ne parvint qu'à limiter sa chute : il lâcha prise, descendit en titubant quelques marches et finit par rouler jusqu'en bas. Presque aussitôt on le releva sans ménagement. Il repoussa les mains qui le tenaient.

— Il semblerait que Kristina ait échoué dans sa tâche...

La voix de Gant était froide, sans plus aucune ironie.

— Vous pensiez vraiment que je me laisserais séduire par cette... chose? cracha l'enquêteur.

— Son pouvoir est mental, Mr. Steadman. Oui, je suis surpris que vous lui ayez résisté. Apparemment elle a encore beaucoup à apprendre de son mystagogue, le Dr Scheuer.

Gant fit un geste et une chaise fut amenée et disposée à un mètre en retrait de la table. Griggs et Booth forcèrent Steadman à s'y asseoir. D'où il était, il pouvait voir le visage de chacun des Thulistes attablés. Il eut le temps de remarquer les gardes armés de pistolets-mitrailleurs et placés dans la pénombre, près des murs, à intervalles réguliers, avant de croiser le regard halluciné d'Edward Gant. Le marchand d'armes avait remis sa prothèse nasale et ressemblait au moins à un être humain. Il était vêtu d'un costume sombre sur une chemise blanche et une cravate. Steadman s'en étonna presque. Dans l'ambiance médiévale de la pièce, il aurait mieux imaginé les Thulistes habillés de grandes capes ou d'atours moyenâgeux.

Devant chacun, sur la table, était posée une dague, et il vit à plusieurs mains gauches la même chevalière massive, au motif bizarre. Les invités qu'il avait rencontrés plus tôt étaient là, ainsi que d'autres personnalités dont il connaissait le visage par les médias. Recroquevillé sur sa chaise, le Dr Scheuer paraissait encore plus petit et fragile dans ce décor grandiose. Bien qu'il ne vît toujours pas ses prunelles noyées dans l'ombre, Steadman sentit le poids de son regard sur lui. Un instant, il fut distrait de son observation par l'arrivée de Pope qui s'assit sans grâce à sa place.

— Vous êtes un privilégié, Mr. Steadman, dit Gant, et sa voix résonna dans la salle.

— Privilégié ? De participer à cette mascarade ?

— D'être un des rares étrangers à visiter le *Wewelsburg*.

— Je suis confus de gratitude, grinça Steadman.

— Ne vous moquez pas de nous Mr. Steadman ! tonna Gant en jouant avec sa dague. Votre mort sera assez pénible, ne cherchez pas à la rendre abominable. Vous avez le privilège d'être ici, dans l'exacte réplique de la forteresse que le Reichsführer s'était fait construire en Westphalie, un sanctuaire consacré aux Chevaliers Teutoniques. Seule une poignée d'homme, douze pour être précis, étaient autorisés à visiter le domaine d'Himmler, et tous était des officiers supérieurs SS. Là, ils méditaient sur leurs origines nordiques. Chacun avait sa chambre attitrée et chaque chambre était dédiée à une des grandes figures de notre passé comme Otton le Grand, Henri l'Oiseleur, Frédéric Hohenstaufen, Philippe de Souabe ou Conrad IV. La chambre du Reichsführer était décorée en l'honneur de Henri Ier, celle d'Adolf Hitler en celui de Frédéric Barberousse. Mais Hitler refusa toujours de venir au *Wewelsburg* ! Il tourna le dos aux puissances qui avaient aidé son ascension. Il défendit même à Himmler de déposer la Sainte Lance dans son sanctuaire naturel ! Et c'est pour cette raison qu'il finit par échouer dans ses desseins, Mr. Steadman :

parce qu'à la fin de son existence, Hitler ne possédait plus la Sainte Lance... Himmler la lui avait prise!

Le marchand d'armes se retourna à demi sur sa chaise et désigna le petit autel d'un geste emphatique.

— Et depuis nous veillons sur elle!

Steadman vit alors la mallette de cuir posée sur la petite estrade et il devina son contenu sans douter de son authenticité. Ainsi la Sainte Lance existait bien...

Gant leva les yeux vers le balcon et sourit mécaniquement.

— Descendez, Kristina. Venez vous joindre à nous. Vous avez échoué, mais ce fut aussi le cas de la vraie Kundry. Cela est de peu d'importance à présent : notre triomphe est assuré.

Steadman entendit des pas sur les marches de pierre dans son dos, puis l'homme-femme passa à côté de lui. Son visage était tuméfié là où il l'avait frappé, rendant son étrange beauté presque obscène. L'androgyne s'assit derrière le Dr Scheuer.

Le vieil homme l'ignora et ne cessa pas un instant de fixer Steadman de ces orbites qu'on aurait crues vides.

Le major Brannigan émergea à cet instant de la pénombre. La haine déformait ses traits. Il se dirigea droit vers Steadman et sa main se posa sur la crosse de l'arme d'ordonnance à sa ceinture.

— Major!

Brannigan s'arrêta net au ton sec de Gant.

— Allez attendre notre dernier invité dehors, major Brannigan. Et emmenez vos hommes avec vous. Nous n'avons pas besoin d'eux ici.

— Mais... Et Steadman? répliqua le major, sans cacher sa frustration. Vous savez qu'il est dangereux...

— Je suis certain que Mr. Griggs et Mr. Booth sauraient calmer Mr. Steadman s'il devenait... agité. Maintenant allez à l'aire de l'hélicoptère. Notre invité devrait arriver très bientôt, et je ne veux pas qu'il attende.

Furieux mais obéissant, Brannigan fit demi-tour et d'un signe ordonna aux gardes de le suivre. Ils sortirent en un groupe compact.

— Veuillez excuser le major, Mr. Steadman, dit Gant. Il est jaloux à la folie dès que Kristina est concernée. Plutôt pathétique, un tel attachement, ne trouvez-vous pas ?

L'hermaphrodite releva la tête et posa sur Gant un regard brûlant. Mais le marchand d'armes ne parut pas autrement impressionné.

— Malheureusement, reprit-il d'une voix suave, elle est de la plus grande importance pour notre cause. Un jour elle remplacera le Dr Scheuer. La santé de notre cher médium n'est pas des meilleures et j'ai bien peur qu'il ne reste plus très longtemps dans notre monde. Mais je crois que l'autre lui plaira beaucoup plus...

Gant conclut sa tirade avec un sourire chaleureux à l'intention de Scheuer.

— Ne pensez-vous pas que nous devrions commencer, Edward ? fit Sir James Oaks.

— C'est mon avis aussi, ajouta Talgholm, et quelques autres marmonnèrent leur approbation. Le temps nous est compté, Edward. Le missile sera bientôt tiré.

— Messieurs, nous avons tout le temps. Notre compagnon américain a exprimé le désir d'être parmi nous, et nous nous devons de lui faire cette faveur. Vous savez tous combien il est nécessaire à la cause...

Gant leva une main pour museler les protestations, mais comme les murmures persistaient il frappa du poing sur la table.

— Suffit ! cria-t-il. Avez-vous oublié ce qui doit se passer ce soir ? L'atmosphère ne doit pas être perturbée pour le Dr Scheuer !

Tous se turent, et après quelques secondes Gant eut un sourire bref.

— Il y a trop de tension dans l'air, dit-il à Steadman sur un ton d'explication. Les membres du conseil sont... comment dire ? Très énervés.

— Ils sont aussi cinglés que vous, Gant, déclara Steadman négligemment.

— Bien sûr... Et vous êtes la seule personne saine

d'esprit dans cette salle? (La moquerie luisait de nouveau dans les yeux du marchand d'armes.) Je me demande si vous aurez encore toute votre raison au moment de mourir...

L'esprit de Steadman travaillait furieusement. Que faisaient Sexton et Steve? S'ils avaient échoué à convaincre les autorités, ou si les hommes de Gant les avaient capturés à Guildford... ils représentaient sa seule chance, et à présent elle lui paraissait bien faible.

— Très bien, Gant, fit-il. J'aimerais en savoir plus sur votre organisation. Vous vous présentez Thulistes, mais je croyais que ce genre de sociétés avait été anéanti en Allemagne après la guerre?

— Seuls les individus sont anéantis dans les guerres, pas les idéaux. Et certains d'entre nous ont survécu pour faire renaître ces idéaux.

— Vous étiez en Allemagne durant la dernière guerre?

Gant parut beaucoup se divertir de l'ébahissement du détective.

— Oh oui! gloussa-t-il. Je n'étais pas un soldat ordinaire, mais j'ai servi le Reich d'une façon plus particulière qu'au feu... Je vous ai déjà dit comment Hitler nous avait rejetés et comment, à cause de sa folie, le pouvoir de la Société de Thulé était revenu au Reichsführer Heinrich Himmler. Grâce à des plans soigneusement élaborés bien avant la fin de la guerre, Herr Himmler et moi avons réussi à échapper aux griffes des Alliés...

Les quatre hommes se hâtaient en file indienne dans le champ, et leurs pieds s'enfonçaient dans la boue à chaque pas. Leur souffle était court, en particulier celui du troisième homme. Cette partie du pays était calme, et l'on entendait à peine le bruit de la canonnade loin derrière eux. Pourtant ils ne ralentissaient pas, car ils se savaient près de la liberté, près de Kiel où les attendait le bateau.

Ils avaient échappé sans encombre à la 9e Armée

US en troquant leur grosse Mercedes blindée contre une Volkswagen beaucoup plus discrète. La petite voiture leur avait permis de couvrir une distance considérable en passant par les routes secondaires, car les autoroutes étaient trop fréquentées. Ils ne voyageaient que lorsque les conditions leur paraissaient propices. En cas contraire, ils cachaient la voiture dans les bois ou derrière des ruines d'habitations et attendaient. Mais, à présent, ils devaient poursuivre à pied car dans leur hâte ils avaient omis d'emporter des jerricans d'essence. C'était peut-être pour le mieux, avait dit le colonel SS von Köhner. Ils avaient pris assez de risques en voiture.

Le troisième homme trébucha soudain et posa un genou à terre. Von Köhner le saisit aussitôt sous l'aisselle et l'aida doucement à se relever, lui proposant de porter la mallette de cuir usé. Mais Himmler secoua la tête et ils reprirent leur traversée du champ, sans jamais cesser de surveiller les alentours.

Depuis leur départ, Heinrich Himmler avait refusé de se séparer ne fût-ce qu'un instant de la mallette contenant l'antique fer de lance. Les autres — le Reichskriminaldirektor Mueller, Erik Gantzer et le colonel SS von Köhner — portaient sur eux l'argent et les bijoux qui assureraient leur fuite, ainsi bien sûr que certains documents relatant les compromissions de compatriotes influents mais aussi de personnalités étrangères. Par malheur, ils n'avaient pu se charger que des plus importants, ceux qui pourraient être utilisés plus tard. Ses trois compagnons s'étaient partagé le transport de ces dossiers, mais le Reichsführer seul avait eu le droit de toucher la mallette.

Ils portaient tous quatre des tenues civiles. Himmler, Mueller et Köhner s'étaient débarrassés de leur uniforme dès le début de leur fuite; Erik Gantzer, lui, n'était de toute façon pas militaire. Un homme très singulier, ce Erik Gantzer, se dit Himmler en observant la haute silhouette devant lui. Son grand-père, Otto Gantzer, avait travaillé pendant des années comme maître-armurier à la

Manufacture d'Armes royale de Prusse de Spandau avant de s'établir à son compte dans la ville portuaire de Rostok. Son fils Ernst avait repris l'atelier et l'avait développé. Il avait diversifié et amélioré les armes qu'il produisait. Après des études brillantes, son fils Erik avait lui-même suivi une formation complète d'armurier chez Suhl et Zella-Mehlis, continuant la tradition familiale à la mort de son père. Exempté de service actif dans l'armée à cause de son immense contribution à l'effort de guerre, Erik Gantzer avait été le principal artisan de l'introduction de Hitler dans la Thule Gesellschaft, *société secrète dont il était un membre éminent. Il s'était montré extrêmement utile, un homme jeune sans états d'âme qui ne combattait que pour l'avenir de la race aryenne. Un vrai Allemand que Hitler avait fini par décevoir et qui avait alors prêté allégeance au Reichsführer. Et maintenant, alors que leur patrie bien-aimée était en ruines, il voulait continuer à le servir. C'était grâce à ses contacts qu'ils pourraient fuir et survivre, et son intelligence assurerait la pérennité de la cause. Il avait lui-même défini l'itinéraire et les moyens de leur fuite, établissant les relais et les caches nécessaires bien avant que la défaite allemande ne soit inévitable. Il avait refusé d'emprunter les filières nazies en place, avait mis en garde Himmler contre toute tractation avec les Alliés et avait répété cent fois que rien n'était perdu et qu'une aube nouvelle se lèverait un jour pour la cause, mais que cette renaissance devrait être préparée avec plus de subtilité, plus de précautions...*

De Kiel, le bateau devait les emmener à travers le Kieler Bucht de nuit, puis jusqu'à Ebeltoft au Danemark. De là ils s'enfonceraient dans les terres et rejoindraient un petit aérodrome privé appartenant à un ami de Gantzer. Un avion les déposerait en Islande où ils attendraient que le monde se préoccupe de sujets plus pressants que la chasse aux nazis. Alors ils iraient au Canada, puis passeraient aux États-Unis avant de terminer ce périple par une destination d'une délicieuse ironie : l'Angleterre. Un sourire amer tordit les lèvres de Himmler à cette pensée et, s'il en avait eu le souffle, il aurait ri à gorge déployée. Pas d'Amérique du Sud pour Heinrich Himmler, non! Il la laissait aux Bormann et autres Mengele!

Soudain, une douleur terrible le plia en deux et, une fois de plus, le colonel Köhner l'aida. Himmler le repoussa avec humeur. Il lui était reconnaissant de son attention mais voulait ainsi lui montrer que ce n'était rien de grave. Franz von Köhner : un autre homme de valeur! Un vrai Allemand, dévoué à la cause. C'est lui qui avait remplacé la Sainte Lance par la copie que Himmler avait fait exécuter avant même l'annexion de l'Autriche. Et jamais Hitler ne s'était rendu compte de la supercherie! Lui, Himmler, avait conservé pieusement la relique au Wewelsburg, *sa forteresse de Paperdorn, en Westphalie, devenue très vite le nouveau sanctuaire des Chevaliers Teutoniques.*

Malgré la souffrance, Himmler sourit. Von Köhner l'avait bien servi, tout comme Heinz Hintzinger, ce caporal de la Feldpolizei qui était son jumeau parfait. Quand il avait été évident que l'Allemagne perdrait la guerre, la chasse aux sosies était devenue une véritable compétition chez les dignitaires nazis. La plupart ne recherchaient un double que par lâcheté devant le sort qui les attendait. Pour Himmler, c'était différent : maintenant que le Führer avait perdu l'esprit, quelqu'un devait reprendre le flambeau pour que la cause renaisse de ses cendres, comme le phénix. Et il serait celui-là.

Plusieurs hommes lui ressemblaient autant que Hintzinger, mais il l'avait choisi parce que le caporal était prêt à mourir pour son Reichsführer. Il avait été envoyé avec une escorte qui croyait accompagner le véritable Himmler. Et il ne faisait aucun doute qu'une fois pris il croquerait la pilule de cyanure coincée dans sa bouche.

Cette fois, Himmler tomba à genoux. Il fallait qu'il se repose, juste quelques minutes. Les trois autres l'entourèrent, mais il les chassa avec irritation. Qu'ils aillent plutôt voir s'il n'y avait aucun danger au bout du champ. Von Köhner resterait avec lui.

Mueller et Gantzer s'éloignèrent à regret vers l'autre extrémité du champ, tandis que von Köhner s'accroupissait auprès de Himmler.

Il aurait aimé que Kerston, le masseur-magnétiseur, soit là pour soulager instantanément les douleurs du Reichsführer de ce fluide étrange qui émanait de ses doigts...

L'explosion fit vibrer le sol sous leurs pieds et une pluie de mottes de terre et de pierres s'abattit sur eux malgré la distance.

Ils se précipitèrent vers les deux corps. L'un d'eux avait dû marcher sur une mine ou un obus non explosé. Celui-là (Gantzer? Mueller?) était mort, à n'en pas douter.

L'homme qui bougeait encore était Erik Gantzer, mais ils ne le reconnurent que par ses vêtements lacérés. Son visage, ou plutôt ce qu'il en restait en sang était horrible à voir. Les genoux ramenés contre la poitrine, les mains entre les cuisses il se tenait l'entrejambe en grognant. Du sang jaillissait du centre de son visage, là où aurait dû se trouver son nez.

L'estomac de Himmler n'était pas aussi solide que celui du colonel SS. Il devint livide et se pencha en avant. C'est alors qu'il vit les deux pieds sectionnés devant lui. Les pieds de Mueller, dont un portait encore sa botte. Himmler tomba à genoux une nouvelle fois, lâcha la précieuse mallette de cuir et vomit à longs traits. Tout son corps frémissait sous la crispation interne qui lui brûlait les entrailles.

Il vit Köhner s'approcher du corps prostré de Gantzer, sortir de sous sa veste son Lüger et en pointer le canon sur la tempe du blessé. Himmler comprit alors que le colonel SS avait l'intention d'achever Gantzer. Non! S'il restait une chance, même minime, de le sauver, il fallait la saisir! Sur les coudes et les genoux le Reichsführer approcha de Köhner et, malgré sa douleur, se releva à temps pour saisir le poignet tenant l'arme et le détourner. Le SS ne pressa jamais la détente, mais quand il contempla le corps immobile et défiguré de Gantzer devant lui, Himmler se demanda s'il n'aurait pas dû être plus miséricordieux...

— Mais Himmler a été capturé ! Il a été formellement identifié avant de se suicider.

Gant éclata d'un rire qui sonna lugubrement dans la grande salle.

— C'était un autre homme, un sosie. Un bon Allemand prêt à se sacrifier pour son Reichsführer. Bien sûr, sa famille aurait souffert si son courage l'avait trahi au dernier moment. Heureusement, ce ne fut pas nécessaire.

— Mais on a examiné le corps, non ? Ils n'ont pas pu se satisfaire d'une simple ressemblance physique ? Ils ont dû procéder à une identification plus poussée !

— Imaginez le chaos qui régnait alors, Mr. Steadman ! des milliers, des millions de réfugiés en exode ! Avez-vous idée du nombre d'Allemaneds qui ont été pris pour Himmler, Goebbels, Göring ou Bormann ? Ou même Hitler ? Lorsqu'ils en trouvaient un qui avouait être un haut dignitaire nazi et qui lui ressemblait exactement une fois son déguisement de fuyard enlevé, croyez-vous que les Alliés se posaient beaucoup de questions ou vérifiaient tous les détails ? Non, bien sûr. Et quand le chaos s'est un peu résorbé, il était trop tard. Le corps du supposé Reichsführer avait été enterré depuis longtemps dans un endroit sans aucune marque distinctive. Croyez-moi, les suites d'un conflit sont beaucoup plus complexes qu'un plan de campagne. Les pays se disputent comme des loups à la curée les territoires à annexer sur les vaincus. Dans de telles circonstances, les erreurs d'identité ne sont pas rares, surtout si elles sont habilement provoquées.

— Mais où aurait pu aller quelqu'un comme Himmler ? Il aurait été reconnu !

— Vous oubliez le physique très quelconque de notre leader, ceci dit sans aucun irrespect, car c'était chez lui une admirable dichotomie. C'était un des plus grands héros de l'histoire allemande, et pourtant son apparence était presque insignifiante...

— J'ai lu quelque part qu'il avait tout de l'obscur employé aux écritures, lâcha le détective avec hargne.

— Tout à fait, Mr. Steadman, répondit Gant comme s'il s'agissait là d'un compliment. Un employé aux écritures avec dans les veines le plus pur sang nordique.

— Donc c'est la banalité de son apparence qui lui a permis de fuir?

— Et de vivre dans un autre pays, oui. Le plus sûr : ici même, Mr. Steadman. En Angleterre.

Stupéfait, le détective regarda les visages narquois tournés vers lui.

— Mais c'est impossible!

— Immédiatement après la guerre, oui. Bien que nous ayons eu ici de nombreux sympathisants à la cause, dont certains Thulistes qui furent internés pendant le conflit. Par la suite nous nous méfiâmes d'eux. Non, notre première étape fut le Danemark. Ce n'était pas dans notre plan, mais nous y restâmes cachés plusieurs mois. Pendant notre fuite vers Kiel, une bombe avait explosé sous nos pieds, tuant Mueller et me blessant très grièvement. Le colonel SS Köhner — oui, le père de cet imbécile dont vous vous êtes débarrassé la nuit dernière — nous accompagnait, et il voulut m'achever, mais le Reichsführer s'y opposa. Nous restâmes donc terrés au Danemark jusqu'à ce que je sois en état de voyager. Alors nous prîmes un avion pour l'Islande avant de passer au Canada, quelques années plus tard. Nous attendîmes sept ans avant d'oser entrer aux États-Unis. Nos contacts aux USA comme en Angleterre avaient été renouvelés entre-temps, et le mouvement recommençait à se développer. Nous sommes restés silencieux toutes ces années pour des raisons évidentes, et nous avons laissé les partis nationalistes les plus vulgaires attirer l'attention à notre place. Depuis le revers de 1945, nous avons utilisé l'infiltration et le noyautage pour nous positionner.

— Vous qualifiez la Deuxième Guerre mondiale de simple « revers » ?

— Oui, Mr. Steadman. Rien de plus !

Un silence tendu s'était établi autour de la table, comme si chacun mettait le détective au défi de nier l'affirmation de Gant. Steadman haussa les épaules.

— Donc Himmler a survécu durant toutes ces années ?

Gand acquiesça gravement.

— Oui. Le colonel von Köhner est mort en 1951 alors que nous étions encore au Canada. Un arrêt cardiaque. Avant de décéder il nous avait fait promettre de retrouver le jeune fils qu'il avait laissé en Allemagne et de l'éduquer dans le respect des principes de son père. Nous avons en effet retrouvé le jeune Félix, lequel nous a suivis sans problème car l'Allemagne n'avait rien à lui offrir. La femme de von Köhner était morte peu après la guerre et leur fils avait été confié à des parents éloignés. Ils acceptèrent qu'il nous rejoigne ici car ils étaient pauvres. Félix est entré parmi nous à l'âge de vingt et un ans.

— Quand... Quand êtes-vous arrivés en Angleterre, vous et Himmler ?

Le sourire de Gant fit presque frémir le détective.

— En 1963, Mr. Steadman. Une date historique.

Les autres Thulistes approuvèrent avec des hochements de tête satisfaits.

— Il était déjà très malade. Les douleurs stomacales qui l'avaient torturé toute sa vie avaient beaucoup atteint sa santé...

Steadman était tellement effaré à l'idée que l'infâme boucher nazi ait pu vivre tranquillement en Angleterre qu'il rata ce que disait Gant. Quand il reprit le fil de son discours, le marchand d'armes parlait de son mariage aux États-Unis.

— Louise était une femme extraordinaire. Issue d'une famille très riche du Sud profond, elle avait les mêmes idéaux que les nôtres. Je crois que jamais elle ne compris la véritable force de nos ambitions, pas plus que l'identité réelle du « vieil ami » que nous hébergions. Elle s'est certainement douté qu'il s'agissait d'un nazi, car elle savait que j'en avais été un, mais je ne pense pas qu'elle ait jamais soupçonné son nom. Louise vivait pour nos idéaux, et elle offrit une bonne part de sa fortune pour leur permettre de germer. Par malheur, un accident de la circulation nous l'enleva avant qu'elle ne puisse voir les premiers résultats de nos efforts.

Un bruit de rotors allant *crescendo* attira soudain l'attention de tous.

— Ah, on dirait que notre douzième membre arrive, déclara Gant.

— Le moment est venu! s'écria Lord Ewing, le magnat de la presse, et d'autres Thulistes approuvèrent avec des exclamations nerveuses.

— Pas encore, rétorqua Gant d'un ton tranchant. Vous savez tous comment cela doit avoir lieu.

Les Thulistes se calmèrent aussitôt, et Steadman fut éberlué de l'autorité de Gant sur des gens aussi puissants.

— Dites-moi, fit-il avec un calme qu'il était loin de ressentir, où a vécu Himmler en Angleterre?

— Toujours dans cette région, Mr. Steadman. Il était fasciné par les légendes arthuriennes. Les Chevaliers de la Table Ronde ne sont qu'une extrapolation des Chevaliers Teutoniques, et c'est dans cette région que sont situées la plupart de leurs actions. Il a été vraiment ravi quand j'ai fait édifier ici cette reproduction de son *Wewelsburg*. A cette époque, la *Thule Gesellschaft* était devenue une organisation très riche. J'avais créé une fabrique d'armements grâce à l'héritage laissé par ma femme, mais aussi avec les donations très importantes de nos membres secrets. De plus, quand nous sommes partis d'Allemagne nous avions emporté quelques dossiers compromettants sur des dignitaires allemands et étrangers. Ils nous ont permis d'obtenir des fonds quasi illimités, sans parler des portes qui se sont ouvertes pour nous...

Gant avait prononcé ces paroles d'un air affable, et il sourit en regardant tous les Thulistes attablés. Steadman comprit alors le rôle qu'avait joué le chantage dans la reconstruction de la Société de Thulé.

— Dans ses derniers temps, le Reichsführer souffrait beaucoup, mais il était très heureux, poursuivit le vendeur d'armes. Il savait que cette fois nous étions sur la voie du succès.

— Il est mort ici? demanda Steadman, espérant presque un démenti tant la présence du nazi planait sur les lieux.

— Oui, Mr. Steadman. Du moins dans un certain sens. Il avait soixante-cinq ans lorsque le cancer l'a emporté. Mais si son corps l'a trahi, son esprit est resté fidèle à l'achèvement de la cause. Un an après son décès il nous a envoyé quelqu'un. (Gant se tourna vers le vieux médecin.) Le Dr Scheuer était spirite en Autriche. Le Reichsführer a choisi Herr Doktor pour être son intermédiaire.

Des pas résonnèrent en dehors de la salle, puis une porte s'ouvrit dans la pénombre qui baignait les murs et une silhouette imposante avança d'une allure martiale vers eux, suivie du major Brannigan.

— Bonsoir, Messieurs.

L'accent était indubitablement américain et, quand l'arrivant entra dans la lueur des bougies, Steadman retint un grognement de surprise. Les Thulistes se levèrent pour le saluer tandis qu'il s'asseyait sur la chaise vide à côté du Dr Scheuer.

— C'est lui? s'enquit le nouveau venu en jetant un coup d'œil vif au détective.

— Oui, Général, c'est notre Parsifal, dit doucement Gant. Mr. Steadman, permettez-moi de vous présenter le major général Cutbush, de l'US Air Force.

Ils n'étaient pas fous du tout, comprit soudain Steadman. Ils disposaient réellement du pouvoir et de l'influence nécessaires pour dominer la pensée d'une nation. Pendant toutes ces années, par le chantage, la menace ou des accords mutuels sur des positions racistes, ils avaient bâti une force assez considérable pour modeler l'opinion publique dans la direction qu'ils souhaitaient. Ils réalisaient le projet de Himmler, et toute cette dévotion surprenante à l'égard du nazi dérouta le détective. Comment un tel comportement pouvait-il être partagé par des personnalités aussi puissantes ? Brusquement, Steadman se sentit terrifié.

— Bon, Edward, j'ai accepté tout ce cérémonial parce que c'est *lui* qui le veut, grogna l'Américain, mais ça ne me plaît pas du tout. C'est trop... théâtral.

— Je comprends votre opinion, général, répondit Gant, mais il serait imprudent d'aller contre *ses* désirs maintenant...

— Peut-être. Mais ça ne me plaît toujours pas... Brannigan ! (Le major avança de trois pas et se mit au garde-à-vous.) Vous ne devriez pas vous trouver déjà sur le site de lancement ?

— Nous attendions votre arrivée, Sir. Je pars immédiatement.

Et il s'éloigna vers la porte d'un pas déterminé, le dos raide.

— Foutu guignol, marmonna Cutbush en attendant que la porte se referme. Très bien, allons-y.

Gant hocha la tête en direction de Griggs et de Booth, et ils immobilisèrent les bras de Steadman.

— L'heure est venue, Parsifal, déclara Gant en allant vers l'estrade.

Il ouvrit la mallette et y prit un long objet sombre. Le détective reconnut le fer de lance de Longinus, la sainte relique dont les pouvoirs légendaires avaient causé la mort de millions d'êtres humains et offert la gloire à quelques-uns. Le métal sombre ne luisait pas, à part l'anneau d'or, mais le tranchant paraissait toujours terriblement aigu. Gant le plaça sur la table, sa pointe aplatie tournée vers le détective.

Steadman regarda la relique et un tremblement le parcourut. C'était étrange mais il lui semblait qu'une force émanait du métal froid, une force qui lui perçait déjà le cœur. Et il sut alors que c'était le sort qu'on lui avait réservé : il devait périr d'un coup de lance. Gant réfuterait la légende de Parsifal en utilisant l'arme elle-même pour tuer son adversaire.

Il ferma les yeux mais l'image s'était imprimée dans son esprit : le triangle de métal affilé, le clou planté dans l'anneau percé, les petites croix gravées... Il essaya de chasser la vision de ses pensées, mais elle était partout : un objet sombre et maléfique, une forme de mort qui vibrait d'une énergie inconnue. Du sang tachait le métal...

— Vous sentez son pouvoir, Parsifal?

Steadman ouvrit les yeux et contempla ce qui n'était plus qu'un vieux morceau de métal en forme de triangle allongé.

Il détacha son regard du fer de lance et le fixa sur Gant qui se penchait en avant. Ses yeux semblaient briller malgré la pénombre alentour.

— Connaissez-vous la légende de Parsifal par Wolfram von Eschenbach? C'est elle qui a inspiré Wagner pour son opéra mystique. Parsifal était au service d'Amfortas, le roi mourant, et il voulait reconquérir la Lance de Longinus, ce symbole saint, pour son maître. Comme vous avez voulu le récupérer pour vos maîtres... les Juifs!

— C'est faux! (Les mains affermirent leurs prises sur ses bras.) Ils voulaient que je retrouve leur agent, Baruch Kanaan. Vous le savez!

— Mensonges, Parsifal. Leur agent est venu pour voler la Lance. Il a échoué et ils vous ont envoyé.

Pourquoi Goldblatt ne lui avait-il rien dit de la Lance? Alors qu'elle agonisait dans ses bras, Hannah lui avait dit de reprendre la Lance. Mais pourquoi ne le lui avaient-ils pas expliqué dès le début? Pensaient-ils qu'en retrouvant Baruch ils pourraient retrouver la Lance? Steadman sentit l'écœurement monter en lui. Ils l'avaient utilisé comme les Thulistes le faisaient maintenant. Depuis le début il avait été manipulé de tous côtés, les uns l'utilisant comme un levier pour mettre au jour un nid de serpents, les autres comme un acteur dans un rituel symbolique.

— Vous deviez me tuer, tout comme le Chevalier Parsifal devait tuer Klingsor qui détenait la Lance dans son château. Klingsor, le Magicien noir émasculé par le roi fou, comme je l'ai été par une bombe. Le Reichsführer m'a sauvé la vie et quand il a vu mes blessures il a compris que j'étais la réincarnation de Klingsor ! Et il a su que la Lance de Longinus devait me revenir.

Les épaules de Gant s'étaient curieusement crispées sous l'effet de la tension qui le possédait. Et, pour Steadman, c'était exactement cela : Gant avait l'air possédé. Soudain le ton du vendeur d'armes changea, et il se mit à parler comme s'il révélait à des amis sûrs un secret longtemps gardé :

— La légende n'était ni un mythe ni une prophétie. C'était un avertissement. Von Eschenbach était notre guide depuis son XIIIe siècle, il nous prévenait du désastre qui nous guettait si nous n'étions pas vigilants. Et il nous a prévenus de nouveau au bon moment pendant ce siècle, par l'intermédiaire de Richard Wagner !

— C'est du délire, Gant. Aucun de vous ne le comprend ? (Une note de désespoir était apparue dans la voix de Steadman.) Vous arrangez tout pour que ça cadre et que l'histoire se rejoue, mais je ne suis pas votre Parsifal et il n'est pas votre Klingsor ! La Lance n'a aucun pouvoir. Tout est dans son esprit névrosé !

Une main s'abattit sur sa bouche pour le bâillonner et ramena sa tête en arrière. Il se débattit mais Griggs le tenait fermement.

— Non; Mr. Steadman, tout ne se passe pas que dans mon esprit, dit Gant, soudain très calme. Nous sommes guidés par quelqu'un d'autre. Quelqu'un qui vous connaît maintenant. Le même qui avait envoyé le tank à votre poursuite pour tester vos réactions et qui vous a rendu visite chez vous il y a deux nuits, mais qui a été dérangé par ce vieux Juif trop curieux. Quelqu'un qui désire vous rencontrer de nouveau... (Gant eut un rire de gorge très bas.) Face à face...

Un silence lourd descendit sur la grande salle, et chacun remarqua les ombres légères qu'agitaient les flammes des bougies. Gant s'assit et les treize posèrent leurs mains paume à plat sur la table, doigts écartés pour faire contact avec celles du voisin. Steadman les vit fermer les yeux et se concentrer. Pendant un moment, rien ne se passa, puis il eut l'impression très nette de brusquement faiblir, comme si on aspirait la force vitale de son corps. La main qui le bâillonnait se retira et il sentit plutôt qu'il ne vit les deux hommes reculer derrière lui. Il voulut se lever, mais en fut incapable. Une force invisible le maintenait sur sa chaise. Il ouvrit la bouche ; aucun son n'en sortit. Une atmosphère d'oppression s'était installée dans la salle, et il était comme écrasé par le phénomène. Il nota que plusieurs des treize s'étaient à moitié affaissés sur leur siège, la tête dodelinante. Celle du Dr Scheuer était complètement inclinée sur sa poitrine.

La salle et ses occupants paraissaient s'être figés. Les flammes des bougies n'ondulaient plus, et leur clarté avait diminué de moitié. La température chutait à une vitesse effrayante, et un froid malsain se plaqua à son corps. Il crut discerner une odeur écœurante dans l'air, et la salle devint un peu plus froide encore, et un peu plus sombre encore.

Steadman regardait fixement la pénombre derrière Gant et le Dr Scheuer, là où une forme lui avait semblé bouger. Du balcon, il avait remarqué l'escalier dans le coin reculé de la salle qui descendait jusqu'à une unique porte dont seule la moitié supérieure était visible. La forme sombre lui avait paru venir de là. Mais à présent il ne voyait plus rien et il se demanda si ce n'était pas un simple effet d'optique dû à la faiblesse de l'éclairage.

Un bourdonnement presque imperceptible parvint à

ses oreilles et son attention fut attirée par la table. Certains des Thulistes penchaient dangereusement le buste vers le plateau, comme s'ils s'étaient endormis. Mais leurs doigts se touchaient toujours, secoués par un tremblement continu. Le regard de Steadman se posa sur l'objet effilé pointé vers lui, et il sut d'instinct qu'il était la source de cette vibration ténue. L'arme ancienne était immobile et pourtant on eût dit qu'elle tremblait d'une énergie intérieure. Quand il secoua la tête pour chasser l'engourdissement qui l'avait envahi, ce simple mouvement l'étourdit presque. Il savait que la vibration n'existait que dans son esprit, mais tout semblait prouver qu'elle prenait sa source dans le fer de lance. Ses forces l'abandonnèrent un peu plus et, pendant un instant, ses yeux roulèrent dans leur orbite. Il dut rassembler toute sa volonté pour les contrôler et les fixer sur le crâne penché du Dr Scheuer.

Steadman ne pouvait détacher son regard du vieil homme. Toute l'énergie présente dans la salle paraissait s'être condensée dans son corps débile. Ceux des Thulistes qui en étaient encore capables l'observaient également, leur torse oscillant doucement de faiblesse. Le détective luttait contre cette lassitude étrange, essayant de construire un mur entre lui et cette force qui sapait sa vitalité. Mais il lui était impossible de détourner son regard de la tête courbée du Dr Scheuer.

Il vit la silhouette frêle se redresser lentement, le visage émerger peu à peu de l'ombre, jusqu'au moment où les yeux rencontrèrent ceux du détective. Et quand la tête fut totalement droite et que le regard plongea dans le sien, Steadman sentit son sang se figer et les courts cheveux de sa nuque se dresser comme au contact d'une main glacée, car il contemplait le visage haineux du Reichsführer Heinrich Himmler.

19

« Bien qu'il ait eu l'esprit d'un employé ou d'un maître d'école ordinaire, il était dominé par un autre Himmler dont l'imagination était guidée par des phrases du type : "La préservation de la Race allemande justifie tous les actes de cruauté" ou "Il faut une obéissance inconditionnelle au Führer". Cet autre Himmler pénétrait des domaines qui dépassent la simple compréhension humaine et ouvrent à d'autres mondes. »

Félix Kerton

« Pour nous la fin de cette guerre sera signifiée par une route ouverte vers l'Est, et la création d'un Grand Reich allemand qui s'étendra dans toutes les directions... »

Heinrich Himmler

Holly se glissait le long du couloir sur la pointe des pieds, avec une souplesse de chat, pour ne pas faire craquer les lattes du plancher. Elle ressentait dans l'atmosphère une tension qui n'avait rien à voir avec sa propre nervosité. L'air en était saturé.

Elle était très intriguée par l'étrangeté de la demeure, moitié maison moitié château. Pourquoi une telle construction ? Elle avait voulu se diriger vers l'arrière de la bâtisse et ces pièces à la décoration médiévale qu'elle avait vues de l'extérieur, mais le couloir qu'elle avait suivi s'était terminé abruptement par un mur. Et il était évident qu'elle n'avait pas parcouru la distance correspondant à la largeur de la maison. Elle était donc revenue vers l'escalier monumental, dans la partie avant.

Devinant qu'elle courait plus le risque de rencontrer des gardes si elle descendait au rez-de-chaussée, la jeune femme décida de monter au deuxième étage pour chercher un passage vers l'arrière de la maison. Elle gravit les marches sans bruit, le pistolet-mitrailleur prêt à l'usage. Elle regrettait maintenant de ne pas avoir fouillé le garde inconscient. L'arme était inspirée de l'Ingram MAC II et, en toute logique, elle devait elle aussi être pourvue d'un silencieux ultra-léger. Dans sa situation il lui aurait été bien utile, mais elle se fit une raison. Si quelqu'un la découvrait elle tirerait pour tuer; elle n'avait pas le choix.

Elle atteignit le palier du deuxième étage et s'immobilisa pour écouter. Pas un bruit.

Face à elle s'étendait le couloir traversant la bâtisse dans sa largeur tandis qu'un autre partait latéralement du palier, à droite et à gauche. Elle allait s'engager dans le premier quand une porte s'ouvrit devant elle.

Sa réaction fut immédiate : d'un bond de côté elle se cacha derrière le mur d'angle, prête à courir si les pas se rapprochaient. Mais leur bruit diminua. Elle risqua un coup d'œil dans le couloir principal et reconnut la femme qu'ils appelaient Kristina. Elle pressait une main sur sa joue comme si elle avait été frappée et Holly la vit chanceler et s'appuyer un instant contre le mur. La photographe retint son souffle jusqu'à ce que l'autre disparaisse.

Son intuition lui disait qu'il y avait chez cette femme quelque chose de très étrange, sans trop pouvoir définir la raison de cette impression. Mais elle se souvenait du malaise ressenti en sa présence lorsque Gant la lui avait présentée.

Kristina avait maintenant disparu au fond du couloir. Il y avait donc sans doute un accès à l'autre partie de la maison. Holly n'hésita qu'une seconde puis elle s'élança à sa suite.

Arrivée au bout du couloir, elle découvrit qu'il se terminait en forme de T et choisit la branche de droite. Celle-ci donnait sur une porte en chêne massif sculpté qui ne devait pas être celle d'un placard à balai. Holly essaya la clenche de fer forgé qui résista. La porte était fermée.

Elle revint alors sur ses pas et parcourut l'autre section du couloir. Une porte identique la barrait, mais celle-ci n'était pas verrouillée.

Holly eut l'impression de pénétrer dans un autre univers. Les murs du couloir étaient ici de pierre grise et les portes qui les perçaient toutes de bois patiné et ouvragé. L'éclairage était volontairement faible, accentuant l'atmosphère médiévale des lieux. Holly referma la porte de communication entre les deux parties de la maison et avança. La tension qu'elle détectait lui parut plus forte encore ici que dans l'autre partie.

Elle parcourut quelques mètres avant de s'arrêter devant une des portes. Aucun son ne filtrait. Sur le panneau elle remarqua un nom gravé, mais le peu de lumière en rendait la lecture difficile : Philippe de... Souabe? Où diable se trouvait la Souabe? Elle alla jusqu'à la porte suivante. Celle-ci portait un nom encore plus difficile à déchiffrer. Frédéric Hohen... Quelle signification avaient ces noms? Elle tendit de nouveau l'oreille mais ne détecta pas le moindre bruit. Après une hésitation, elle posa doucement la main sur la clenche et la fit tourner. La porte n'était pas fermée. Elle entrebâilla le battant et jeta un coup d'œil dans la pièce obscure, l'arme braquée. Mais l'endroit semblait réellement désert. Elle ouvrit la porte en grand et la lumière chiche du couloir dessina l'intérieur de la pièce.

La chambre sentait le renfermé, comme celles qui n'ont pas été occupées depuis longtemps. Le mobilier en était ancien, dominé par un énorme lit à baldaquin. Elle remarqua un portrait en pied d'un individu en tenue d'apparat. Peut-être ce Frédéric Hohen-quelque chose. Elle referma la porte et alla jusqu'à la suivante. Celle-ci portait le nom d'Henri Ier, et son instinct lui murmura qu'elle était occupée. Devait-elle entrer ou non ? Elle hésita une seconde, puis décida qu'elle ne trouverait pas Harry si elle ne le cherchait pas vraiment. Elle ouvrit la porte sans bruit.

L'odeur frappa aussitôt ses narines, une odeur infecte, comme une souillure invisible. Elle eut l'impression qu'un esprit fait de pure malveillance se précipitait vers elle et s'engouffrait dans l'ouverture qu'elle venait de créer. C'était un mélange de poussière, de sueur humaine et d'aûtre chose... De la viande décomposée ? Non, c'était indéfinissable. Elle serra les dents et repoussa complètement le battant.

Elle vit d'abord les étagères chargées de livres qui occupaient les murs. Cette chambre était plus grande que l'autre, et son mobilier plus fourni. Elle distingua un bureau de belle taille, deux chaises à haut dossier, un tapis épais aux motifs complexes et, au mur sur sa gauche, un tableau encadré par les rayonnages. Cette fois encore le personnage représenté portait des vêtements médiévaux. Sans doute Henri Ier, songea-t-elle. En face, sur le mur de droite, une autre toile dont le sujet était un homme sanglé dans l'uniforme noir de la SS. Les nazis aimaient à se comparer à leurs vieux héros.

Un bruit ténu attira son attention vers le bureau. Quelqu'un ou quelque chose avait bougé dans les ombres, là-bas. Nerveusement, elle pointa le pistolet-mitrailleur dans cette direction. Derrière le bureau, entre les deux lourds rideaux de la fenêtre, pendait le drapeau à croix gammée. Holly se sentait soudain épiée, comme si les deux portraits la surveillaient. Elle chassa cette impression irrationnelle et tendit l'oreille.

De nouveau, elle perçut le son. C'était comme un glissement sur le sol, derrière le meuble.

Sa première envie fut de sortir au plus vite de la pièce, mais elle la repoussa aussitôt. Si quelqu'un se cachait derrière le bureau, quelqu'un qui avait vu son arme, l'alarme serait donnée dès qu'elle aurait quitté la chambre. Elle n'avait pas d'autre choix que de le neutraliser.

Elle avança vers le bureau, tous les sens aux aguets. C'était un meuble imposant, trop large pour qu'elle puisse voir derrière sans se pencher. L'odeur était plus forte maintenant, et c'était celle d'un corps humain souillé qui dominait.

La réaction naturelle aurait été de contourner rapidement mais avec prudence le bureau. Holly opta pour une autre solution : elle passa par-dessus le meuble et pointa l'arme juste derrière. Elle se rendit alors compte qu'elle s'était trompée. Le mouvement ne venait pas de sous ou de derrière le bureau mais de plus loin, près du mur.

Cela ressemblait à un paquet de linges, mais malgré la faible clarté venant du couloir, elle discerna l'éclat des prunelles terrorisées qui la fixaient. L'inconnu paraissait se coller contre le mur comme pour s'y enfoncer. C'était le bruit qu'elle avait entendu : le son d'un corps qui se traînait, au prix d'un immense effort, le plus loin possible d'elle.

Elle descendit du bureau et s'accroupit auprès de la forme tremblante. C'était un homme et il était ligoté avec art et cruauté : un nœud coulant enserrait sa gorge, relié à ses mains et ses pieds liés derrière son dos, de sorte que le moindre mouvement tirait sur la corde et l'étranglait. Son cou et ses poignets étaient poissés de sang frais, sans doute dû à ses efforts dérisoires pour fuir l'arrivante. Sa chemise sale était ouverte sur un torse couvert d'hématomes, et l'odeur qui émanait de lui révélait qu'il avait uriné plusieurs fois sur lui à cause de la peur ou de la douleur. Ses cheveux étaient complètement blancs, mais en regardant ses yeux effrayés elle se rendit compte que ce n'était pas un vieil homme. Son visage était marqué de lignes de souffrance, ses yeux lourdement cernés et ses lèvres craquelées, et elle comprit que c'était un homme jeune qui avait vieilli physiquement à la suite d'épreuves terribles. La torture, songea-t-elle. Elle avait déjà vu ce genre de réaction chez des prisonniers du Viêt-nam rendus à leur pays. La plupart avaient perdu l'esprit.

— Qui êtes-vous? murmura-t-elle.

Les yeux de l'inconnu la fixaient avec terreur, mais il ne répondit pas.

— Vous pouvez me parler? Me dire qui vous êtes? Écoutez, je suis une amie. Je ne suis pas avec eux mais contre eux. Cette nuit il va se passer quelque chose que je dois absolument empêcher, et il ne reste plus beaucoup de temps. Vous devez me dire qui vous êtes.

Elle avança une main pour lui toucher l'épaule dans un geste rassurant et il fit un effort désespéré pour éviter le contact. Le mouvement resserra le nœud coulant. Un gargouillis de douleur lui échappa.

— Eh ! calmez-vous...

Elle saisit ses poignets et le souleva légèrement pour agrandir le nœud coulant. Il cessa de se tortiller. Elle se demandait s'il avait compris la manœuvre ou s'il réagissait par pur instinct animal.

— Écoutez, chuchota-t-elle, je vais vous délivrer. Mais avant je veux que vous compreniez une chose : je ne suis pas avec ceux qui vous ont fait ça. Je suis une amie, d'accord?

Elle posa le pistolet-mitrailleur sur le sol et se mit au travail. Les nœuds fixant la corde autour des poignets étaient tellement serrés qu'elle ne put les défaire. Il lui fallait quelque chose de pointu à insérer entre les boucles. Un coupe-papier sur le bureau lui permit de défaire un nœud, puis un autre, mais cela lui prit plusieurs minutes. Enfin les mains de l'homme furent libres.

Avec un soupir satisfait, Holly ôta la corde. Elle examina ses mains avec une moue fataliste. Elle s'était cassé plusieurs ongles et ses doigts étaient douloureux.

Soudain l'homme la repoussa violemment, avec une

force que son apparence fragile ne laissait pas soupçonner, et elle roula sur le côté. Quand elle se redressa il s'était agenouillé et braquait sur elle le pistolet-mitrailleur.

— Ne bougez pas, siffla-t-il en anglais, avec un fort accent étranger.

Il devait serrer l'arme entre ses deux mains pour ne pas trembler.

— Eh ! j'essaie de vous aider, protesta Holly en se figeant et maudissant son imprudence. Nous sommes du même côté...

Les yeux de l'inconnu brillaient d'un éclat fiévreux, mais toute peur en avait disparu.

— Qui êtes-vous? Et pourquoi êtes-vous ici?

Elle décida de jouer la prudence tant qu'elle n'en saurait pas plus sur son compte.

— Je m'appelle Holly Miles et je suis journaliste indépendante. Je faisais un article sur Edward Gant et les ventes d'armes quand j'ai découvert qu'il préparait quelque chose de beaucoup plus sinistre... Vous ne voulez pas me dire votre nom? Je ne suis pas avec Gant, je vous le jure.

Il survola la pièce d'un regard de bête traquée avant de la dévisager un long moment en silence.

— Je vous ai libéré, non? rappela Holly.

Il s'adossa contre le mur, comme si l'effort fourni avait sapé ses forces, puis s'assit et allongea les jambes devant lui. Ses pieds nus touchaient presque les genoux de Holly. Ses chevilles étaient toujours liées ensemble.

— Détachez-les, ordonna-t-il.

Elle se remit au travail avec le coupe-papier.

— Pourquoi une journaliste a-t-elle une arme? fit-il après quelques secondes, prouvant que son esprit fonctionnait bien malgré son état physique.

Cette fois Holly choisit de tout lui dire. Il n'y avait plus de temps à perdre, et elle n'avait d'autre choix que de faire confiance à cet inconnu. Elle crut le voir réagir à la mention de Harry Steadman lui aussi prisonnier dans la bâtisse, et il se redressa avec nervosité quand elle lui révéla l'attentat projeté par Gant.

— Où est le site de lancement? dit-il.

— Derrière la maison, dans la falaise.

Elle libéra ses chevilles et il essaya de se lever, mais la circulation sanguine n'était pas encore rétablie et il chancela. Comme elle faisait un geste pour l'aider, il la força à reculer avec le canon de l'arme.

— Vous devez me faire confiance! s'exclama-t-elle. On peut venir à tout moment!

Il passa une main sur son visage et grimaça en effleurant les hématomes.

— Je... Je ne sais pas. Ils m'en ont tant fait subir... Je n'arrive plus à penser.

— Depuis combien de temps vous gardent-ils prisonnier?

— Des années... Non, ce n'est pas possible. Je ne sais pas... Ils m'ont utilisé... ils se sont servi de mon énergie. (L'homme secoua la tête avec désespoir.) Ils m'ont gardé dans sa chambre pour qu'il puisse se nourrir de mon énergie...

— Qui? le pressa Holly, déconcertée par l'intensité de ses paroles. Qui s'est nourri de votre énergie?

— Lui...

Il pointa le pistolet-mitrailleur sur le tableau au mur derrière eux. Elle vit son index se crisper sur la détente et pendant un instant le crut prêt à tirer sur la toile.

— Non! Vous alerteriez tout le monde.

Il hésita puis baissa l'arme, et Holly fut soulagée qu'il ne la menace plus. Mais elle restait très intriguée par ses propos.

— Comment s'est-il nourri de votre énergie?

— Ils... ils m'ont frappé. Ils me gardaient ligoté, ici... Et lui... C'est ainsi qu'il survit. Il prend... la force des autres... Leur vitalité...

Holly secoua la tête. Elle ne comprenait rien. Mais il y avait des choses plus urgentes. Sa montre marquait minuit trente-cinq.

— Il faut que nous agissions, dit-elle d'un ton décidé. Vous devez me faire confiance.

Il acquiesça, conscient qu'il n'avait pas d'autre choix. Une partie de ses forces lui revenaient, mais dans son état il n'aurait pu dire pour combien de temps. Ils l'avaient à peine nourri, lui donnant juste assez pour le maintenir en vie. Combien de temps cela avait-il duré? Des années? Ou seulement des semaines, comme il commençait à le soupçonner? Il avait perdu toute notion du temps ici. Les coups, il avait pu les supporter, au début du moins, mais c'est le reste qui l'avait brisé. L'humiliation. Ce qu'ils l'avaient forcé à faire avec cette créature ni homme ni femme, l'avilissement qu'ils avaient savouré devant lui... La honte brouilla sa vision et il chassa les larmes d'un revers de main.

Il leur avait révélé tout ce qu'ils voulaient savoir, car ils l'avaient très vite réduit au stade d'animal terrorisé. Cet homme, Köhner, connaissait bien toutes les parties sensibles du corps et comment en tirer le maximum de douleur, par une variété de procédés qui semblait infinie. Pourtant ce n'était pas là le pire. L'horreur avait vraiment commencé avec ces nuits passées ici, dans cette pièce, quand l'autre était venu pour se repaître de son abaissement et de sa vitalité, comme un parasite. Était-il possible qu'il ait tout imaginé? se demanda-t-il une fois encore. L'avaient-ils rendu fou par la torture?

Mais il se souvenait du plus terrible, quand ils l'emmenaient sous la grande salle, dans ce lieu qu'ils appelaient la crypte. Là, toutes les autres horreurs avaient été surpassées.

Il sentit la jeune femme qui le secouait et rouvrit les yeux. Oui, il devait lui faire confiance. Parce que c'était la seule possibilité.

— M'aiderez-vous? disait-elle.

Il hocha la tête et elle lui prit doucement le pistolet-mitrailleur de la main. Il n'opposa aucune résistance.

— Alors dites-moi d'abord qui vous êtes. Votre nom.

— Baruch Kanaan, bredouilla-t-il. Je m'appelle Baruch Kanaan.

Le commissioner regarda le cercle de visages tendus autour de lui. L'intérieur de l'église avait été transformé en PC opérationnel. Il savait que ses hommes étaient rongés par l'impatience. L'attente était toujours le moment le plus désagréable dans ce genre de situation, et lui-même la supportait difficilement. Mais l'expérience lui avait appris ses bienfaits, et Sir Robert avait su le convaincre de ne rien faire avant le moment propice.

Le commissioner vit l'homme nommé Blake qui l'observait, du coin où il s'était installé. Le visage de l'ex-policier était tendu par l'anxiété, et le commissioner lui fit signe. Blake s'approcha aussitôt.

— Nous allons passer à l'action d'un moment à l'autre, Mr. Blake, dit-il d'un ton rassurant. Mais pour l'instant nous attendons l'arrivée du dernier invité de Gant. Les autres sont déjà rassemblés. Ils sont sous surveillance depuis des semaines et nous sommes sûrs qu'ils sont tous dans la maison de Gant. Ils constituent un groupe diantrement puissant, c'est pourquoi nous ne pouvions pas foncer et les arrêter sur la simple présomption de conspiration contre la sécurité de l'État. Il faudra les isoler et les faire craquer séparément. J'ai passé une bonne partie de la journée chez le Premier ministre avec nos collègues américains de la CIA. Nous avons fini par le persuader que c'était la meilleure méthode.

La CIA, le Premier ministre... Sexton était surpris de l'ampleur de l'affaire.

— Nous avons certes des preuves contre eux, poursuivit le commissioner, mais indirectes. Nous devons les prendre sur le fait et, comme je l'ai dit, les faire avouer individuellement. Grâce à votre employeur, Mr. Steadman, cela ne devrait pas être trop difficile. Il semble avoir dérangé un sacré nid de vipères...

— Mais comment saviez-vous que Harry, je veux dire : Mr. Steadman, était impliqué dans cette affaire ?

Le commissioner leva une main comme pour arrêter le flot de questions qu'il sentait prêt à se déverser.

— Nous connaissons le rôle de Nigel Pope depuis

quelque temps déjà; son intolérance envers ses supérieurs et ses propres collègues pouvait difficilement passer inaperçue. Mais il était impliqué dans ce plan et nous ne pouvions pas l'écarter sans détruire tout notre dispositif. Il fallait laisser les choses grandir pour pouvoir éradiquer le mal une bonne fois pour toute, et seulement au bon moment. Harry Steadman nous a, sans le savoir, permis de préparer notre action. D'une certaine façon, il nous a servi à extirper le poison.

— Vous auriez pu le prévenir.

— Non, Mr. Blake. Jusqu'à très récemment nous n'étions pas sûr de son rôle dans cette affaire. Il est apparu d'un coup, et *a priori* il était avec eux.

— Mais que faites-vous de la mort de Mrs. Wyeth! s'exclama Sexton, outré.

Le commissioner ne cacha pas son embarras.

— Nous ne savions pas que votre agence était impliquée, j'en ai bien peur. C'est très regrettable... (Il posa sur l'ex-policier un regard calme.) Nous n'avons été fixés sur Mr. Steadman que lorsqu'il nous a contactés par votre intermédiaire, la nuit dernière.

Sexton secoua la tête avec lassitude.

— Je ne prétends pas comprendre tous les ressorts de la situation actuelle, commissioner, mais j'ai l'impression que personne ne s'est soucié des risques que courait Harry. On l'a utilisé de tous les côtés, et encore maintenant il est seul à jouer sa vie.

L'homme de la CIA s'approcha d'eux.

— Non, Mr. Blake. Nous avons quelqu'un qui veille sur lui depuis quelque temps déjà. Se tournant vers le commissioner il dit d'un ton redevenu bref : Le dernier hélicoptère vient d'arriver. Le général a rejoint les autres.

— Parfait. Je vais donner les ordres immédiatement.

— Et on m'a signalé des mouvements dans la propriété de Gant. Ses hommes se sont postés un peu partout sur son périmètre. (L'Américain consulta sa montre et fronça les sourcils, l'air soucieux.) J'aimerais beaucoup savoir si cette réunion a un rapport avec l'arrivée cette nuit en Angleterre du vice-Président.

— Ils nous le diront eux-mêmes.

— J'en doute.

Le commissioner ne prit pas la peine de répondre. Il donna des ordres autour de lui aux officiers des Forces spéciales. Ceux-ci rejoignirent aussitôt leurs groupes. Alors seulement il se retourna vers l'agent de la CIA :

— Je suivrai juste derrière la première vague d'assaut. Vous m'accompagnerez?

— Bien sûr, dit l'autre avec un sourire. Je ne voudrais pas rater ça.

— Quant à vous, Mr. Blake, je suis désolé mais je crains que vous ne deviez rester ici, dit le commissioner avant de s'éloigner.

L'Américain et Sexton le virent sortir de l'église avec les derniers hommes des Forces spéciales. L'homme de la CIA allait l'imiter quand l'ex-policier l'apostropha :

— Vous avez dit que quelqu'un veillait sur Harry depuis quelque temps. Qui est-ce?

— Un de nos agents, répondit l'autre. Une femme nommée Holly Miles. Nous l'avons empruntée au département des Affaires intérieures pour la mettre sur ce coup parce qu'elle a un lien de parenté réel avec la dernière femme de Gant : une carte de visite inespérée. En ce moment elle se trouve avec Steadman dans la propriété.

L'Américain sortit à son tour, laissant Blake seul et perplexe dans la vieille église.

20

« J'ai assisté pour la première fois à une des pratiques singulières auxquelles Himmler s'adonne à cause de ses croyances mystiques. Il avait rassemblé douze SS de haut rang dans la pièce adjacente à celle où von Fritsch était interrogé, et il leur a ordonné de se concentrer et d'exercer une influence mentale sur le général pour le pousser à avouer. Je suis entré dans la pièce par hasard, et la vue de ces douze SS plongés dans un état de profonde concentration était des plus étonnantes, je puis vous l'assurer. »

Walther Schellenberg

« La Bête n'a pas l'apparence de la Bête.
Elle peut même porter une petite moustache comique. »

Soloviev, *L'Antéchrist*

Les muscles de Steadman étaient tétanisés.

Son esprit essayait désespérément de nier ce que ses yeux voyaient. Heinrich Himmler était mort ! Même s'il ne s'était pas suicidé à la fin de la guerre comme le monde le croyait, Gant avait dit que le Reichsführer était décédé d'un cancer à l'âge de soixante-sept ans. Et pourtant, Himmler se trouvait devant lui, et ses yeux brûlaient d'une vie insane.

Hypnose, se dit Steadman pour ne pas céder totalement à la panique. Ce devait être une forme particulièrement aboutie d'hypnose, c'était la seule explication...

— *Ist das der lebendige Parsifal?*

La voix était flûtée, très différente de celle du Dr Scheuer. Pourtant elle sortait de l'apparition qui avait investi le corps du vieil homme.

— *Ja, mein Reichsführer, das ist unser Feind*, répondit Gant, le visage empreint d'une étrange extase.

Autour de la table, les Thulistes regardaient l'apparition. Certains paraissaient effrayés, d'autres envoûtés tel le marchand d'armes, mais tous étaient visiblement affectés sur un plan physique, comme si on leur avait soutiré toute leur énergie. Un ou deux avaient du mal à garder la tête droite. Kristina s'était complètement affaissée sur sa chaise.

Gant parla de nouveau, d'une voix pleine de déférence :

— *Herr Reichsführer, darf ich ergebenst darum bitten, dass wir uns auf Englisch unterhalten? Viele Mitglieder unseres Orden verstehen nicht unsere eigene Sprache.*

— *Er versteht sie*, siffla le visage d'Himmler sans quitter Steadman des yeux.

Le détective sentit sa résistance chanceler. L'apparition semblait si réelle : ce visage gras, avec ces yeux porcins, la moustache ridicule et les cheveux coupés très courts, ces lèvres trop minces au-dessus d'un menton fuyant... N'était-ce vraiment qu'une illusion?

L'apparition se leva, voûtée dans le corps du Dr Scheuer. Ses prunelles brillantes étaient rivées au prisonnier.

— Vous vous sentez... faible, Parsifal? fit-elle en anglais avant de laisser échapper un petit rire moqueur. Eux aussi le sont. Mais ils me donnent leurs forces avec joie, alors que vous résistez...

Le détective voulut bouger les bras mais en fut incapable. Il pouvait à peine garder la tête droite. Il ouvrit la bouche pour parler, crier, et ne réussit qu'à pousser un faible grognement.

— Inutile de lutter, dit Gant tandis que l'apparition à ses côtés gloussait. Vous ne pouvez aller contre sa volonté. C'est ainsi que le Reichsführer vit : en prenant l'énergie éthérique des vivants. Hitler en était capable de son vivant. Heinrich Himmler a lui aussi appris, grâce au Dr Scheuer. Mais après sa mort...

— *Adolf. Ja, der liebe Adolf. Wo ist er doch jejzt? Nicht mit uns.*

L'apparition oscilla et elle posa une main sur la table. Pendant une seconde sa tête dodelina et pencha en avant. Le visage sembla se brouiller un peu, puis se releva lentement et les petits yeux transpercèrent Steadman.

— Le moment est venu, Herr Gantzer. Il doit mourir. Sa fin sera notre commencement.

— Oui, Reichsführer. Le moment est venu.

Gant prit le fer de lance sur la table.

— La Lance qui protège le Saint Graal, Reichsführer. Prenez-la et sentez son pouvoir. Laissez sa puissance entrer en vous...

Gant tendit la Lance de Longinus et l'apparition la saisit à deux mains. L'arme trembla et Steadman sentit ou vit — c'était la même chose à présent — la lumière qui en émanait. Un halo bleuâtre entoura le métal sombre, puis les mains déformées qui étaient toujours celles du Dr Scheuer, et remonta le long des bras. Bientôt tout le corps fut nimbé de bleu électrique.

La silhouette frêle se redressa peu à peu, et Steadman perçut un son inhumain allant *crescendo*, qui se mit à tourbillonner follement dans la pièce, rebondissant contre les murs de pierre. La température chutait à chaque seconde, et un froid terrible engourdit très vite le détective. Ses membres se mirent à trembler de façon incontrôlable. Le hurlement démoniaque était de plus en plus fort, à la limite du supportable.

Il vit que la silhouette du Dr Scheuer s'était métamorphosée. Elle n'était plus frêle et voûtée mais droite et vibrante d'une énergie surnaturelle. Une radiance éthérique enveloppait tout le corps. La Lance était pointée vers Steadman, et le visage d'Himmler était tourné vers le plafond, les paupières closes. Puis les yeux commencèrent à s'ouvrir et le visage à s'abaisser. Le détective rassembla toute sa volonté pour briser les liens invisibles qui le maintenaient sur sa chaise, mais c'était inutile : il était impuissant.

Il ne pouvait détacher son regard du visage d'Himmler, malgré ses efforts. Les paupières étaient maintenant ouvertes, mais les pupilles restaient révulsées. Soudain elles revinrent en place et Steadman essaya de fermer ses propres yeux pour échapper à leur éclat. Un rictus déforma la bouche d'Himmler, s'agrandit et s'ouvrit sur un rire suraigu qui se mêla au hurlement dans la pièce.

La Lance braquée, la silhouette se mit à bouger. Pas à pas, avec une lenteur irréelle, elle contournait la table et venait vers Steadman.

Immobile, Gant observait la scène. Son visage trahissait une excitation extatique. Enfin l'heure était arrivée ! Parsifal allait mourir, non de la main de Klingsor mais de celle du véritable Maître : l'Antéchrist ! Et la Lance de Longinus transpercerait le flanc de l'ennemi comme elle avait transpercé celui du Nazaréen deux mille ans auparavant !

L'apparition éleva un peu la Lance, mais la pointe restait dirigée sur la poitrine de Steadman. Elle s'approchait de plus en plus de lui, le clouant sur place de son regard, et le détective prit soudain conscience des présences invisibles et viles qui emplissaient l'atmosphère glacée de la salle. Soudain l'apparition fut auprès de lui, et il comprit qu'il allait être immolé par cette créature qui portait les traits d'un homme naguère haï du monde entier. Et il ne pouvait rien faire pour l'empêcher.

La lance s'éleva un peu plus au-dessus de lui, sa pointe vibrante dirigée vers la poitrine offerte.

Brusquement des éclats de bois jaillirent de la table, et le hurlement strident fut couvert par le staccato des détonations. Puis les projectiles s'enfoncèrent dans le corps de la créature qui tenait la Lance.

21

« Jamais nous ne capitulerons. Non, jamais. Et si nous devons être détruits, nous emporterons avec nous un monde — un monde en flammes. »

Adolf Hitler

« Je suis convaincu que seul le Sang pur permet les réalisations les plus grandes et les plus durables. »

Heinrich Himmler

Des esquilles de bois sautèrent au visage de Steadman et la douleur le sortit de sa transe. Toute son énergie lui revint en une fraction de seconde, et son instinct le fit aussitôt agir. Il se jeta au sol et resta immobile. Le hurlement surnaturel avait disparu, remplacé par le miaulement des détonations et les cris de douleur. Il vit le Dr Scheuer tressauter sous les impacts, et une balle lui faire exploser le poignet. La Lance tomba et le vieil homme s'écroula en vomissant un flot de sang. Son visage toucha le sol à moins d'un mètre de Steadman, et celui-ci vit que l'Allemand avait recouvré son visage ridé. Les traits d'Himmler avaient disparu, et plus aucune force n'émanait du regard déjà vitreux du mourant. Le corps était agité des spasmes de l'agonie.

La pluie de projectiles continuait, balayant la salle. Le

détective tourna la tête et crut reconnaître le tireur sur le balcon. Mais non, ce ne pouvait être lui. L'homme avait le visage marqué et les cheveux blancs. Ses traits étaient déformés par la haine et sa bouche ouverte sur un cri inaudible à cause du tonnerre des détonations. Une silhouette apparut à côté du tireur, et Steadman cria son nom. Holly essaya de prendre le pistolet-mitrailleur à l'homme, mais celui-ci la repoussa d'une main et poursuivit le massacre. Il la vit fouiller la salle du regard et, quand elle le repéra, il sut que la peur qu'il lisait dans ses prunelles était pour lui. Les lèvres de la jeune femme formèrent son nom.

Une balle ricocha sur le sol à un centimètre de sa main, et il roula sous la table. D'autres s'y étaient déjà glissés, mais ils n'étaient que trois ou quatre. Il rampa vers l'autre extrémité, déterminé à ne pas laisser Gant s'échapper s'il n'avait pas déjà péri. Les corps des Thulistes jonchaient le sol, certains morts, d'autres blessés se tordant de douleur. Parmi les cadavres, Steadman identifia Griggs et Booth, Pope, le major général Cutbush, Talgholm, Ewing, Oakes. Il n'y avait eu aucune riposte, sans doute parce que les Thulistes n'étaient pas armés pour la cérémonie.

C'est alors que Steadman remarqua l'ombre mouvante derrière l'autel. Il la vit se glisser dans l'escalier menant à la porte en contrebas, et en une fraction de seconde reconnut le profil d'aigle d'Edward Gant.

Il roula sur lui-même et se redressa pour courir jusqu'à l'escalier où il se précipita.

Holly cria le nom de Steadman et tenta de se saisir du pistolet-mitrailleur.

L'agent du Mossad parut soudain émerger de sa transe, et il relâcha la détente. Il tituba un peu, l'air hébété. En bas, seuls les cris et les gémissements des blessés et des mourants emplissaient l'air. Une odeur de mort alourdissait l'atmosphère.

Baruch se raidit comme s'il recouvrait ses sens, et il pointa de nouveau l'arme vers les corps.

— Non, l'implora Holly. Laissez-les, je vous en prie !

Il la dévisagea sans comprendre.

— Nous devons empêcher le lancement du missile, dit-ellc en lui prenant le visage entre les deux mains et en le forçant à la regarder. Le missile va bientôt être tiré, Baruch ! Il faut les en empêcher !

Une soudaine tristesse assombrit le visage de l'Israélien. Il se dégagea des mains de la jeune femme et contempla le massacre dont il était l'auteur. Mais quand il se tourna de nouveau vers elle son regard était redevenu dur et Holly comprit que sa tristesse n'était pas pour ceux qu'il venait de tuer.

— Combien... de temps...

Elle devina ce qu'il voulait dire et jeta un coup d'œil à sa montre.

— Il est trop tard, murmura-t-elle, brusquement découragée. Il ne reste plus que quatre minutes.

Il agrippa son bras.

— Où est le... site de lancement ? Où ?

Malgré sa faiblesse, il accentua la pression de ses doigts.

— Près de la falaise. Mais il est trop tard. Jamais nous n'arriverons à temps.

— Les hélicoptères...

Elle comprit instantanément.

— Vous savez piloter ?

Il acquiesça, puis s'appuya à la rambarde du balcon pour ne pas perdre l'équilibre.

— Il faut y aller. Vite, murmura-t-il.

Holly glissa une épaule sous son aisselle et le ceintura d'un bras pour le supporter.

— Donnez-moi le pistolet-mitrailleur, dit-elle.

Il obéit sans aucune réticence et ils descendirent l'escalier tant bien que mal, la jeune femme le supportant en bonne partie. Elle espérait qu'aucun Thuliste ne tenterait de les arrêter. Elle détestait tuer.

Une fois encore, elle appela Steadman, mais il n'y eut pas de réponse. Elle l'avait vu disparaître dans le petit escalier à l'autre bout de la pièce. Il n'aurait pas abandonné l'abri de la table s'il n'avait poursuivi quelqu'un, mais qui? Elle aurait voulu le rejoindre mais l'escalier menait au sous-sol, pas à l'extérieur, et sa priorité était de tout faire pour que l'avion du vice-Président ne soit pas abattu par le missile.

— Par ici, dit-elle en désignant une porte massive du canon de l'arme. Ça doit ouvrir vers l'arrière de la maison. Du moins je l'espère.

Le pilote et les deux gardes qui patrouillaient à l'extérieur de la maison s'entre-regardèrent nerveusement. Ils avaient entendu la fusillade et couraient vers la porte d'entrée quand un autre son les arrêta, venant de l'est et s'amplifiant rapidement. Ils se tournèrent dans cette direction et ce qu'ils virent les figea sur place. Un des deux gardes jura sourdement.

Quatre hélicoptères lourds approchaient dans la nuit, les projecteurs braqués vers le sol. Les appareils longeaient rapidement les limites de la propriété en déversant ce qui ressemblait à de petites bombes. Des fumées blanchâtres montèrent du sol, et ils comprirent qu'il s'agissait de gaz. Soudain des lumières apparurent sur la route menant à l'entrée de la propriété. Une colonne de véhicules fonçait vers la maison.

— C'est l'armée! s'écria le pilote, effaré. L'armée nous attaque!

Alors même qu'il parlait, un des hélicoptères vira vers eux et vint se poser une centaine de mètres. Des silhouettes en surgirent et se déployèrent rapidement. Des détonations déchirèrent la nuit.

— Je me tire d'ici! lança le pilote en se mettant à courir vers son appareil tout proche.

Les deux gardes n'hésitèrent que quelques secondes avant de l'imiter.

— Attends-nous! hurla le plus rapide.

Le pilote se glissa aux commandes et mit le rotor en marche. Par chance il s'était posé peu de temps auparavant avec le major général Cutbush, et le moteur était encore assez chaud pour qu'il puisse décoller sans délai.

Les deux gardes le rejoignaient quand la porte de la maison s'ouvrit. Holly Miles et Baruch Kanaan sortirent en titubant.

A la lueur de la lune, la jeune femme saisit la scène du premier coup d'œil et comprit son avantage. Les deux gardes lui tournaient le dos et le pilote était occupé à préparer le décollage de la Gazelle.

Elle se dégagea du bras de Baruch et releva le pistolet-mitrailleur.

— Stop ! hurla-t-elle.

Les deux gardes s'arrêtèrent et firent volte-face. Celui de gauche tomba un genou à terre, son arme braquée vers la porte dans la position du tireur.

A regret Holly pressa la détente. La rafale rejeta l'homme en arrière. Son compagnon lâcha son pistolet-mitrailleur et, en s'enfuyant, cria de ne pas tirer. Holly le laissa disparaître.

Dans le cockpit, le pilote augmentait la vitesse de rotation des pales jusqu'au maximum, et l'engin vibrait, prêt à quitter le sol. Holly lui cria de couper les gaz mais il n'entendait rien. Dans quelques secondes, si elle ne faisait rien, la Gazelle quitterait le sol. Elle jura, passa le cliquet de tir de « Rafale » à « Coup-sur-coup » et visa soigneusement la silhouette assise. Il n'était pas question d'endommager l'appareil.

La balle tua l'homme instantanément, et il tomba lourdement hors de son siège et de l'hélicoptère.

— Vite ! dit-elle en revenant vers Baruch. Nous n'avons plus beaucoup de temps.

L'Israélien inspira à fond et repoussa la main qu'elle tendait.

— J'y arriverai seul, maugréa-t-il.

D'un pas raide mais décidé il se mit à avancer vers l'hélicoptère. Alors qu'il se hissait à la place du pilote et qu'elle l'attendait, déjà installée, elle jura silencieusement. D'après sa montre, il ne restait plus que trente secondes. Jamais ils ne parviendraient à stopper le missile.

22

« La conscience allemande est sans tache parce que tout ce qui, entre 1933 et 1945 a été commis d'horrible ou de criminel en Allemagne et dans les pays occupés, tout cela a été imputé à Himmler. »

Willi Prischauer

Steadman plongea dans l'obscurité comme il aurait plongé dans l'eau. Après avoir poussé la porte en bas de l'escalier, il avait trébuché et avait dévalé d'autres marches, invisibles celles-ci.

Les angles de pierre avaient durement touché ses membres et son dos tandis qu'il essayait d'enrayer sa chute. Mais il avait atteint le bas de l'escalier avec une force terrible et le choc l'assomma presque. Il resta un moment immobile dans la position où il était tombé, à reprendre son souffle.

Enfin il se redressa en position assise et grogna sous l'effort. Il essaya de percer du regard l'obscurité devant lui, mais la seule source lumineuse — une clarté bien faible en vérité — venait de l'escalier et de la porte entrebâillée derrière lui. Il tendit un bras et le promena en un arc de cercle devant lui, jusqu'à ce que sa main entre en contact avec une paroi de pierre sur sa gauche. Le mur était humide et il sentait le contact poisseux de la mousse sous ses doigts. Il se redressa sur un genou et inspira lentement. Il faisait un froid étonnant. Un froid de caveau.

Il se releva sans hâte en s'appuyant contre le mur. Il était encore engourdi mais apparemment il n'avait rien de cassé. Il avança sans cesser de tâtonner de la main. La sensation était étrange : à tout moment il s'attendait à toucher le corps de Gant et à ce que celui-ci bondisse sur lui.

Il n'entendait plus que sa propre respiration et il s'interrogea un instant sur ce qui se passait à l'extérieur.

Sa main toucha un mur qui coupait celui qu'il suivait à angle droit. Il le suivit en effleurant la paroi du bout des doigts et, au bout d'un mètre, il sentit un creux, puis un contact différent : du bois. Le renfoncement d'une porte. Retenant son souffle il chercha la clenche, la trouva et la fit tourner. Il entrebâilla le battant et se figea pour écouter, mais ne perçut aucun son. Il ouvrit complètement la porte et se mit de côté.

Une vague d'air glacé le frappa, un froid beaucoup vif encore que celui qui régnait dans le passage. Il détecta une odeur subtile dans l'air, quelque chose de vaguement familier qu'il ne parvint pourtant pas à identifier. Des épices ? Un parfum ? Il ne pouvait en être certain.

Une lueur extrêmement diffuse faisait pâlir les ténèbres devant lui, et le détective plissa les yeux pour essayer de distinguer quelque chose. Mais la lumière était si faible qu'il lui était impossible de voir quoi que ce soit de précis. Pour quelque raison inexplicable, il se sentait attiré par cette clarté évanescente. Il lutta contre une soudaine envie de rebrousser chemin. Il devait retrouver Edward Gant. Et le supprimer.

Il passa le seuil et avança lentement vers la lumière, chaque pas mesuré. A gauche comme à droite, sa main tendue ne rencontra aucune paroi. Il devait se trouver dans une pièce quelconque, peut-être une antichambre. Il approcha de la lueur brumeuse et sa main toucha une texture nouvelle devant lui. Une tenture. La lumière filtrait à travers le lourd tissu, brouillant tous les contours. Une nouvelle fois il s'immobilisa pour écouter. Une voix intérieure lui criait de ne pas regarder, de tourner les talons et de fuir au plus vite ce qui se trouvait de l'autre côté, mais il ne pouvait résister à l'attirance qu'il ressentait. Il avait l'impression de ne pas pouvoir décider lui-même : il redoutait ce qu'il allait découvrir mais devait absolument le voir. Ses doigts coururent le long du tissu, à la recherche d'une ouverture qu'il trouva presque aussitôt. Il se plaça devant et écarta doucement le pan du rideau, plissant les yeux contre la lumière vive qui baignait l'endroit.

La salle était de forme circulaire, ses murs de pierre luisants d'humidité. A intervalles réguliers, des niches contenaient des réceptacles d'où s'élevaient de petites flammes verdâtres, sans doute la source de cette odeur indéfinissable. On y brûlait des herbes ou une substance chimique quelconque. Une plate-forme de pierre courait à deux mètres de hauteur le long des parois, et un autre passage s'ouvrait directement en face de Steadman à ce niveau, donnant sans doute sur un escalier.

La salle était assez spacieuse et, à cause de sa forme et du balcon courant tout autour, elle avait quelque peu l'apparence d'une arène singulière. Douze colonnes tronquées en pierre étaient disposées sur le périmètre de la pièce comme des sentinelles minérales surveillant le centre. Et là était disposé un unique fauteuil à haut dossier.

D'où il était, Steadman en voyait le dos et ne pouvait donc savoir s'il était occupé. Mais à deux mètres cinquante du siège il vit la forme agenouillée d'une femme. La longue chevelure noire lui permit d'identifier Kristina et il mit un moment avant de remarquer l'objet qu'elle tenait à deux mains entre ses cuisses, comme un phallus sombre. Elle avança en rampant et déposa l'objet à cinquante centimètre du fauteuil, puis elle recula jusqu'à sa position initiale et se mit à se balancer d'avant en arrière.

D'après la forme Steadman reconnut la Lance de Longinus. Il s'apprêtait à entrer dans la salle quand une sensation de malaise l'assaillit. L'hermaphrodite s'était mis à psalmodier des paroles inintelligibles. Le détective ferma son esprit au charme insidieux de l'incantation et se prépara à se glisser entre les tentures. C'est à cet instant précis qu'il sentit la présence derrière lui.

Il fit volte-face et perçut la respiration sifflante. Elle venait de devant lui, de cette obscurité que ses yeux ne parvenaient pas à percer. Il se rendit soudain compte qu'il se trouvait devant les tentures et que sa silhouette devait se découper sur la lueur verdâtre.

Il sentit les doigts lui effleurer la joue et bondit en arrière par pur réflexe. La dague rituelle siffla à l'endroit où il se trouvait une fraction de seconde auparavant et sa pointe entailla sa chemise. Steadman tomba à la renverse dans les tentures qui s'écartèrent et se tordit sur le côté dès qu'il toucha le sol de la salle. Edward Gant plongea vers lui et le rata de peu.

Le détective roula sur lui-même et s'accroupit. L'Allemand était déjà dans la même position. Ils s'observèrent un instant.

— Vous m'appartenez toujours, Parsifal, siffla Gant. Je peux toujours vous détruire.

— Essaie donc, fumier, répliqua Steadman.

Il se releva et décocha un coup de pied dans le mouvement, mais Gant esquiva en se redressant lui aussi, la dague pointée au niveau de l'estomac de son adversaire. Il avança lentement, et Steadman recula.

— Inutile. Vous ne pouvez échapper à votre destin, Parsifal. (Un sourire de dément accrochait les lèvres de l'Allemand.) Mes hommes prendront soin du Juif et de la catin. Ils n'iront pas loin.

— Tout est fini pour vous, Gant, répondit Steadman, plus attentif à la lame pointée vers lui qu'à ce qu'il disait pour occuper son adversaire. Il y a déjà trop de morts là-haut... Des gens importants... Comment expliquerez-vous leur disparition ?

— Pourquoi le devrais-je? (La lueur narquoise dansait de nouveau dans le regard du nazi.) Personne ne sait qu'ils étaient ici. Nos rapports ont été des plus discrets.

— Mais leur mort vous prive du pouvoir qu'ils représentaient pour votre mouvement...

Gant eut un rictus méprisant. La dague oscillait lentement.

— Ils n'étaient que le noyau, mais d'autres tout aussi influents attendent de prendre leur place... Nous n'avons essuyé qu'un revers temporaire...

— Un autre revers, Gant? Comme la dernière guerre?

Le mépris dont il avait chargé son propos eut enfin l'effet escompté. Avec un cri de rage l'Allemand fonça sur Steadman. Celui-ci avait reculé jusqu'à la paroi, et il saisit le creuset. Le métal surchauffé lui brûla la paume mais il ne fléchit pas et l'écrasa contre le visage de Gant en pivotant sur lui-même. La lame se ficha dans son bras au lieu de sa poitrine, pour en être arrachée aussitôt comme l'Allemand reculait en hurlant de douleur. Il lâcha la dague. Le liquide brûlant avait aspergé la partie droite de son visage et son cou. La chair grésilla et son faux nez se mit à fondre, coulant sur ses lèvres. Le détective recula, horrifié par les dommages de l'huile bouillante. L'os de la pommette était visible sous la peau noircie, ainsi que la base du nez, mais Steadman ne ressentait aucune pitié pour le nazi.

Malgré la douleur atroce qu'il endurait, l'Allemand puisa dans sa haine la volonté de détruire son ennemi. De son œil encore valide, l'autre ayant éclaté sous l'huile bouillante, il chercha la dague sur le sol. Elle était près de son pied gauche et il se pencha pour la ramasser.

Steadman voulut le prendre de vitesse et s'avança, mais l'Allemand fut plus rapide. Sa main se referma sur le manche de l'arme et remonta en un arc de cercle meurtrier vers le ventre de son ennemi. Le détective avait prévu le mouvement. Il saisit le poignet et détourna le coup, imprimant sa propre force à celle de Gant pour retourner la lame. Celle-ci se ficha jusqu'à la garde dans la poitrine du nazi. Gant fixa sur Steadman un regard incrédule et ses deux mains se crispèrent sur le manche ouvragé de l'arme. Il y eut un moment de silence absolu. Le côté droit du visage de l'Allemand continuait d'être dévoré par l'huile et, du trou qui avait été son nez, s'écoulait un flot de sang. Steadman recula et soudain le marchand d'armes tomba à genoux, puis son torse s'inclina et il resta immobile, son visage brûlé appuyé contre le sol, dans une position rappelant la prière. Une large mare de sang commença à s'étaler sous lui.

Steadman recula jusqu'au mur et s'y adossa, le souffle court, brusquement saisi par la fatigue et le choc. Il ne ressentait ni regret ni joie devant le corps de son ennemi : seulement le soulagement de ne pas être à sa place.

La douleur lancinante lui rappela sa blessure. Il se força à lever le bras et à le plier. C'était douloureux mais pas impossible, donc aucun muscle n'avait dû être sectionné. Il contempla un moment le cadavre de Gant figé dans sa position ridicule. Était-ce vraiment fini ? Ou l'organisation mise en place par le nazi était-elle déjà trop puissante pour être anéantie par la simple mort de son chef ? Au rez-de-chaussée, le chaos était sans doute à son comble, avec les blessés râlant et les hommes de Gant qui devaient maintenant s'être lancés à la poursuite de Holly et de l'homme qui avait déclenché le massacre. S'agissait-il de Baruch, comme il en avait eu l'impression malgré ses cheveux blancs ? Peut-être étaient-ils déjà morts... Cette idée fit naître en lui un désespoir auquel il ne s'attendait pas. Elle lui avait menti, car il était évident qu'elle n'était pas une simple photographe, mais sa colère était dépassée par d'autres sentiments, des sentiments qu'il avait crus enterrés avec Lilla.

Il devait retourner là-haut et la retrouver. Ici, c'était fini.

Il se retournait vers les tentures quand son sixième sens l'alerta. Puis il remarqua l'odeur et le froid accru.

Non, ce n'était pas terminé. Pas encore.

La présence occupait toute la salle, et Steadman la connaissait déjà. Il éprouvait la même tension indéfinissable dans l'atmosphère, la même certitude que l'invisible allait se manifester. Inconsciemment il recula et fouilla les lieux du regard pour essayer de voir la présence et pas seulement de la ressentir. Ses yeux s'arrêtèrent sur Kristina.

Toujours agenouillé, l'hermaphrodite était immobile et ne psalmodiait plus. Sa bouche était ouverte sur un cri muet, et ses paupières closes. Le fer de lance était toujours là où elle l'avait déposé, mais à présent il semblait frémir légèrement, comme parcouru d'un courant électrique, et Steadman crut sentir plutôt qu'entendre cette vibration. Il savait qu'il devait prendre la relique et l'emmener hors de la salle, loin des forces qui utilisaient son pouvoir... Il s'étonna de croire à ces choses, mais il savait qu'elles étaient réelles.

Un son léger parut tourner autour de la salle, pareil à l'écho déformé de voix lointaines et de rires. Très vite, le tourbillon sonore s'intensifia, comme dans la salle du rez-de-chaussée. Des creusets montait maintenant une épaisse fumée noire qui courait en une spirale folle le long des murs, et Steadman imagina les formes d'esprits égarés dans les volutes sombres, se tordant en proie à un tourment inconnu. Un air froid le gifla et secoua ses vêtements, avec une telle force qu'il dut lever un bras pour se protéger.

Soudain le phénomène cessa, et un silence total retomba sur la salle.

Seule la présence se faisait toujours sentir.

Le détective s'obligea à s'écarter du mur. Une faiblesse qu'il avait déjà ressentie envahit son corps et il tomba à genoux. Il essaya de se relever en s'agrippant à une des colonnes tronquées et soudain il comprit leur finalité : elles recevraient les cendres des douze nouveaux Chevaliers Teutoniques. Comment il le savait, il en eut également la révélation : la présence le lui avait dit. Elle lui racontait la vérité sur la Sainte Lance, le pouvoir réel de la relique, ce pouvoir qui pouvait être utilisé pour le bien ou le mal. La présence le défiait, le maudissait... et le craignait.

Cette évidence le poussa en avant. Sur les genoux et les mains il avança vers le centre de ce qu'il savait maintenant être une crypte, vers la Lance. Il luttait contre l'envie de plus en plus tentante de s'arrêter et de s'allonger pour se reposer un instant. Il sentait son énergie vitale aspirée hors de lui par la présence mais il ne cédait pas. Chaque geste était plus difficile que le précédent, et pourtant il poursuivait sa progression.

Kristina avait rouvert les yeux et le fixait de ses pupilles dilatées. Un frémissement continu secouait son corps, avec une telle violence que sa silhouette en devenait imprécise, et la fumée s'échappant des creusets s'engouffra dans sa bouche béante, comme attirée par une force invisible à l'intérieur d'elle. Son corps tressauta une fois, puis deux, redevint rigide et son dos s'arqua violemment. Mais son regard ne quittait pas le détective. Une dernière convulsion la secoua, et elle tomba à la renverse avec un petit sifflement. Toute vie l'avait quittée.

Steadman ferma les yeux et posa son front sur le dallage froid. Il n'aspirait qu'à s'endormir là, maintenant, à tout oublier dans le sommeil. Mais il résista, conscient que s'y abandonner signifierait la mort. Il se força à rouvrir les yeux et évita de regarder la forme rigide de l'hermaphrodite. Il tourna la tête vers la Lance, puis le siège, et il découvrit la chose assise.

Le corps en décomposition était vêtu de l'uniforme noir de la Schutzstaffel. Rien n'y manquait, du brassard rouge frappé du svastika sur fond blanc à la casquette ornée de la tête de mort. L'uniforme était couvert d'une fine pellicule de poussière et pendait sur la silhouette figée, comme si le corps s'était racorni à l'intérieur.

Steadman contemplait avec horreur la tête du cadavre. La peau grisâtre était tendue sur l'ossature, et sous les pommettes saillantes les joues creusées semblaient onduler doucement. Les plis de peau sous le menton inexistant ressemblaient à des ballons dégonflés qui pendaient sur le col trop large de la chemise brune. La lèvre supérieure était piquetée de quelques poils épars, tandis que l'inférieure avait totalement disparu, découvrant des dents abîmées et mal rangées. Une oreille manquait, et l'autre n'était plus qu'un amas de chair racornie. De fines mèches de cheveux blancs s'échappaient de sous la casquette dont la visière avait glissé sur le front.

En revanche, le pince-nez tenait bien droit sur le nez, comme s'il y avait été collé. Mais un œil avait échappé à son orbite et s'était collé contre le verre. Le bout du nez manquait mais le reste était intact, quoique fripé. Steadman vit une forme noire ramper hors d'une narine et s'engouffrer dans la bouche grimaçante.

Le détective ne put retenir plus longtemps la bile qui montait dans sa gorge. Elle jaillit en un filet douloureux qui lui tordit l'estomac, et il s'écarta de la créature répugnante qu'ils avaient gardée embaumée dans cette crypte.

L'uniforme de la Gestapo, le pince-nez et les restes de la moustache l'avaient renseigné sur l'identité de la momie : leur Reichsführer Heinrich Himmler. Ces déments avaient conservé son cadavre ici toutes ces années !

Il secoua la tête avec dégoût. Ils avaient continué à révérer non seulement sa mémoire mais aussi son corps en le gardant ici, en le transformant en une forme lentement pourrissante de chair flétrie, une abomination qu'ils idolâtraient comme s'il avait toujours été présent pour les guider !

Il regarda les mains jaunies et décharnées du cadavre et pensa qu'elles avaient signé l'arrêt de mort de millions d'innocents. Des mains d'employé de bureau, mais aussi celles d'un des plus grands meurtriers de l'Histoire. Et alors qu'il les fixait du regard, les doigts de ces mains se mirent à bouger.

— Oh, mon Dieu...

Lentement, la tête du cadavre se tourna vers lui.

23

« Et le démon qui les avait trompés fut précipité dans le lac de feu et de soufre, où sont la bête et le faux prophète et où ils souffriront nuit et jour jusqu'à la fin des temps. »

Apocalypse de saint Jean, XX, 10

— Vite, le site de lancement... Dans quelle direction ?

Baruch élevait la voix pour dominer le grondement du moteur de la Gazelle.

— Il est trop tard, cria Holly en réponse. Il ne reste que vingt secondes.

Assise dans le cockpit à côté de l'Israélien, elle tirait sur sa manche pour se faire comprendre, mais il semblait déterminé.

— Quelle direction ?

Il désigna un point.

— Vers les falaises... Là, la zone de broussailles !

Baruch arracha l'appareil du sol et le lança vers la mer à basse altitude. L'Israélien se concentrait sur le pilotage, heureux du rugissement du moteur, de l'odeur d'essence et des instruments du tableau de bord qui chassaient les images de son cauchemar. Il sentait ses forces s'amenuiser rapidement, et il se mit à dodeliner de la tête. L'hélicoptère se rapprocha dangereusement du sol et Holly saisit l'Israélien par l'épaule.

— Là, fit-elle, derrière la remise.

Baruch fit virer l'appareil et atteignit la zone couverte de buissons. Le puits était dégagé de son filet de protection et il mit la Gazelle en stationnement à moins de trois mètres du bord. Sans accorder la moindre attention à la jeune femme, il hurla :

— Sautez!

Holly le regarda d'un air éberlué.

— Qu'est-ce que vous allez...

— Sautez! répéta-t-il en la poussant violemment contre la portière.

Elle comprit soudain ce qu'il allait faire et vit que c'était la seule solution. Ils ne les arrêteraient pas avec un simple pistolet-mitrailleur.

— Dehors! Sautez! cria-t-il avec une nouvelle bourrade.

Cette fois elle déverrouilla la portière de plexiglas et se lança dans le vide. Le sol n'était qu'à deux mètres cinquante sous le ventre de l'appareil, et elle se reçut sans dommage. Elle roula sur elle-même et le souffle des rotors la plaqua au sol. Elle releva la tête au moment ou l'hélicoptère se positionnait au-dessus du puits. Pendant une fraction de seconde il resta immobile puis il descendit à la verticale.

Le major Brannigan regardait l'aiguille des secondes sur la pendule. Il se sentait l'esprit et le corps aiguisés par cette opération militaire qui allait changer le cours de l'histoire. Lui et les techniciens étaient réunis dans le petit poste de contrôle installé au pied du puits. Une épaisse plaque d'acier montait jusqu'à un mètre du sol pour les protéger lors de la mise à feu du missile. Il jeta un rapide coup d'œil dans le puits pour s'assurer que tout était en ordre. Personne ne se trouvait sur l'escalier en spirale, et l'aire de lancement était dégagée. En son centre le missile sol-air avait été relevé dans sa position de tir. De forme il ressemblait au GOA soviétique, mais il avait été fabriqué par l'usine de Gant pour des performances bien précises.

— Brouillage grandes ondes? s'enquit-il par-dessus son épaule.

Le technicien assis devant le panneau de contrôle consulta un écran.

— En marche, Sir.

Grâce à ce système, aucune station de radar ne pourrait détecter le missile.

— Cible à portée?

— Cible sur écran. Faisceau directeur calé.

Brannigan émit un grognement satisfait. Le missile atteindrait à coup sûr le *jet* du vice-Président. Grâce à Cutbusch, ils connaissaient le couloir aérien et l'horaire de l'avion. L'opération ne pouvait pas échouer. Il leva les yeux vers l'ouverture circulaire du puits et tendit l'oreille une seconde. Il lui avait semblé entendre le chuintement d'un hélicoptère, mais le grondement de la mer qui se répercutait dans la grotte rendait toute certitude impossible. Il consulta la pendule. Le moment n'était plus aux questions : plus que cinq secondes.

— Prêts, lança-t-il en s'abaissant un peu derriè l'énorme plaque d'acier.

Devant son pupitre, le technicien approcha l'index d'un bouton rouge.

— Trois, deux... (Brannigan décomptait les secondes à haute voix.) Un... Mise à feu!

Le doigt du technicien écrasa le bouton rouge. La charge d'allumage du missile se déclencha aussitôt, et un torrent de flammes, de vapeur et de fumée se déversa de sa base dans un grondement apocalyptique.

Alors qu'il commençait son ascension Brannigan leva les yeux vers le sommet du puits. Il eut le temps de se demander ce qu'il se passait avant que l'hélicoptère ne plonge à la rencontre du missile. L'explosion créa une boule de feu qui ravagea instantanément la grotte.

Steadman regarda l'obscénité assise sur le siège et

sentit un frisson glacé courir le long de son dos et se refermer sur sa nuque. La révulsion hérissa sa peau et l'envie d'uriner fut presque incontrôlable. Il essaya de reculer, de s'écarter de la créature, mais celle-ci sapait ses forces comme elle s'était appropriée celles de Kristina jusqu'à la tuer. A présent l'entité faisait la même chose avec lui.

La tête se pencha en avant et Steadman frissonna en voyant un minuscule ver blanc se tordre sur la joue avant de tomber sur le sol. Une main squelettique s'abaissa, et il eut un hoquet d'horreur en imaginant le contact de ces doigts enrobés de chair pourrie. Mais il comprit soudain que la chose ne cherchait pas à le toucher. Elle voulait ramasser la Lance de Longinus déposée à ses pieds. Or Steadman sut qu'elle tirerait une force énorme de la relique si elle parvenait à l'atteindre. Ensuite, elle s'en servirait contre lui, et cette fois il ne pourrait éviter la mort.

Avec un cri de rage il plongea vers le sol et saisit la Lance au moment où les doigts l'effleuraient. Le simple contact brisa net un des doigts qui tomba sur le carrelage.

Steadman ramena la Lance à lui et la serra contre sa poitrine. Il sentit une énergie nouvelle courir en lui et, malgré la torpeur qui embrumait ses pensées, il réussit à se relever et à reculer. Il buta contre le corps de Kristina, tomba lourdement à la renverse et la Lance lui échappa. La faiblesse l'enveloppa aussitôt, ouatant ses mouvements et ses réactions. Il rampa jusqu'à la relique et la saisit de nouveau. Derrière lui, le corps en décomposition s'était levé du siège et marchait dans sa direction, un bras tendu, la bouche ouverte. La créature le poussait à lui rendre la Lance et à se donner à son embrassade.

Avec un cri de désespoir, Steadman tituba vers l'autre entrée de la crypte et gravit les marches. Il arriva en chancelant devant une porte close et tourna la clenche avec frénésie, mais rien ne se produisit. Il sentait la chose qui montait les marches derrière lui, implacable.

Il s'écroula à demi contre le battant et ses doigts accrochèrent la clef rouillée dans la serrure. Il essaya de la tourner mais elle résista. Une ombre sinistre tomba sur lui et il refusa de se retourner, certain que la vision de la chose lui enlèverait tout ce qui restait de ses moyens. L'odeur de putréfaction emplit ses narines, et il eut soudain envie de se rouler en boule sur le sol et de tout oublier.

Mais il lâcha la Lance et referma ses deux mains sur la clef. Il mit toute sa force pour imprimer la torsion, et le mécanisme rouillé céda d'un coup. Il repoussa le battant au moment où une main osseuse se posait sur son épaule. Il se dégagea d'une saccade, ramassa la relique et plongea dans les ténèbres devant lui.

Maintenant, un air frais venu du monde extérieur remplaçait l'air vicié de la crypte. Il inspira à pleins poumons et se redressa en tâtonnant. Derrière, lui, la créature s'encadra dans l'ouverture de la porte, puis le courant d'air repoussa le battant derrière ce qui avait été Heinrich Himmler. Ils étaient tous deux dans l'obscurité. Ses doigts touchèrent un mur et il avança en se guidant ainsi. Des toiles d'araignées enveloppèrent son visage et il chassa le contact avec un frisson de répugnance.

Devant lui, un son étouffé fit vibrer l'air et le sol trembla sous ses pieds. Il perdit de nouveau l'équilibre et tomba à genoux sans lâcher la Lance. Quand il se redressa, une pensée horrible lui traversa l'esprit : il avait perdu tout sens d'orientation. Dans quel sens se dirigeait-il? Peut-être vers la créature qui le pourchassait, il ne pouvait avoir aucune certitude. Il s'immobilisa et tendit l'oreille. Un frottement sur sa gauche le poussa vers la droite. Ses mouvements étaient lents, comme freinés par une force invisible, mais il ne cessa pas son effort. L'air frais qui balayait son visage lui redonna un peu d'espoir. Son pied buta contre la première marche et il gravit lourdement les degrés, soutenu par l'idée que cet escalier remontait vers la surface.

Chaque geste devenait plus difficile, comme si la créature qui le suivait utilisait toute son influence pour le retenir. Il s'écroula une fois, et le contact des doigts cadavériques sur sa cheville lui arracha un cri horrifié. L'adrénaline brûla dans ses veines et lui donna la force d'échapper à la prise. Il se releva et continua sa progression en ahanant. Derrière, l'abomination progressait toujours dans les ténèbres.

Le sol devint soudain plat et Steadman comprit qu'il avait atteint le niveau de l'extérieur. Devant lui, à ras de terre, une barre argentée d'un mètre vingt luisait doucement. Il lui fallut quelques secondes pour comprendre que c'était là l'éclat du clair de lune passant sous une porte. Avec une exclamation d'espoir il se lança en avant et cogna durement contre le battant clos. Ses doigts trouvèrent la serrure et la clenche qu'il fit aussitôt tourner, mais sans résultat. La porte était, elle aussi, fermée, mais aucune clef ne se trouvait dans la serrure. Il se jeta rageusement contre le battant, mais même si le bois était vermoulu il n'avait pas assez de force pour le faire céder. Il se retourna et la lueur diffuse de la lune sous le bas de la porte révéla la silhouette qui émergeait lentement de l'escalier.

Pris de panique, Steadman frappa le bois avec la Lance, et le son lui donna une idée. Il inséra la pointe de la relique entre le panneau et le chambranle et fit pression de tout son poids. Avec un craquement paresseux, le bois à demi pourri céda au niveau de la serrure. Il repoussa la porte et fit un pas à l'extérieur.

Le vent frais de la nuit balaya l'odeur nauséeuse qui le poursuivait, mais la force du vent le déséquilibra et il roula sur l'herbe humide avant de se relever, courbé en deux pour lutter contre les bourrasques. Devant lui, dans les ténèbres de la nuit, d'immenses flammes jaillissaient du sol, de façon inexplicable. Sans chercher à comprendre il se dirigea vers elles. Un coup d'œil par-dessus son épaule l'informa comme il s'y attendait que la créature le suivait toujours. Elle venait de sortir de la remise et avançait d'un pas d'automate. L'incendie teintait de rouge sombre son uniforme noir. Steadman comprit que cette chose infernale ne le voulait pas seulement lui, mais aussi et surtout la Lance. Elle en avait besoin pour exister.

La relique serrée contre sa poitrine, il avança vers le brasier, sans même remarquer les buissons qui le griffaient au passage. Le Reichsführer l'imita, et les épines arrachèrent des lambeaux de peau putréfiée, découvrant les os blanchâtres. Mais il ne ralentit pas.

Le détective atteignit enfin le bord du puits. La chaleur y était intolérable, et il lui tourna le dos pour affronter la chose qui se dirigeait vers lui. Il savait qu'il ne pouvait plus lui échapper, mais il était décidé à la combattre et, s'il ne pouvait la vaincre, à se précipiter avec elle dans les flammes.

Le corps d'Heinrich Himmler avança vers lui et Steadman contempla un instant ce visage de cadavre à l'œil unique, l'autre pendant sur la joue. Le pince-nez avait été arraché par le vent, et la bouche s'ouvrait toujours sur un cri horrible et muet. Des lambeaux de peau pendaient des joues, flottant dans l'air de façon obscène. L'horreur inhumaine tendit les bras vers le détective, s'approchant comme pour l'embrasser, et, une fois de plus, Steadman sentit ses forces l'abandonner. Les griffes osseuses se refermèrent derrière sa nuque et l'attirèrent vers le visage de mort, pour un baiser immonde.

Le crâne explosa soudain sous une pluie de balles, projetant en l'air une fine poussière grise et des morceaux d'os et de chair putréfiée. Steadman s'écarta et sentit ses forces revenir. Il tourna la tête et vit Holly à trois mètres de lui, un genou à terre et le pistolet-mitrailleur braqué. Sur son visage ne se lisaient que la peur et l'incompréhension. Le détective entendit des détonations au loin, et il vit les Forces spéciales qui donnaient l'assaut à la maison d'Edward Gant. D'autres soldats couraient vers eux.

De façon incroyable, le corps sans tête de Heinrich Himmler restait debout. Ses mains avaient glissé du cou de Steadman à son dos, et elles imprimèrent soudain une traction violente comme pour souder son corps au cadavre. Le détective résista et il agit par instinct : avec un cri de rage, il plongea la Lance dans la poitrine décharnée de cette chose qui avait été le Reichsführer.

Le métal de la relique s'enfonça profondément dans les chairs pourries, et un hurlement horrible déchira l'esprit de Steadman. Il accentua encore sa pression sur la Lance, repoussant l'abomination vers le brasier. La chaleur était intolérable, mais le détective la sentait à peine. Le dos de l'uniforme se mit à fumer, puis des flammèches léchèrent le tissu moisi. Steadman avança encore d'un pas, et les bottes de cuir noir dérapèrent une fraction de seconde au bord du puits.

Brusquement la forme noire bascula à la renverse et disparut dans le brasier.

Steadman oscilla un instant au bord du gouffre, et toute la puissance de la Lance se déversa en lui. Quelque chose l'avait poussé à retenir la relique quand le cadavre de Heinrich Himmler était tombé, quelque chose qui lui donnait maintenant la conviction de détenir la clef des révélations recherchées par tous ceux qui désiraient le pouvoir et la gloire.

Dans le brasier il vit le combat de la Lumière et des Ténèbres, du Bien et du Mal qui s'affrontaient pour diriger le destin de l'humanité. Durant ces quelques secondes la bataille se déroula devant lui, une bataille éternelle qui n'avait jamais lieu dans le passé ni le futur mais toujours dans le présent.

Holly cria son nom en le voyant osciller au bord du puits. Elle essaya de l'atteindre mais ses mouvements étaient étrangement freinés, comme si toutes ses forces étaient drainées hors d'elle. Il leva les bras au-dessus de sa tête et elle vit qu'il tenait un long objet effilé. Une radiance bleutée semblait s'en échapper, un halo d'énergie clairement visible sur le jaune des flammes et qui descendit le long de son corps pour le nimber entièrement.

Holly l'appela de nouveau, et elle se demanda s'il pouvait l'entendre. Le corps du détective paraissait s'être tétanisé dans un combat intérieur. Elle crut l'entendre hurler quelque chose avec rage, puis il se courba en arrière et, dans un effort qui semblait terrible, il jeta l'objet dans le brasier.

Les flammes avalèrent la Lance, et Steadman eut alors la certitude qu'elle y disparaîtrait. Il pria pour que ses pouvoirs s'y évanouissent eux aussi.

Le feu perdit soudain son intensité, et les flammes ne furent plus que des langues jaunâtres et glacées qui s'élevaient dans l'air. Steadman recula devant ce froid subit, et Holly se précipita vers lui. Il baissa les yeux vers elle et, pendant une fraction de seconde, son regard fut lointain, étranger. Puis la joie et le soulagement firent briller ses prunelles et il la serra contre lui de toutes ses forces retrouvées. Elle l'embrassa de la même manière, et tous deux sentirent l'amour qui les unissait.

La chaleur du brasier revint d'un coup, et ils s'écartèrent rapidement de la fournaise. Il s'appuya sur elle, soudain conscient de ses blessures et de sa fatigue. Mais c'étaient des sensations qu'il accueillait avec joie, car elles étaient réelles, logiques.

Quand les premiers soldats arrivèrent, ils se tenaient étroitement enlacés et contemplaient les flammes qui montaient dans la nuit. Quelque part dans le ciel, ils perçurent le bourdonnement d'un avion. Et les commandos se demandèrent pourquoi le couple souriait en levant les yeux vers le ciel enténébré.

Achevé d'imprimer en avril 1992
sur les presses de l'Imprimerie Bussière
à Saint-Amand (Cher)

PRESSES POCKET - 12, avenue d'Italie - 75627 Paris Cedex 13
Tél. : 44-16-05-00

— N° d'imp. : 1295. —
Dépôt légal : mai 1992.

Imprimé en France